Zwei Freunde, zwei Gläser und eine schroffe Holzbank in den Dünen der dänischen Ostseeküste. Zwei Touristen im Urlaub.

Eine lange Freundschaft verbindet uns und je später der Abend, umso mehr werden elementare Fragen über Dänemark auf den Tisch gebracht. Warum fahren wir ständig nach Dänemark in den Urlaub? Ist Dänemark tatsächlich so teuer, kalt und langweilig, wie man immer sagt? Warum sind die Dänen so anders, als wir Deutschen? Ist die rote Wurst wirklich eine dänische Delikatesse und warum haben die Steckdosen in den Ferienhäusern immer einen Kippschalter?

Warum mähen die Dänen ständig ihren Rasen und warum gibt es eigentlich keine Fischbrötchen am Hafen?

Fragen, die jeden Touristen plagen und uns einen guten Grund geben im Sonnenuntergang über diese zu sinnieren.

Der Autor wurde 1972 in der ehemaligen dänischen Stadt Altona bei Hamburg geboren und hat es trotzdem nie ernsthaft geschafft die dänische Sprache zu lernen. Hier lebt und arbeitet er immer noch als einfacher Sachbearbeiter, der im Urlaub gerne die freie Sicht in Dänemark genießt.

Sven Lepthin

Einer mäht immer den Rasen

Ein Tourist in Dänemark

Für Kristian

Wo geht's hin?

Es ist ja nicht so schwer den Weg nach Dänemark zu finden, wenn man die A7 Richtung Flensburg erst einmal gefunden hat. Schwerer ist es Menschen für das Land am Ende der A7 zu begeistern, die das Land am Ende der A7 nie betreten haben und dieses Land am Ende der A7 pauschal nur mit roter Wurst, schlechtem Wetter und Kälte, der kleinen Meerjungfrau, vornehmlich der Nordsee und Langeweile in Verbindung bringen. Das sind sicherlich Dinge, die ihre Existenzberechtigung haben, die aber nicht unbedingt umfassend ein Land beschreiben, das mehr ist, als nur unser nächster Nachbar.

Wer sich durchgerungen hat den beschwerlichen Weg zur A7 zu suchen, um erstmalig den hektischen Ritt über die Autobahn bis zur Grenze (am Ende der A7) auf sich zu nehmen, der wird nach Grenzüberschreitung feststellen, dass sich beim Fahrer umgehend ein entspanntes Fahrverhalten breit macht. Dieser passt sich wie von selbst der vorgegebenen Geschwindigkeitsbegrenzung von meistens 110 km/h an und schwimmt mit der automobilen Masse weiter gen Norden. Die an der Autobahn vorbeiziehende Landschaft sorgt mit ihrer beruhigenden Monotonie für Entspannung. Die innere Mitte wird aus dem rechten Bein wieder dahin verschoben, wo sie hingehört. Die dänischen Autobahnen sind der Zengarten der Autofahrer. Nicht ganz unschuldig an der geruhsamen Fahrweise ist sicher auch der bei deutschen Autofahrern gefürchtete dänische Bußgeldkatalog. Die Strafsätze liegen erheblich über denen in Deutschland und die Vorstellung erwischt zu werden, hemmt bei so manchem Autofahrer den eingebauten Vorwärtsdrang. Da die meisten noch nie ernsthaft mit diesem Katalog konfrontiert wurden, ranken sich wilde Legenden um die verhängten Strafen und Folgen. Beispielsweise, wer das Bußgeld nicht in bar zahlen kann, dem wird das Auto direkt unter dem Hintern weg konfisziert und sichergestellt, bis die Strafe gezahlt wurde. Solange darf man dann zu Fuß gehen. Ob es stimmt?! Ich weiß es nicht, ich kenne nur den Strafsatz für Falschparken in Kopenhagen und der war auch schon märchenhaft. Für das Geld hätte ich mindestens zwei Wochen in einem Parkhaus in der Hamburger Innenstadt dauerparken oder mir den Sammelband aller Märchen von Hans Christian Andersen in der Deluxe-Edition kaufen können. Aber man merkt das Abenteuer Dänemark beginnt mit einer Geschwindigkeitsreduzierung oder, um mit der sehr beliebten Floskel um mich zu werfen „Entschleunigung".

Im Laufe der weiteren Fahrt verabschieden sich die in Dänemark eingefallenen Touristen voneinander. Die einen in Richtung Nordsee, die anderen in Richtung Ostsee. Der gemeine Dänemarkurlauber kann grundsätzlich in zwei Kategorien unterteilt werden. Der Nordseeliebhaber und der Ostseebefürworter. Wer sich einmal für eine Küstenseite entschieden hat, wird dieser in den meisten Fällen ein Leben lang treu bleiben. Eine Unterhaltung zwischen einem Nordseefahrer und einem Ostseebader wird in den häufigsten Fällen mit gegenseitigem Unverständnis enden. Die einen, die die Vorzüge der wilden und rauen Nordseeseite preisen und sich einen Urlaub nur in einem Haus in den Dünen vorstellen können. Und die anderen, die die ruhigere und von der Vegetation her buntere Ostseeseite gegen nichts eintauschen wollen. Vergleichbar mit den elementaren Fragen: Urlaub im Norden oder Süden, Berge oder Meer, Auto oder Flugzeug, Hotel oder Hütte, mit oder ohne Familie?

Aber egal auf welcher Seite von Dänemark man seinen Urlaub verbringt, man wird einige sehr unübersehbare Unterschiede zwischen Deutschland und Dänemark feststellen. Dafür muss man kein Experte sein, die Unterschiede sieht man einfach. Von den anders aussehenden Straßenschildern einmal abgesehen, fällt auf, dass ab der Ausfahrt 75 nach Bov, die an vor allem deutschen Autobahnen üblichen Böschungen vermehrt wegfallen und der Blick sich auf die umliegende Landschaft öffnet. Die Landschaft besteht aus Feldern und Laubbäumen und alles ist irgendwie flacher. Die Bäume, die Häuser, die Fahrradfahrer. Dänen sind begeisterte Rennradfahrer.

Der weite Blick wird eigentlich nur durch Strommasten und Windräder „gestört". Über Häuser sieht man einfach hinweg. Man möchte meinen, die Architektur in Dänemark kennt kein viertes Stockwerk. Das ist natürlich etwas übertrieben, aber selbst in den großen Städten sind die Bürogebäude im Vergleich zu anderen Großstädten eher geduckt und weniger spektakulär. Zumindest auf den ersten Blick. Hier zählen die inneren Werte. Die Architektur spiegelt mit ihren klaren Linien und dem aufs nötigste reduzierte äußere Tamtam die Mentalität der Dänen wieder. Geprägt durch das Jantegesetz*, einem alten Verhaltenskodex der Skandinavier, hüten sie sich etwas herausragendes, etwas auffälliges zu gestalten. Sie stellen vornehmlich die Zweckmäßigkeit in den Vordergrund. Schwere Zeiten für aufstrebende Architekten. Mehrfamilienhäuser in Form von Wohnsiedlungen, sind nur in größeren Städten zu sehen. Einfamilienhäuser dominieren und prägen das ländliche Erscheinungsbild.

Die bevorzugte Tracht der Eingeborenen ist der Hummeltrainingsanzug, gerne getragen in Kombination mit Badelatschen, Turnschuhen oder Bodden. Für deutsche Camper mutet Dänemark deshalb wie ein großer Campingplatz an. Man muss sich nicht einmal umziehen, um in die Stadt zu gehen.

In den größeren Städten sieht es schon ganz anders aus. Da regieren die Mode und der Schick. Die Trainingshose ist hier eher selten zu sehen, und wenn doch, dann wurde Sie mit Bedacht in das modische Gesamtkonzept integriert. Die Meinung von Karl Lagerfeld zum Thema Jogginghosen „Wer eine Jogginghose trägt, hat die Kontrolle über sein Leben verloren" kann hier neu diskutiert werden. Allerdings müssen sich die deutschen Camper noch etwas einfallen lassen, um nicht gegenüber den dänischen Jogginghosenträgern dumm aufzufallen. Die modische

Integration der Jogginghose ist hier noch nicht bei allen deutschen Campern ausgereift.

Wenn man die dänische Autobahn nun entspannt entlang gleitet und die Landschaft an sich vorbeiziehen lässt, dann sollte man zur Unterstützung der inneren Ruhe den automatischen Sendersuchlauf des Autoradios nutzen. Der nächste zu empfangende Radiosender, wird einem in sanfter dänischer Sprache das alltägliche Leben der Dänen näher bringen. Im Gegensatz zum gängigen Radioprogramm in Deutschland, wird hier viel mit Hörern kommuniziert oder schlicht etwas erzählt. Man muss die Sprache nicht einmal verstehen, es beruhigt einfach ungemein. Nur sporadisch wird das Programm von Musik unterbrochen.

Bei Ankunft am Ziel hat man jedenfalls die Anfahrt schon sinnvoll genutzt und sich in die richtige Urlaubsstimmung versetzt. Ausgeglichenheit und Ruhe sind die Stichworte, die einem eventuell in dem weiteren Verlauf des Urlaubs noch von Nutzen sein können. Dänemark ist nichts für Leute, die die weite Welt suchen. Große Abenteuer wird man nicht unbedingt finden. Mit dem Fahrrad durch Dänemark klingt nicht so spektakulär, wie mit dem Moped nach Neu Delhi oder mit dem Kajak um Spitzbergen. Und auch mit dem Segelboot vor Aerø zu kreuzen, ist eher unspektakulär und unaufgeregt. Aber es ist schön. Dänemark ist das Abenteuer für den bescheidenen „Mann". Wobei selbst das schon wieder zu viel Abenteuer für mich ist. Dänemark ist Sicherheit und es ist auch die Sicherheit problemlos wieder nach Hause zu kommen. Wer bei Ankunft seines Feriendomizils noch immer keinen Ruhepuls von unter 80 hat, hat irgendetwas falsch gemacht.

Im Großen und Ganzen ist es schon erstaunlich, wie sich trotz der gleichen topografischen Voraussetzungen und der langen, wenn auch nicht immer friedlichen gemeinsamen Geschichte, man mit Grenzüberschreitung trotzdem das Gefühl bekommt eine andere Welt zu betreten.

Bevor die Geschichte jetzt tatsächlich losgeht, möchte ich vorausschicken, dass dieses Buch nicht für sich in Anspruch nimmt, fundiert, vollständig oder objektiv zu sein. Es soll Spaß machen und es spiegelt lediglich meine persönlichen Erlebnisse und meine subjektiven Empfindungen und Eindrücke wieder, die ich auf meinen Reisen durch dieses wunderschöne Land gesammelt habe. Mit Sand in den Ohren und Salzwasser in den Augen ist eine objektive Darstellung schwierig und bei genauerer Betrachtung auch eigentlich gar nicht notwendig. Insofern ist die Richtigkeit von Angaben nicht zwingend gewährleistet. Es soll eigentlich meine Liebe zu einem Land wiedergeben, welches ich nur als Tourist kenne. Meine Lust auf Dänemark.

Dieses Buch ist all denjenigen gewidmet, die diese Liebe teilen und sich in meinen Erlebnissen als normaler Dänemarktourist vielleicht wiederfinden und einen ruhigen Platz in den Dünen zu schätzen wissen.

Jantegesetz: Das Jantegesetz (Janteloven) beschreibt die kulturellen und politischen Umgangsformen, nach denen es verpönt ist, sich selbst zu erhöhen oder sich als besser und klüger darzustellen als andere.

Eine Jante ist im Dänischen ein kleines Geldstück, vergleichbar mit dem Begriff Groschen im Deutschen. Das Jantegesetz ist also sozusagen das „Gesetz der recht und billig Denkenden".

Entwickelt hat es der dänisch-norwegische Autor Aksel Sandemose (1899-1965) in seinem Roman *Ein Flüchtling kreuzt seine Spur (En flyktning krysser sitt spor)* aus dem Jahr 1933. Sandemose wuchs im dänischen Nykobing Mors auf, einem Ort, den er in seinem Roman *Jante* nannte. In seinem Roman porträtiert er diese kleine Stadt zu Beginn des 20. Jahrhunderts.

13

Djursland

Eine leichte Brise weht nach einem heißen Tag von der Ostsee kommend über den Strand und streicht sanft durch die Halme des Strandhafers. Die Sonne ist im Begriff sich langsam auf ihre Nachtruhe im Meer vorzubereiten und schafft als Vorbereitung mit leicht rot gefärbten Schleierwolken eine muckelige Abendatmosphäre. Noch tanzen die Mücken dicht über dem Sand der Düne und meinem Kopf. Ich spüre die letzten Sonnenstrahlen der untergehenden Sonne auf meinem Gesicht, das nach einem heißen Sonnentag noch die Hitze des Tages abzugeben versucht. Ich habe mich auf diesen Abend vorbereitet. Vorbereitet, wie ich es seit einigen Jahren gerne mache. Manchmal alleine, manchmal mit einem Freund. Eine Art von Tradition hat sich langsam eingeschlichen, denn egal wo ich in Dänemark bin, suche ich mir einmal im Urlaub eine Bank in den Dünen mit Blick auf das Meer. Wenn die äußeren Umstände stimmen, wird diese Bank für diesen einen Abend mein kleines Wohnzimmer. Aus meiner Tasche nehme ich ein Glas und stelle es auf den Tisch vor der Bank. Es ist eine dieser Picknickbänke aus grobem Holz, wie es sie in jedem Baumarkt zu kaufen gibt. An Küstenwegen findet man immer wieder solche Bänke, die von den Kommunen aufgestellt werden. Der Reisende soll Zeit für die Schönheit der Umgebung finden. Das zweite Glas lasse ich noch in der Tasche. Mein Freund Kristian kommt später.

Willkommen in Djursland. Erstaunlich, dass wir diesen wunderschönen Flecken Erde in Dänemark gefunden haben. In meinen Reiseführern ist die „Nase von Dänemark" immer noch ein weißer Fleck. Kaum jemand biegt zwischen Århus und Randers nach rechts ab. Und wenn doch, dann nur um Ebeltoft zu besuchen. Es scheint spätestens bei der Stadt Ebeltoft das allseits bekannte Dänemark zu Ende zu sein. Ganz

Mutige kennen noch die Autostraße 15 nach Grenaa. Nicht weil die Stadt so schön ist, sondern weil die Autofähre nach Varberg/Schweden hier abfährt. Nein, so hässlich ist Grenaa gar nicht. Eigentlich hat sie sogar ganz niedliche Ecken. Zumindest um die Kirche im Stadtzentrum herum. Es gibt zwei erstaunliche Fakten über diese an den Rand gedrängte Stadt zu berichten. Sie bildet erstens den geographischen Mittelpunkt von Dänemark und zweitens ist der Weltmarktführer im Abwracken von Schiffen hier ansässig. Das Unternehmen hat sich auf die Zerlegung kleinerer Schiffe bis 100 Meter Länge spezialisiert. Die Masse macht's. Die großen Pötte werden weiterhin vor allem im asiatischen Raum verschrottet. Aber letztlich sind das nicht eben Touristenmagnete und lohnt nicht unbedingt einen Abstecher, aber man kann dank dieser Informationen mit unnützem Wissen prahlen. Doch eins hat Grenaa wirklich zu bieten. Ein wunderschönes Aquarium, das auf jeden Fall einen Besuch lohnt. Das Kattegatcenter, das nicht nur was fürs Auge zu bieten hat, sondern auch den Kleinsten viel zum selber entdecken gibt. Wechselklamotten sind empfehlenswert, da es in dem Wasserspielpark sehr feuchtfröhlich zu gehen kann.

Aber lassen wir Grenaa und nähern uns dem Ort, der seit ein paar Jahren Mittelpunkt unserer Sommerurlaube ist. Zwei Familien, zwei Häuser. Gjerrild Nordstrand. Ein kleiner Ferienhausort, der vor allem von Dänen selber bewohnt wird. Dieser Ort bietet eins - Ruhe. Für einen Urlaub zum Party machen sollte man eventuell ein anderes Ziel als Alternative in der Hinterhand haben.

Vielleicht lehne ich mich hier auch etwas zu weit aus dem Fenster, denn das mit der Ruhe stimmt nur bedingt. Es gibt hier zwar keine Kneipen, Discos oder andere Lokalitäten was Lärm machen könnte. Der Campingplatz am Rande bietet nur gelegentlich Open Air Partys an und dann ist um Zehn am Abend auch Ruhe. Was hier die Ruhe gerne mal stört ist Gartenarbeit. Da tatsächlich viele Dänen ihre Wochenendhäuser in dieser Siedlung haben, heißt es am Wochenende „Rasenmäher raus, der Spaß beginnt!" oder „wir ersetzen mal schnell die Holzterrasse in zwei

Tagen!" An guten Tagen gesellt sich noch der dezente Klang einer Zwei-Takt-Benzin-Heckenschere dazu. Der Dreiklang aus Rasenmäher, Heckenschere und Kreissäge, immer wieder mit dem Klappern eines vorbeirollenden Ein-Achs-Tiefladers unterfüttert, kann den Geräuschpegel eines Rockkonzerts erreichen. Wer das Wacken Open Air mag, kann einen Dänemarkurlaub als „Warm Up" für den nächsten August nutzen. Klappstuhl und den Kasten Bier nicht vergessen. Wer nicht, sollte Ausflüge an den Strand auf das Wochenende verlegen, um wenigstens dort Ruhe zu finden.

Wenn die Heimwerkerkönige ihren Spielplatz für eine neue Arbeitswoche verlassen haben, kehrt vorerst auch wieder Ruhe in der Häusersiedlung ein. Der obligatorische Transportanhänger ruht im Carport und kann sich von den strapaziösen Fahrten über die mit Schlaglöchern übersäten Schotterpisten der Feriensiedlungen erholen.

Ruhe? Nicht ganz. Nun schlägt die Stunde des hauptberuflichen Rasenmähermannes, der pünktlich um 8 Uhr am Montagmorgen seinen Dienst beginnt. Er arbeitet sich mit seinem Aufsitzrasenmäher Grundstück für Grundstück durch die Siedlung. Jetzt werden die Parzellen abgearbeitet, die an Touristen vermietet sind. Die Dose Bier immer in der Hemdtasche. Der Besuch erfolgt ohne Vorankündigung und es kann passieren, dass der Rasenmähermann mit seinem offenen und herzlichen Wesen einem durch das genauso offene Toilettenfenster hinter dem man gerade sitzt, Bescheid gibt, dass er jetzt den Rasen mähen wird. Danke.

Aber zwischen den Wochenenden und dem Auftauchen des Rasenmähermannes herrscht wirklich Ruhe. Es sei denn es trifft einen das Schicksal so wie mich in einem Urlaub, wo mein ebenfalls Urlaub machender dänischer Nachbar in seinem eigenen Sommerhaus scheinbar nichts mehr zu reparieren, zu malen oder sonst etwas zu tun hatte. Nach dem Hissen des Danebrog am Morgen, wurde mit dem Maßband der Rasenwuchs kontrolliert und anschließend der Rasenmäher aus dem Schuppen geholt. Der gute Mann hat tatsächlich dreimal in einer Woche seinen Rasen gemäht. Lagerkoller auf Dänisch. Da hätte ich auch Urlaub in einer deutschen Schrebergartenkolonie machen können. In der Beziehung stehen uns die Dänen ja auch in nichts nach. Viele Gärten sind wie mit dem Lineal angelegt und wirken so steril und gradlinig wie ein Golfplatz oder eine Sagrotanflasche. Hier einen Makel zu finden fällt schwer.

Glücklicherweise ist die Siedlung tatsächlich nicht so groß, dass ununterbrochen irgendjemand meint etwas machen, bauen, schneiden, sägen zu müssen.

Aber es stimmt schon. Die Dänen sind sehr ordentlich und auch sehr stolz auf das was sie haben. Vielleicht gibt es deshalb so viele Golfplätze hier oben. Als Spielplatz für diejenigen, die in ihrem eigenen Garten keine Aufgaben mehr finden, von den Ehefrauen nicht in der Küche geduldet und für weitere Gartenarbeiten auf den Golfplatz geschickt werden. Beschäftigungstherapie auf Dänisch. Natürlich nur eine Theorie von mir. Aber in jedem Garten steht ein Fahnenmast und der Ausdruck ihres Stolzes erfolgt primär durch das Hissen des Danebrog (auch „Dannebrog", die dänische Flagge, wörtlich Übersetzt „dänisches Tuch"). Man möchte auf den ersten Blick meinen, dass das Hissen der dänischen Fahne ein Zeichen für den Abschluss der Gartenarbeit ist, aber es steckt natürlich mehr dahinter und geht über die Grundstücksgrenze hinaus. Wer flaggt, sollte das 65 Seiten starke Werk über den korrekten Gebrauch des Danebrog gelesen haben (ich habe es noch nicht gelesen, habe aber auch keinen Fahnenmast). Beim Durchqueren kleinerer Ortschaften, lässt sich sofort erkennen, wo ein Geburtstag, ein Jubiläum oder sonst irgendetwas gefeiert wird. Die Hecke zur Straße ist dann mit kleinen rot-weißen Fähnchen geschmückt und an der Hofeinfahrt steht der etwa 1 Meter 50 hohe portable Fahnenmast auf beiden Seiten Spalier. Der fest installierte Fahnenmast, der auf keinem Grundstück fehlen darf, ist sowieso täglich geflaggt. Die dänische Flagge kann in allen Variationen in fast jedem Laden erworben werden. Immer gibt es irgendwo eine Ecke, wo kleine Fähnchen (auch als Zahnstocher verwendbar), größere Fähnchen (nicht als Zahnstocher verwendbar), Geschenkpapier, Servietten, Tischdecken und so weiter angeboten werden. Das reichhaltige Sortiment braucht der Däne auch, denn spätestens, wenn bei der Königsfamilie ein Geburtstag ins Haus steht, dann verschwindet das gesamte Land unter einem rot-weißen Teppich aus Fahnen und Fähnchen.

Jetzt, in diesem Moment auf meiner kleinen Bank in den Dünen, herrscht eine behagliche Ruhe. Der nächste Rasenmäher ist fern und ich werde eins mit der mich umgebenden Natur. Ich lasse meinen Blick über das Meer gleiten und ich spüre wie eine Ruhe in mich eindringt, die ich sonst im Alltag eher selten spüre.

Zwei junge Mütter kommen auf ihrem Abendspaziergang, dem Küstenweg folgend, an meinem Tisch vorbei. Jede schiebt einen Kinderwagen vor sich her, der dem Ausmaß eines Kleinwagens entspricht. Wir grüßen uns und ich erhalte von beiden ein freundliches Lächeln. Während in Deutschland jede neue Generation an Kinderwagen kleiner, kompakter, faltbarer und wackeliger ausfällt - zum Zusammenklappen wird ein Ingenieurstudium empfohlen - sind die Kinderwagen in Dänemark immer groß, geräumig, mit großen Speichenrädern und Federung ausgestattet. Kinderwagen, wie aus den sechziger Jahren, aber bestimmt neuerem Datums. Großraumsänften für die Kleinen. Ob die Kinder solange in dem Kinderwagen liegen bis sie laufen können? Wie ein Vogel, der aus dem Nest heraus Fliegen lernen muss? Auch diese Kinderwagen sind ein bemerkenswerter Teil von Dänemark und hier und jetzt bin ich auch ein kleiner Teil von Dänemark. Hier auf meiner kleinen Düne in der Abendsonne. Auch ohne Danebrog, aber trotzdem bald mit Fahne.

Viel Küste

Die Damen sind weitergezogen und vorerst scheint auch kein weiterer Fußgänger mehr in der Nähe zu sein. Auch Kristian nicht. Ich folge mit meinem Blick dem Verlauf des Strandes, der sich einige Kilometer entlang der Dünen zieht, um sich am Horizont in der sich langsam erhebenden Steilküste zu verlieren. Es ist beneidenswert, wie viel Küste Dänemark zur Verfügung steht. Fantastisch. Egal an welcher Stelle man in Dänemark an die Nord- oder Ostsee tritt, man fühlt sich wohl und ziemlich alleine. Die nächsten Bauwerke sind in den meisten Fällen alleinstehende Einfamilienhäuser mit stattlichen Grundstücken. Das Ganze wie immer dänisch dezent und zurückgesetzt in den Dünen. Die am dichtesten zum Wasser stehenden Bauwerke, abgesehen von den ehemaligen deutschen Bunkeranlagen an der Nordseeküste, sind die Hütten der hiesigen Fischer. Etwas windschief und von den jeweiligen Elementen der Jahreszeiten gezeichnet. Ein kleines bisschen Fischerromantik liegt in der Luft, aber eigentlich sind sie nur Lagerplätze für den täglichen Gebrauch und auf Zweckmäßigkeit getrimmt. An der deutschen Nord- und Ostseeküste hingegen drängeln sich die Seebäder aneinander und versuchen sich gegenseitig mit noch längeren und imposanteren Uferpromenaden zu übertrumpfen. Was kommt dem Zeitgeist am nächsten? Mondän und exklusiv? Jung und Hipp? Sportiv und stylisch? Welcher Sand vor der Promenade ist feiner? Wer hat die schöneren Strandkörbe? Welches Kurbad richtet die Strandkörbe gleichmäßiger aus? Wer hat das furchtbarste Kurkonzert? Wer hat die älteren Kurgäste? Man hört förmlich den euphorischen Zwischenruf „wir, unsere Gäste haben Einzelstellplätze für ihre Rollatoren!" Es stellen sich weitere Fragen. Was kann ich noch zubauen? Man möchte meinen, die deutsche Küstenlinie ist bei so viel Bauwillen entschieden zu kurz. Wie neidisch müssen deutsche Architekten auf so viel jungfräuliche Küste im Nachbarland sein. Wie viele Seebäder könnte man an Dänemarks Küsten bauen? Jedes Jahr ein Neues. Noch schöner, bunter, älter und man wäre über viele Jahre damit beschäftigt die Küsten Dänemarks zuzubauen. Händereiben bei den Baufirmen. Sehen die Dänen den nicht ihr riesiges Potenzial? Es liegt doch direkt vor der Haustür. Weiter als 50 Kilometer kann kein Däne von der Küste entfernt wohnen. Dänen auf Grönland natürlich ausgenommen. Da hat es jeder Hamburger weiter, um zur Nord- oder Ostsee zu kommen. Bei 5,5 Millionen Einwohnern muss doch da was gehen. Was für eine Vorstellung.

Erstaunlicherweise ist das aber nicht der Fall und noch viel interessanter ist, dass mir nicht ein Seebad in Dänemark bekannt ist, das annährend wie Boltenhagen oder Kühlungsborn aussieht. Vermutlich ist Skagen an der Nordspitze von Dänemark das, was dem am nächsten kommt.

Das an der westdeutschen Küstenlinie vor langer Zeit vor allem Fischer gelebt haben, ist nur noch an einigen wenigen verbliebenen und mittlerweile unter Denkmalschutz stehenden Fischerhütten,

Kapitänshäusern und dem kitschigen Interieur von Möchtegern-Hafenkneipen zu erahnen. Weniger schützenswerte Hütten werden zu Edelstrandkiosken, in denen man Großmaulsuppe mit Schampus schlürfen kann. Aus dem Porsche auf die Holzbank. Mal wieder Arbeiterklasse spüren, aber dabei bitte unter sich bleiben. Ansonsten wird die Fischerromantik nur noch in Souveniershops durch alberne verkindlichte in Fernost schlecht gefertigte Holzfischkutter und Räuchermännchen mit Südwester auf dem Kopf gelebt. Das mag verbittert klingen und manchen deutschen Nord- und Ostseetouristen vor den Kopf stoßen, aber ich liebe es über Geschmack zu streiten.

Regentage

Es ist wirklich schön auf dieser Bank zu sitzen und den Sommer zu genießen. Zum Glück ist das Wetter diesen Sommer ausgesprochen gnädig mit uns. Es gab bisher nur einen Regentag und der war gleich bei der Anreise. Das ist aber nicht weiter schlimm, da kann man tatsächlich ohne schlechten Gewissen im Haus rumschlunzen und es sich auf dem Sofa mit einem guten Buch bequem machen. Als Einstieg in den Sommerurlaub gut, um gleich mal runter zu kommen. Selbst die Kinder können mittlerweile einen Regentag mal ganz gut verkraften. Ein 1000 Teile Puzzle, ein gutes Buch oder das klassische „Spiel des Lebens" können einem den Tag kurzweilig gestalten.

Schwieriger wird es, wenn der Regen anhält und sich über mehrere Tage hinzieht. Dann hilft auch das Puzzle nicht mehr. Im Sommer ist das immer etwas doof, da man ja eigentlich auf Sonne, Strand und Baden eingerichtet ist. An Regenzeug denkt man in den Sommerferien ja eher weniger. Da hilft es nur, das vermeintlich Schlechte in etwas Gutes zu verwandeln und auch bei Regen den Weg nach draußen zu suchen und als Gemütlichkeit zu verkaufen. Als Belohnung gibt es ein trockenes Handtuch und ein Hörspiel von den „Die Drei Fragezeichen" auf dem Sofa. Wenn gar nichts mehr geht, dann kann man immer noch die Flucht in die nächste Stadt antreten. Ein kleiner Bummel durch die Straßen, ein kleiner Kaffee und ein Stück Kuchen in einem netten kleinen Café können den Schlechtwetterfrust auch kurzzeitig vertreiben.

Im Herbst ist die Einstellung zum schlechten Wetter ja schon eine ganz andere. Man erwartet einfach schlechtes Wetter, wenn man nach Dänemark fährt. Meine Mutter sagte immer, „es gibt kein schlechtes Wetter, nur die falsche Bekleidung". Sagte es und blieb zu Hause, wenn es regnete. Eine lustige Frau mit Sinn für Humor. Ich wollte es allerdings nicht ganz so halten und habe mir passende Regenjacken angeschafft. Ich habe mir die weisen Worte zu Herzen genommen. „Die Familie muss raus, bei Wind und Wetter". Und freue mich ins geheim auf einen prasselnden Ofen und eine heiße Sauna nach einem langen Strandspaziergang bei frostigem Wind.

Sollte es allerdings mehrere Tage hintereinander regnen und das für solche Tage mitgebrachte Buch zuende gelesen sein, dann kann man schon ein wenig wunderlich werden und dann hat man ein kleines Problem. Nein, besser gesagt eine Herausforderung.

Nach spätestens vier Tagen Dauerregen wird es mir zumindest einfach langweilig. Und wenn ich dieses Niveau erreicht habe, dann spielt sich der weitere Verlauf des Urlaubs vielleicht in etwa so ab:

Die Literatur meiner Frau und meiner Kinder reizt mich nicht. Noch nicht. Ich fange erst einmal von meinem Sessel aus an, den Regentropfen an der Scheibe beim Perlen zu zusehen. Ich beginne mir Fragen zu stellen, wie „Warum sind manche Regentropfen schneller als andere? Warum fließen sie nicht einfach gerade herunter, sondern nehmen auf ihrem Weg immer wieder einen Zickzackkurs, um andere Tropfen mit aufzunehmen?" und beantworte mir dann die Fragen selber. "Ah, sie speisen sich mit neuem Wasser, welches sie an der Scheibe auf ihrem Weg als Gleitmittel verloren haben. Je mehr Wasserspeicher auf dem Weg nach unten aufgenommen werden, desto schneller wird der Tropfen."

Mit dieser Erkenntnis versuche ich den Weg einzelner Tropfen auf dem Weg an der Scheibe hinab vorherzusagen, werde aber immer wieder von unvorhergesehenen Haken des Lauftropfens überrascht. Vorhersagen sind schwierig, stelle ich fest. Ich gebe diese Art von Prognosen auf und eröffne lieber ein kleines Wettbüro. Die Quoten stehen gut für den Tropfen, der dicht am Fensterrahmen, aber noch weit genug von dem Fensterkitt entfernt, Fahrt aufnimmt. Das Rennen hat begonnen. Der Kontrahent etwas weiter rechts wird durch eine Verunreinigung auf der Rennstrecke abgelenkt und ausgebremst. Der Tropfen an der Außenbahn strebt unbeirrt mit wenig Ablenkung - nahe an der Ideallinie - dem Ziel entgegen, während der gegnerische Tropfen immer noch bemüht ist, nach dem ungeplanten Zwischenstopp, wieder Fahrt aufzunehmen. Das Rennen scheint entschieden, auch wenn der Tropfen in der Fenstermitte deutlich an Fahrt gewinnt und zu einem phänomenalen Endspurt ansetzt. Trotzdem reicht der herausgearbeitete Vorsprung, des am Fensterrand sich hinabbewegende Tropfen, und er erreicht an der unteren Kante des Fensterrahmens als Erster das Ziel. Er sammelt sich, aufgefangen von anderen Tropfen, in einer kleinen Pfütze und lässt sich frenetisch feiern. Das Rennen ist entschieden. Ich gratuliere zu diesem Start-Ziel-Sieg und feiere jubelnd mit. Meine Familie hat wohl meine Langeweile bemerkt und beschließt die hauseigene Spielesammlung auf den Tisch zu bringen. Ludo ist angesagt. „Mensch ärger dich nicht" auf Dänisch. Wir gehen an diesem Tag früh ins Bett, in der Hoffnung, morgen ein etwas besseres Wetter beim Öffnen der Gardinen zu sehen.

Wir werden enttäuscht. Es regnet noch immer und Tag 5 lässt auch keinen hellen Schimmer am Horizont zu, der Besserung verheißen könnte. Nach dem Frühstück gehe ich die hauseigene Bibliothek durch. Alles auf Dänisch. Ich ziehe hier und da ein Buch aus dem Regal und versuche den Inhalt des Buches zu erraten. Gartenphilosophie ist das Erste, was ich anfasse. Was wächst, blüht und gedeiht, wann, wo und wie in meinem Garten? Ich habe gar keinen Garten in Hamburg. Ich lege das Buch zurück. Als nächstes nehme ich einen dänischen Roman in die Hand. Scheint ein Liebesroman zu sein. Irgendwann stoße ich auf ein Buch mit einem deutschen Titel „Die Liebenden von Sotschi". Konsalik. „Ist das nicht der Vielschreiber mit den Liebesromanen?", denke ich so für mich. Meine Mutter hat diese Bücher gerne gelesen, das ist alles was ich über Herrn Konsalik weiß. Aber noch ist mir nicht langweilig genug, um dieses Buch anzufangen. Ich nehme stattdessen eine Ausgabe der dänischen Variante von dem Magazin „Schöner Wohnen" mit zu meinem Sessel. Die Dänen sind wirklich bemüht ihr Nest gemütlich und heimelich zu gestalten. Eigentlich müsste ich jetzt für das heimelige das dänische Wort

„Hygge" verwenden, welches auch immer mehr in den deutschen Wortschatz aufgenommen wird, aber mir wird der Begriff mittlerweile etwas zu inflationär gehandelt. Deshalb verzichte ich. Bevor ich anfange nach den gerade gesehenen Impressionen den Wohnbereich umzugestalten, unternehmen wir lieber einen kleinen Ausflug zu dem in unmittelbarer Nähe zum Strand gelegenen kleinen Einkaufzentrums. Es regnet. Der Himmel ist verhangen und über dem Meer ziehen die Wolken eilig vorbei. Der Horizont verschmilzt zu einem einzigen Grau und der Übergang vom Meer zum Himmel ist nicht auszumachen. Es ist so dunkel, dass man meinen könnte der Abend bricht herein, aber es ist gerade einmal 14 Uhr. Nicht ein Surfer nutzt den guten Wind. Auf dem Spaziergang denke ich über die Wohnzeitschrift nach. Auf den Bildern in der Zeitung wirken die neugestalteten Wohnbereiche immer, dank intensiver Sonneneinstrahlung, gemütlich und warm. Die Räume sind immer lichtdurchflutet und die verwendeten Farben dürfen ihre Pigmente in fast exhibitionistischer Art und Weise zur Schau stellen. Bewusst habe ich nicht ein Bild in diesem Magazin gesehen, in dem es hinter den Fenstern regnet. Ich stehe jetzt seit 5 Tagen hier im Regen. Arbeiten die Fotografen dieser Zeitschrift jetzt nicht? Nach der Bildauswahl in den Artikeln zu urteilen, können die ihre Fotos ja eigentlich nur bei Sonnenschein machen. Wie viele Tage im Jahr regnet es eigentlich in Dänemark? Ich sollte über eine berufliche Veränderung nachdenken.

Wir erreichen eine kleine Ansammlung von Flachdachbauten, die den Rahmen einer kleinen Fußgängerzone bilden. Rechts davon breitet sich der kleine Jachthafen aus, der wenig besucht wirkt. Die Segler suchen sich auch lieber sonnigere Ecken in Dänemark. Die kleinen Läden mit Surferklamotten und Windjacken sind schnell erkundet. Der Imbiss ist geschlossen. Das kleine Schild sagt „geöffnet von Mai bis Oktober". Schade, dass der November gerade angefangen hat. Ein Flyer an der Scheibe des Imbisses, die scheinbar mehr als Veranstaltungskalender, als eine Lichtquelle genutzt wird, bietet unter anderem Kerzenziehen in einem der kleinen Hafengebäude an. Ich rümpfe die Nase und verweigere

mich dieser, in meinen Augen total überbewerteten Freizeitbeschäftigung.
Wir gehen weiter und es regnet immer zu. Jetzt mit noch mehr Wind. Der
gesamte Ausflug hat bisher etwa 45 Minuten gedauert. Der Tag ist noch
immer lang. Regen kann den allgemeinen Gemütszustand stark
beeinflussen und dafür sorgen, dass die Interessen sich verändern. Bunte
Blüten treibt das schlechte Wetter im Kopf und man lernt sich für einfache
Dinge zu begeistern, die man normalerweise nicht unbedingt wahrnehmen
würde, vielleicht eher bewusst ignorieren und/oder als lächerlich und als
Zeitverschwendung abtun würde. Dänische Gartenbücher und
Wohnzeitschriften beispielsweise. Aber ganz weit vorne ist Kerzenziehen.
Etwas, wo ich behaupten würde, niemals derartiges in mein Leben zu
lassen. Dieses Freizeitvergnügen wird mein Interesse niemals entflammen.
Niemals würde ich mich herablassen eine solche Tätigkeit Teil meiner
Freizeit werden zu lassen. Lieber sehe ich mir noch ein Tropfenrennen an
unserer Terrassentür an. 5 Minuten später sitze ich an einem großen Tisch
in einem kleinen Haus am Hafen und brösele kleine Wachskrümel in eine
Gießform. Meine Kerze halte ich in Gelbtönen, während mein Sohn und
meine Tochter alle Farben verwenden die greifbar sind. Es ist urgemütlich
in der Werkstatt. Ein kleiner Feuerofen in der Ecke strahlt eine wohlige
Wärme aus, während draußen der Wind peitscht und die Tropfen gegen
die Scheiben drückt. Trotzdem war ich froh, unsere Kerzen nur gießen
und nicht auch noch ziehen zu müssen. Das hätte Stunden gedauert den
Docht nach jedem Eintauchen in das heiße Wachs wieder auskühlen zu
lassen und wieder von vorne zu beginnen. Unsere Kerzen konnten wir am
nächsten Tag abholen und bis dahin hatte ich viel Zeit mir zu überlegen,
wie ich die nächste Kerze gestalte.

Diese Erfahrungen von Dauerregen im Urlaub sind natürlich rein
hypothetisch und mein Verhalten hat so natürlich nie stattgefunden. Kann
mich zumindest nicht so richtig daran erinnern. Meine Frau sieht das
allerdings etwas anders. Aber wir lernen: Man kann dank Regen und
Langeweile viel lernen. Sei es über die dänische Gartenflora oder das

Perlverhalten von Regentropfen. Regen kann so schön sein, Kerzenziehen noch immer nicht.

Der Gedanke über Dauerregen bringt mich noch darauf, auf eine andere Art Urlaub zu machen. Wie halten das eigentlich Camper bei schlechtem Wetter in ihren Zelten aus? Eine Frage, die ich mir oft stelle. Meine Campingerfahrungen sind bescheiden und die paar Male, die ich in einem Zelt schlafen musste, waren nicht schön, aber erinnerungswürdig. Einmal hatten Kristian und ich beispielsweise, als wir noch jung und Reise unerfahren waren, auf der Insel Föhr vergessen unser Zelt zu schließen. Wir gingen feiern, draußen fing es heftigst an zu regnen. Das hat uns nicht weiter gestört, da wir ja in einem geschlossenen Raum am feiern waren und somit im Trockenen saßen. Allerdings stellten wir beim Zurückkommen fest, dass das Wasser knöcheltief im Zelt stand und unsere Isomatten fröhlich durchs Zelt trieben. Der Rest des Gepäcks war natürlich auch nass und so war in dieser Nacht nicht wirklich an Schlaf zu denken. Das ist Lehrgeld, das man in diesem Moment zahlen muss. Allerdings waren die anderen Nächte, die ich in Zelten verbringen musste, weniger feucht und dramatisch, aber dafür immer mit Rückenschmerzen am nächsten Morgen verbunden. Ich habe mit dem Zelten also soweit abgeschlossen und kann dem bis heute nicht viel abgewinnen. Mein Freiheitsdrang sah zelten einfach nicht vor, aber reisen wollte ich damals trotzdem und das mit wenig Gepäck.

Ich hatte als Mittzwanziger irgendwann einmal das Gefühl für eventuelle Reisen einen Trekkingrucksack haben zu müssen. Die Idee dahinter war recht einfach. Die Hände freihaben und nicht mit einem Koffer, Trolli oder einer Umhängetasche durch die Gegend laufen. Der schöne Nebeneffekt war, cool wie ein Weltenbummler zu sein. Das Gefühl auf dem Bahnsteig des Altona Bahnhofs zu stehen, auf den nächsten Zug zu warten, weltmännisch drein zu blicken und den Eindruck zu vermitteln, in der ganzen Welt zu Hause zu sein. Dass ich nur 20 Gehminuten vom Altona Bahnhof entfernt wohne und eigentlich nur auf der Fahrt zu einem Seminar in Frankfurt bin, musste ja keiner wissen.

Ansonsten habe ich den Rucksack mangels Alternativen nur als normale Reisetasche benutzt und mich jedes Mal geärgert, wenn nach dem Wurf des Rucksacks in den Kofferraum noch die ganzen Bänder, Schlaufen und Haken über die Ladekante hingen.

Gute 10 Jahre später hatte sich mein Leben ein wenig verändert. Ich musste nicht mehr zu Seminaren fahren, hatte einen größeren Kofferraum und tatsächlich irgendwann eine neue Reisetasche. Den Rucksack hatte ich aber immer noch. Im Schrank ganz hinten, unter den alten Schuhen und meinem seit 15 Jahren nicht mehr benutzten Tennisschläger.

Wenn der Platz im Schrank selbst für Motten zu klein wird, dann heißt es aufräumen. Unter anderem fiel mir auch dieser Rucksack wieder in die Hände und ich beschloss mein Weltenbummlerdasein zugunsten der Familie aufzugeben und stellte den Rucksack im Internet zum Verkauf ein. Nicht über das allseits bekannte Auktionshaus, sondern eine Art Internetflohmarkt für Selbstabholer. Es meldete sich auch tatsächlich nach geraumer Zeit jemand per Telefon, stellte sich als „der Nils" vor und stellte einige Fragen zur Größe und Beschaffenheit des Rucksacks. Ich gab bereitwillig Auskunft und erwähnte lapidar, dass er für Wochenendtripps geeignet ist und man bequem ein paar Unterhosen einpacken kann. Er wollte sich den Rucksack dann auch gerne einmal am nächsten Tag um 18 Uhr anschauen. Alles gut, alles soweit schön. Ich bin um 18 Uhr zu Hause und warte auf das was kommt. Das Spannende an dieser Art von Verkauf ist die Frage, wer kommt, kommt derjenige überhaupt und wenn er kommt, wird er kaufen?

Beim so dahin Sinnieren werde ich vom Klingeln des Telefons aus meiner Gedankenwelt gerissen.

Es meldet sich „der Nils" und erklärt, dass er noch im Stau auf der Autobahn steht und eventuell etwas später kommen würde, wenn es denn noch für mich in Ordnung wäre. Ich verkniff mir zu erwähnen, dass er schon 20 Minuten über der Zeit war und sagte lieber, dass ich zu Hause bin und er sich Zeit lassen kann. Gegen 20 Uhr klingelt es dann doch noch an der Tür. Ein junger Mann mit einem Lächeln, das einen sofort gefangen nimmt, erschien in der Tür. Besser gesagt, dieser junge Mann füllte den Türrahmen aus. Ein gut 2 Meter großer Mensch mit breitem Kreuz sah auf mich, 180 Zentimeter kleinen Menschen, herab. Ich blickte zu dem Rucksack, der selbst bei mir nicht besonders groß aussah und blickte wieder zurück zu meinem Gast. Ich war sofort der festen Überzeugung, dass die beiden nicht zu einander finden würden. Nils sah das wohl etwas anders und beäugte den Rucksack interessiert. Ich redete einfach mal drauflos. Ich wiederholte das mit dem Wochenendtrip und setzte noch hinzu, dass ich eine Weltumrundung aufgrund der Größe des Rucksacks ausschließen würde. Er bestätigte mit seinem charmanten Lächeln die Eignung des Rucksacks für den Transport von 3 Paar Unterhosen. Jederzeit rechnete ich mit dem Abbruch der „Verhandlungen". Doch dann wollte er den Rucksack auch noch aufsetzen. Der Rucksack sah im leeren Zustand lächerlich klein auf seinem Rücken aus und wirkte, als ob nicht einmal drei paar Unterhosen in den Rucksack passen würden. Ich gab im Geiste die Verhandlung endgültig als gescheitert auf. Er dreht sich zu mir um und war begeistert.

Jetzt wurde Nils redselig und erklärte sein Vorhaben. Einmal nach Thailand, von da aus weiter durch Indochina und eventuell noch nach Australien. Er habe ein halbes Jahr Zeit, bevor sein neuer Job anfängt. Puh, gut dass es keine Weltumrundung wird.

Unglaublicher Weise verzichtete er auf alle weiteren Verhandlungen und nahm den Rucksack zu dem von mir zur Verhandlung angegebenen Preis. Ich war perplex und er freute sich wie ein Kind, so dass ich ihm eigentlich den Rucksack hätte schenken müssen. Er hatte den Rucksack einfach mehr verdient als ich. Ich fragte, wann der Trip den losgehen solle und er sagte lächelnd – nächste Woche. Er zahlte, gab mir noch einmal sein entwaffnendes Lächeln und verabschiedete sich. Er hinterließ einen völlig verwirrten Menschen. Es passte alles nicht in meine durchgeplante Welt. Wie kann man eine Woche vor so einem Trip sich erst einen Rucksack kaufen? Ich hätte mir den schon 1 Jahr vorher gekauft und zwar

2 Nummern größer als das kleine „Ding", damit für jeden Tag dieser verdammten Reise eine neue Unterhose reinpasst. Und was mir noch mehr Angst machte: Zu diesem Zeitpunkt tobte über Thailand und den Philippinen ein Taifun, der ungeheure Schäden verursachte und bereits ziemlich vielen Menschen das Leben gekostet hat und „der Nils" erzählt mit einer unglaublichen Gelassenheit, dass er nächste Woche losfliegt, um durch Thailand zu trampen. Entweder hört er keine Nachrichten oder er ist wirklich sorglos.

Ich glaube, mir fehlt diese Gelassenheit und es hat mir bestätigt, dass ich keinen Trekkingrucksack brauche, geschweige denn diesen verdient habe. Aber vielleicht hat „der Nils" mir auch sonst irgendwas erzählt und ich treffe ihn irgendwann zufällig auf dem Altona Bahnhof samt Trekkingrucksack auf dem Weg zu einem Seminar in Frankfurt oder ähnlichem.

Ein Regentag in Dänemark. Ein Moment zum Verweilen. Ein Moment zur Rückbesinnung, wie ich gerade bemerkt habe. Und wie verwöhnt man eigentlich ist.

31

Am Hafen

Aber das Fernweh steckt trotzdem in mir. Auch wenn ich es vielleicht nicht so bunt und weitläufig auslebe wie „der Nils". Aber bei meinen kleinen Weltenbummeleien zieht es mich beispielsweise immer an den Hafen. Egal, wo ich mich gerade aufhalte. Aber gerade hier in Dänemark, wo die Häfen klein und übersichtlich sind, da kann man erleben, dass ein Hafen ein Ort der Zusammenkunft ist. Einige, die hier arbeiten und wohnen, andere, die mit ihren Segelbooten und Jachten über das Meer kommen und hier anlegen und natürlich auch die Touristen wie ich, die mit dem Auto oder Fahrrad anreisen. Hier kommt die Welt zusammen, hier kommt die Welt zu mir und ich beobachte still dieses Zusammentreffen unterschiedlichster Menschen.

Ich mag es, mich einfach auf eine der Bänke am Hafenbecken zu setzten und das bunte Treiben um mich herum zu beobachten.

Einige bleiben nur kurz und wollen vielleicht nur beim Fischer in der Halle noch vier Schollenfilets oder eine Handvoll Krebsscheren kaufen. So wie die ältere Dame mit der roten Windjacke, die sie sich vielleicht extra für diesen Urlaub gekauft hat. Andere, die über das Meer gekommen sind, bleiben vielleicht länger. In vielen Fällen auch über Nacht und nutzen die Sanitäreinrichtungen der Marinas und den örtlichen Supermarkt, um die Vorräte aufzufrischen. So wie das junge Paar mit den zwei Kindern, die eben an einem der Liegeplätze fest gemacht haben.

Die kleinen Häfen an der Ostseeküste sind Knotenpunkte, die von allen Seiten angelaufen werden. Hier treffen Menschen unterschiedlichster Couleur aufeinander. Der Segler aus Deutschland, der mit seiner Frau und seinen beiden Kindern die Inselwelt in der dänischen Südsee erkunden will und nun heute Nacht neben der deutlich größeren Jacht aus Norwegen fest macht. Auf dieser residiert wiederum der pensionierte Manager aus Bergen, der aber, wie unter Seglern üblich, nicht pikiert das kleinere Boot aus dem Augenwinkel mustert und die Nase rümpft, sondern vielleicht sogar zu einem Glas Wein am Abend auf sein Schiff lädt.

Vielleicht trifft die ältere Dame im kleinen Supermarkt vorher noch auf die Segler aus Deutschland und sie unterhalten sich kurz miteinander, bevor das Paar sich mit den Norwegern am Abend auf deren Jacht zum internationalen Nautikeraustausch trifft.

Und unbedingt treffen sich die Kinder von den Segelbooten und Jachten auf dem am Hafen gelegenen Spielplatz und freuen sich einfach Gleichgesinnte zu treffen, egal welcher Nationalität sie angehören. Alles ist spannend. Hauptsache heute mal nicht alleine mit der eigenen Schwester spielen zu müssen.

Der Hafenmeister koordiniert das kleine Bootsballett und sorgt für die richtige Durchmischung der Ankommenden. Das vielleicht eher unbewusst, aber er ist der Barkeeper und sorgt für einen bunten Cocktail aus den unterschiedlichsten Charakteren in seinem Hafen.

Touristen, die auf dem Landwege kommen, meiden eigentlich eher den direkten Zugang zu den Stegen des Jachthafens. Man fühlt sich vielleicht den Seglern verbunden und träumt irgendwo gemeinsam von der großen weiten Freiheit auf dem Meer, aber Kontakte kommen selten zustande. Da bleibt jeder lieber unter seinesgleichen. Und von den Einheimischen ist auch kein tiefergehender Kontakt zu erwarten. Die arbeiten hier und die einzigen Berührungspunkte liegen an der Kasse im Supermarkt oder am Tresen des Havnekiosk, wenn man Fritten und Bier bestellen will.

Aber es gibt einen Punkt in jedem Hafen, der die gemeinsame Schnittstelle aller sich hier befindlichen Menschen bildet. Es ist nicht das Klohäuschen, wie man vielleicht meinen könnte. Es ist das schwarze Brett. Die Informationstafel des gesamten Ortes. Hier findet man alles, was man als Einheimischer, Segler oder anderweitiger Besucher wissen muss. Wann sind die nächsten Hafenfeste? Wer gibt Klavierunterricht? Hat jemand diese Katze gesehen? Dieser Anhänger, dieses Boot, dieses

Haus ist/sind zu verkaufen/tauschen/verschenken! Und wer bietet hier im Hafen eigentlich Angelausflüge mit einem Fischkutter an? Es wird alles an diesem Brett ausgehängt, was wichtig erscheint. Es ist die dänische Art eines Stadtmagazins. Und wenn man zu lange vor dem Brett steht und mittlerweile von den Möwen mit Guano dekoriert wurde, dann findet man auch einen Hinweis auf die nächste Wäscherei.

Bjerge Strand ´77

Das noch leere Trinkglas auf dem Tisch bricht die Sonnenstrahlen durch seine sechseckige Form und verteilt das Licht in bunten Farben, wie ein Kaleidoskop, über die unebene Tischplatte. Ich habe jetzt das Alter erreicht, in dem man sich von billigem Rotwein aus Plastikbechern verabschiedet und auf weniger Kopfschmerz verursachende Getränke aus Gläsern umsteigt. Aus meiner Tasche ziehe ich eine Flasche Bourbon Whiskey und halte sie gegen die tiefstehende Sonne. Das Wasser des Lebens scheint zu purem Bernstein zu werden. Eine intensivere und wärmere Farbe habe ich noch nie gesehen. Unser geistiges Getränk für den Abend. Zu guter Letzt wird das Ganze mit einer Flasche Cola aufgestockt. Puristen rümpfen bestimmt die Nase, aber so edel ist der Tropfen nun auch wieder nicht. Die drei Eckpfeiler des Abends stehen parat. Glas, Whiskey, Cola. Seit letztem Jahr ist ein bis dahin wichtiger Eckpfeiler weggebrochen. Die obligatorische Schachtel Zigaretten findet den Weg aus dem Automaten nicht mehr auf diesen Tisch. Einer der wenigen Abende im Jahr, wo die Abwesenheit wahrlich schmerzt.

Das erinnert mich an die Zeit, als ich diese Probleme noch nicht kannte. Mein erstes Mal. Mein erstes Mal Dänemark. Das war 1977 und ich war gerade mal 5 Jahre alt. Drei Wochen sollten wir in den Sommerferien in einem Haus am Bjerge Strand wohnen. Ein kleiner Ort, an der Westseite der Insel Seeland gelegen. Gar nicht so weit weg von meinem Plätzchen hier. Man muss von hier aus nur mit der Fähre von Ebeltoft zur Seeland Odde fahren und dann ein bisschen weiter gen Süden. Was Dänemark ist, war mir damals nicht bekannt und interessierte mich auch nicht weiter. Mit 5 Jahren hatte ich noch keine eigene Meinung und meine Interessen beschränkten sich auf die nächste Sandkiste. 1977 ist wirklich schon lange her. Wie hat sich die Welt seitdem gewandelt.

1977 war die Zeit, als Reisebusse noch in jeder Rückenlehne einen Aschenbecher hatten, das Fernsehprogramm bei uns zu Hause aus 3 Sendern bestand und das Bild in Schwarz/Weiß war. Boney M als musikalische Sensation galt und der erste VW Golf sich immer mehr verkaufte. „Szene" war das Wort des Jahres, der Liter Normalbenzin kostete etwa 87 Pfennig, das sind heute in etwa 45 Cent, und Sonnenschutzmittel noch mit Lichtschutzfaktor 4 den Sonnenbrand verhindern konnte.

Der Ort Bjerge Strand bestand nur aus einer guten Handvoll Ferienhäuser und einer Hauptverkehrsstraße, wenn man dieses schmale durchlöcherte Asphaltband so nennen kann. Von dieser Straße gingen links und rechts kleine aus Schotter bestehende Stichwege ab, die sich irgendwo unter hohen Fichten verloren. An diesen Wegen kuschelten sich, hinter dichten Büschen versteckt, die Grundstücke aneinander. Die Häuser waren alle in einem dunklen Braun gestrichen und waren wohl auch zur damaligen Zeit schon nicht mehr ganz auf der Höhe der Zeit. Die Rasenflächen waren bis zu den bebuschten Grundstücksgrenzen auf Golfplatzniveau gehalten. Rasenmähen war schon damals ein wichtiger Bestandteil der dänischen Kultur. Ich könnte mir vorstellen, dass schon die Wikinger kurz nach der Entdeckung Grönlands, den Rasenmäher zur Pflege ihrer Hünengräber entwickelt haben. Die einzelnen Ferienhäuser in unserer unmittelbaren Umgebung waren mit mannshohen Zäunen als Sichtschutz umgeben. Diese waren aus den unbehandelten Stämmen junger Nadelbäume gezimmert und verliehen dem Ganzen einen sehr rustikalen Touch. Auch ein Relikt aus der Wikingerzeit, wo Städte wie Haithabu mit Palisaden gegen Eindringlinge gesichert wurden. Diese Art von Grundstücksumrahmung ist glücklicherweise aus der Mode gekommen. Vielleicht ging auch der Bestand an jungen Fichten so sehr in die Knie, dass man sich Alternativen überlegen musste. Ein Zaunsegment von etwa 3 Meter Länge bestand immerhin aus mindestens 20 Bäumchen. Der Trend geht heute doch eher zur bewachsenen, aber ansonsten offenen Grundstücksgrenze. Die einfachen Stellwände aus dem Baumarkt haben zum Glück nicht den Geschmack der Dänen getroffen oder sich als einfach zu wenig robust in den hier raueren Wetterverhältnissen erwiesen.

Unser Stichweg, der einem Vorzeigefeldweg entsprach, führte noch an einigen wenigen Häusern vorbei und endete auf einem kleinen feinen Sandstrand. Meine Sandkiste für die nächsten Wochen.

An der Hauptstraße gab es den obligatorischen Købmand (dänischer Tante-Emma-Laden) und dann kamen auch nur noch das Ortsausgangsschild und weite Getreidefelder, die sich in langen Wellen bis zum Horizont zogen. Der Ort war so klein, dass ich dreißig Jahre später auf meiner Spurensuche erst am Ortsausgangsschild bemerkte, dass ich den Ort bereits durchfahren hatte. Ich musste tatsächlich wenden und den Ort noch einmal langsam durchfahren. Ich hatte leider nach all den Jahren gar nichts mehr wiedererkannt. Weder den Weg zu unserem ehemaligen Ferienhaus, noch den Købmand. Es gab zwar einen Købmand, aber der war so klein, das konnte er einfach nicht gewesen sein. Nicht, dass der Ort sich in irgendeiner Form vergrößert, verkleinert oder verändert hätte. Er ist nur nicht mit mir mitgewachsen und wirkte daher wohl noch kleiner, als er eh´ schon war. Vermutlich haben sich auch meine Erinnerungen ein wenig verklärt. Das Einzige, was ich noch erkannte, war der kleine Kanal am Ortseingang, gekreuzt von einer Überlandleitung. Damals hing in dieser Leitung eine knallorangene Angelpose. Wer auch immer das geschafft hat, er sollte seine Wurftechnik noch einmal überdenken. Die Pose hing im Übrigen jetzt nicht mehr da, sonst hätte ich den Ort bestimmt früher erkannt.

Das Leben lief hier damals sehr geruhsam ab und Hektik hatte in diesem Ort keinen Zutritt. Von unseren nächsten Nachbarn hat man in den ganzen 3 Wochen nichts gesehen, obwohl sie da waren. Gehört hat man sie allerdings auch schon damals, wenn der Handrasenmäher mit seinen klirrenden Klingen über den Rasen geschoben wurde. Die einzige wirkliche Art von Hektik verbreitete die dänische Luftwaffe mit ihren Kampfjets, die mehrmals am Tag im Tiefflug über unser kleines Haus ihre Übungen absolvierten.

Ein Urlaub wie ich ihn nie vergessen werde, wobei ich eingestehen muss, dass dieses auch meine erste ernsthafte Erinnerung an irgendeinen Urlaub ist. Aber dieser und zwei weitere Sommerurlaube am Bjerge Strand haben mich nachhaltig geprägt und meine Liebe zu Dänemark begründet.

Weiter nach DK, die Zweite

Kristian ist noch nicht aufgetaucht. Es hat etwas von Warten auf Godot. Kommt er oder kommt er nicht? Macht aber nichts. Es ist auch mal schön, alleine zu sein. So kann ich meinen Gedanken ein wenig hinterher hängen und die Ruhe genießen. Den ersten Whiskey trinke ich traditionell ohne Cola. Mein Salut an alle Verstorbenen die mir wichtig sind. Einer der wenigen Hundebesitzer kommt vorbei und grüßt. Ich grüße zurück. Mutig bei den neuen Hundehaltungsgesetzen ohne Leine mit dem Hund spazieren zu gehen, denke ich so für mich. Würde ich mich jetzt von dem Hund bedroht fühlen, könnte ich der örtlichen Polizei einen Tipp geben und der Hundebesitzer wäre gezwungen die Friedfertigkeit des Hundes nachzuweisen. Wie er das macht, ist ihm selbst überlassen. Diese Regelung gilt umso mehr, wenn der Hund einer, der von den 13 in Dänemark als gefährlich geltenden Hunderassen angehört oder auch nur ähnlich sieht. Wer als Hund das Pech hat, dieser Rasse anzugehören, steht schon mit einer Pfote im Grab. Kann der Hundehalter diesen Herkunftsnachweis nicht vorweisen, fährt er mit ein wenig Pech ohne Hund wieder nach Hause und der Hund geht zum Abdecker. Nach den Protesten der Hundebesitzer zu urteilen, wurden die neuen Gesetze schon vielfach rigoros umgesetzt. Vor allem wird von den Tierschutzverbänden bei der Umsetzung der neuen Gesetze bemängelt, dass die Einstufung des Verwandtschaftsgrades, und somit die Entscheidung über Leben und Tod des Hundes, in der Hand des Polizisten liegt. Berechtigterweise wird hier die eventuell fehlende Qualifikation des Polizisten, bezüglich eines in den meisten Fällen fehlenden Hundeartenstudiums, in Frage gestellt. Ich sehe in meinem Fall mal von einer Anzeige ab. Der Pudel wirkt wenig bedrohlich und hat sich nicht einmal ansatzweise für mich interessiert. Der Baum an dem er das Bein hob, war wohl spannender als ich. Vermutlich hätte ich der Polizei die nahe Verwandtschaft des Zwergpudels zu einem

Stafford auch nicht plausibel erklären können. Ich hänge meinen Gedanken weiter nach und gehe wieder weit zurück in die Vergangenheit. Mit 5 Jahren war ich also das erste Mal in Dänemark. 1977. Früher haben meine Eltern noch den Urlaub organisiert. Ich musste nur ins Auto steigen und mitfahren. Heute machen meine Frau und ich als Eltern die Planung für den Urlaub und unsere Kinder steigen hinten ein. Alles wiederholt sich in irgendeiner Form. Ich beginne über die Unterschiede der Urlaubsvorbereitungen anno 1977 und heute zu sinnieren. Bei der Gegenüberstellung muss ich unweigerlich grinsen. Der Gedanke, dass meine Eltern im Jahre 1977, so wie ich jetzt, auch eines Abends am Strand mit einem Glas Wein in der Hand saßen und über deren erste Urlaube mit den eigenen Eltern nachdachten, lässt mich innerlich zusammenzucken. Über so etwas hatte ich noch nie nachgedacht. Meine Eltern hatten ein Privatleben? Etwa auch Sex? Ich dachte Eltern haben nichts eigenes, sondern nur Kinder!? Ich verwerfe den Gedanken ganz schnell und widme mich lieber meinem eigenen Leben. Mit meinem Whiskey in der Hand gehe ich zurück in die 70er und sehe meinen Eltern beim Packen unseres Familienautos in unserer kleinen Straße vor unserer Wohnung zu. Ich weiß ja nicht, ob zur damaligen Zeit alle Familien einen derartigen Aufwand bei der Vorbereitung einer solchen Reise betrieben haben, aber zumindest in unserer Familie wurde noch der komplette Hausstand und die Verpflegung für den gesamten Urlaub eingepackt. Das heißt, dass neben der Bettwäsche, Handtücher, Badelaken und Anziehsachen, auch die komplette Küchengarnitur und ein Grill mit eingepackt wurden. Die Toilettenpapierrollen wurden abgezählt und die benötigten Lebensmittel für drei Wochen eingekauft. Vielleicht wollten meine Eltern auf nichts, was man zu Hause zum täglichen Leben so brauchte, verzichten oder sie gingen davon aus, dass es in Dänemark keine Supermärkte gab. Ich weiß es nicht. Was ich allerdings mit Bestimmtheit noch sagen kann ist, dass ich zu diesem Zeitpunkt zum ersten Mal den Satz „Dänemark ist teuer" gehört habe. Dass dieser Satz mich mein Leben lang begleiten wird, habe ich da noch nicht erahnen können.

Aber zurück zur ersten, mir in Erinnerung gebliebenen Dänemarkfahrt. Der gesamte vorgenannte Hausrat wurde fachgerecht in einem VW Käfer verstaut. Mein Vater sagte dann immer „das ist der Weltmeister!". Wie er auf den Trichter gekommen ist, verstand ich damals nicht. Er hat es mir allerdings auch nie erklärt. Mittlerweile weiß ich warum. Meine Recherche ergab: Am 17.02.1972 lief der 15.007.034ste Käfer vom Band. Der VW 1302 S. Damit wurde der bisherige Rekord des FORD T-Modells, der Tin Lizzy, als meistgebautes Auto eingestellt und trug dem kleinen Käfer den Beinamen „Weltmeister" ein. In meiner Welt war unser Auto einfach ein Auto mit einer schönen silbergrauen Metalliclackierung und sah in meinen Augen damit ziemlich gut aus. Aber mir war es letztendlich egal was für ein Auto wir fuhren, Hauptsache es brachte mich und meine Schaufel an den mir versprochenen Strand.

Unser Käfer wurde noch mit einem Dachgepäckträger geschmückt, auf dem auf abenteuerlichste Weise zwei Koffer mit 5armigen Gummizügen - mir wurden die Dinger damals als so genannte „Spinnen" verkauft - befestigt wurden. Auch diese damals übliche Art von Gummizügen, konnte sich nicht dauerhaft auf dem Markt behaupten und diese sind mittlerweile wohl nur noch in alten Garagen und Kellern ganz hinten zu finden. Bei dem ganzen Gepäck muss die Fahrt ein echter Härtetest für die Stoßdämpfer gewesen sein. Würde man heute auf diese Art und Weise eine deutsche Autobahn befahren, würde der ADAC wahrscheinlich seine gesamte Aufklärungsarbeit der letzten 35 Jahre zum Thema Sicherheit im Straßenverkehr in Frage stellen. Wenn ich unser heutiges Auto daneben sehe, ist es kein Wunder, dass ich keinerlei Probleme mit dem Verstauen unserer Reiseutensilien im Kofferraum habe. Die modernen Autos sind echt groß geworden. Neulich musste ich mir einen alten VW Polo von einem Freund ausleihen. Ein toller Retrospaß, aber als ich an einer Ampel neben einer modernen BMW Limousine stand, wurde es mir doch mulmig. Ich saß auf Reifenhöhe des BMWs und konnte nicht einmal die Seitenscheiben des BMWs sehen. Und es war keine SUV. Ich fühlte mich sehr sehr klein.

Nachdem der Hausrat und alles andere seinen Platz im Auto gefunden hatten, kamen zu guter Letzt noch diverse Weinflaschen hinzu, die auf dem Rücksitz einzeln gelagert und mit einer Wolldecke gegen Transportschäden gesichert wurden. Als Zusatzsicherung wurden meine älteren Geschwister und ich auf die Flaschen gesetzt. Anschnallgurte gab es nicht. Da zur damaligen Zeit die zulässige Höchstmenge an Alkohol, die nach Skandinavien eingeführt werden durfte, nur bei etwa einem Liter lag, wurden wir von unseren Eltern angehalten, uns an der Landesgrenze nach Dänemark schlafend zu stellen. „Schmuggeln" war in der Urlaubszeit immer ein viel genutztes Wort bei uns. Ernsthafte Grenzkontrollen gab es damals noch und so sollte der Zöllner bloß nicht auf die Idee kommen, arme, kleine, schlafende Kinder zu wecken und unter die Decke auf der wir saßen zu schauen. Gedanken über das Wieso und Weshalb habe ich mir nicht gemacht. Im Nachhinein bin ich schon erstaunt, für wie naiv meine Eltern den Zöllner gehalten haben müssen, der jeden Tag an der deutsch-dänischen Grenze deutsche Familien durch gewunken hat. Glaubten sie ernsthaft, dass gerade dieser Zöllner nicht das Gefälle zwischen den dänischen und den deutschen Preisen für Alkohol bemerkt haben sollte? Erstaunlicherweise sind wir tatsächlich nie kontrolliert worden. Ich habe diesen Trick mit dem Schlafendstellen später als Erwachsener noch einmal versucht. Auf der Fahrt nach Norwegen mit zwei Freunden stellte ich fest, dass das Haltbarkeitsdatum meines Personalausweises abgelaufen war. Da wir nachts fuhren, stellte ich mich auf der Rückbank schlafend. Komischerweise hat es den Grenzbeamten nicht weiter interessiert, ob ich schlafe. Mir fehlte wohl der Kinderbonus oder das nötige Glück. Zumindest musste ich bei seinen deutschen Kollegen mir einen provisorischen Reisepass ausstellen lassen, um nach Dänemark einreisen zu dürfen. Der Spaß hat uns mindestens eine Stunde im Zeitplan zurückgeworfen und ich musste unter der Häme meiner Freunde leiden.

Butterfahrten

Zur damaligen Zeit gab es auch noch die beliebten Butterfahrten. Als die EU noch nicht den Daumen auf den abgabenfreien Einkauf im Ausland gelegt hatte, die Butterfahrten von sämtlichen Nord- und Ostseehäfen starteten und man die Stange Zigaretten und die Buddel Schnaps zu Schleuderpreisen bekam, da war noch Geselligkeit. Mit den Nachbarn hat man sich für den nächsten Samstag auf einem der zahlreichen Butterschiffe für einen Tagesausflug eingebucht, denn in Gemeinschaft ist Sparen am schönsten. Tage vorher wurde gemäß der vorgegebenen Einfuhrgrenzen das zur Verfügung stehende Kontingent auf die einzelnen Mitfahrer ausgerechnet und verteilt, um auch ja das Maximum an Spirituosen und Zigaretten mit nach Hause nehmen zu können. Da musste der Nichtraucher für den rauchenden Nachbarn schon mal die Stange Zigaretten mit kaufen und der Antialkoholiker wiederum den Schnaps für den anderen Nachbarn besorgen. Gern gesehene Teilnehmer waren Menschen über 18 Jahren, die weder tranken noch rauchten. Nach der Festlegung der Einkaufsstrategie, kam es zur schwierigsten aller Fragen. Wer fährt? Wer bleibt nüchtern? Besonders gern gesehene Teilnehmer waren daher Menschen über 18 Jahren, die weder tranken, noch rauchten, aber einen Führerschein hatten und im besten Falle sogar noch ein geräumiges Auto zur Verfügung stellen konnten. Da diese Menschen schwer zu finden sind, war es manchmal eine harte Bewährungsprobe für die Nachbarschaft, aber man wusste ja, wofür es Gut war. Einer für alle, alle für den Einkauf. An Bord sah dann jeder nach Verlassen des Hoheitsgewässers und Eröffnung des zollfreien Einkaufsparadieses zu, seine Einkaufsliste abzuarbeiten. Jeder hatte die Spendierhosen an und alle gaben sich gönnerhaft gegenüber den Nachbarn. Da gab es dann auch zur besseren Nachbarschaftspflege den einen oder anderen Schnaps. Plastikbecher hatte immer jemand dabei. Keiner der Nachbarn wollte seinem Nächsten in irgendwas nachstehen und so wurde dafür gesorgt, dass der Einkaufszettel ein zweites Mal heraus gekramt werden musste, um den Schwund im eigenen Sortiment aufzufangen. Bei so viel Begeisterung für die gute Sache, konnte man die Einfuhrbeschränkung schon mal aus dem Blick verlieren und weiter großzügig einkaufen.

Nach Ladenschluss und der langsamen Rückfahrt Richtung Heimathafen dämmerte dann einigen, dass der Einkauf wohl doch zu umfangreich war. Um dem Zoll ein Schnippchen zu schlagen, wurden dann schnell noch mal eine Stange Zigaretten weggeraucht und mit dem überschüssigen Bacardi nachgespült. Wer es nicht mehr schaffte seine Bestände auf das legale Niveau zu reduzieren, musste entweder hoffen, dass der Zoll nicht gerade ihn aus der Gruppe für eine Kontrolle herausfischt oder er suchte sich andere phantasievolle Verstecke an Körper und Kleidung.

Entsprechend amüsant waren dann auch das Anlegen an der Kaimauer und der Abgang der Butterfahrer. Betrunkene Menschen, die versuchten so unschuldig wie möglich an dem Zollbeamten vorbeizugehen und debil grinsend ein „nichts zu verzollen" lallten. Wer doch erwischt wurde, für den wurde es ein teurer Ausflug.

Die Fähre nach Seeland bot zu der Zeit auch zollfreies Einkaufen, allerdings zu dänischen Preisen. Das störte meine Eltern aber nicht, da ja in Kronen gezahlt wurde. Und so hatten wir dann für den weiteren Urlaub unter anderem Unmengen an Lakritze und gesalzener Butter. Wir hatten so viel gesalzene Butter, dass der sehr kleine Kühlschrank in unserem sehr kleinen Ferienhaus, die sehr große Menge gar nicht fassen konnte und wir angehalten wurden, unsere Brote mit sehr viel Butter zu schmieren. Das Gefühl günstig einzukaufen, hatte den Verstand meiner Eltern wohl auf die Größe unseres Kühlfaches schrumpfen lassen.

Der zollfreie Einkauf fiel dann ja irgendwann weg, aber der Einkauf an Bord ist weiterhin möglich. Man benötigte nur eine Købekart

(Einkaufskarte). Die Einzigen, die der Wegfall des zollfreien Einkaufs nicht gestört hat, sind die Skandinavier. Für die ist der Einkauf auf den Fährschiffen noch immer sehr lukrativ und das wird auch eifrig ausgenutzt. Hier werden noch heute gerne Einkaufstagestouren unternommen. Ohne Auto auf die Fähre und einmal hin und zurück. Shoppen für die nächsten Wochen. Auf der damaligen Fährroute Langeland-Kiel-Langeland war es nicht immer schön, auf halber Strecke in Kiel zuzusteigen und die Fähre im nüchternen Zustand mit sturzbetrunkenen Dänen zuteilen. Ein Summen in der Hosentasche reist mich aus meinen Kindheitserinnerungen. Kristian hat eine SMS geschickt. Er braucht noch einen Moment. Er will noch schnell den Geschirrspüler ausräumen und im Internet den Wetterbericht für die nächsten Tage checken. Vermutlich hofft er auf den richtigen Wind, um demnächst mal am Steinstrand, etwas die Küste runter, die Angel auswerfen zu können. Ich soll mir schon mal einen einschenken, schreibt er weiter. Mach´ ich. Diese moderne Technik hat ja schon was. Auch wenn Mobiltelefone sehr nervig sein können, manchmal sind sie echt nützlich. Und die Häuser heutzutage haben auch alles was man an Komfort möchte. WLAN, Waschmaschine, Geschirrspüler, warmes und kaltes Wasser. Diese Ausstattung war früher nicht selbstverständlich und was sich um meine Kinder heutzutage kaum vorstellen können, Mobiltelefone auch nicht. Selbst ein normales Telefon im Haus habe ich erst viele Jahre später in einem Ferienhaus gesehen. Lustigerweise hielt der Trend mit dem fest installierten Telefon in Dänemark nicht lange an. Sehr früh verschwanden diese wieder aus den Häusern, da die Dänen sehr schnell die technischen Vorzüge des Mobiltelefons zu nutzen wussten und damit auf das Festnetztelefon verzichten konnten. Mittlerweile wird vorausgesetzt, dass jeder ein Mobiltelefon mit sich führt und somit vom Festnetztelefon unabhängig ist. Das man damals Mobiltelefone noch nicht kannte, klingt jetzt ein wenig wie meine Oma, aber der Gedanke über die technischen Möglichkeiten lassen mich schon wieder sanft in meinen Erinnerungen nach 1977 auf die Fahrt an den Bjerge Strand zurückgleiten.

Bjerge Strand ´77, die Dritte

Wir rollten also auf den Weinflaschen langsam Richtung Kiel, um mit der Autofähre nach Korsør auf Seeland überzusetzen. 4 Stunden Fährfahrt und noch einmal eine gute Stunde Fahrt mit dem Auto bis zum Haus. Die Fährfahrt war das Tollste. Zwar genauso wackelig wie auf den Weinflaschen, aber lustiger. Mein Bruder und ich untersuchten alle Gänge des Schiffs, lehnten uns auf dem äußeren Rundgang mit dem Rücken gegen den Fahrtwind und wetteten, wer sich weiter zurücklehnen kann, bis wir beide auf dem grünen Deckboden lagen und uns totlachten. Wir verspielten unser Taschengeld an den Glücksspielautomaten, vornehmlich einarmige Banditen, und futterten dänische Lakritze aus dem Dutyfreeshop bis uns schlecht wurde. Das Beste war, man musste nicht im Auto sitzen.

Die Reise hatten meine Eltern mit einem befreundeten Ehepaar und deren Freunde geplant, über die wir wiederum auch das Ferienhaus vermittelt bekommen hatten. Die kannten nämlich jemanden in Dänemark und der kannte wiederum jemanden der Häuser vermietete. Ich weiß gar nicht, ob es zu dem Zeitpunkt schon so etwas wie Ferienhauskataloge gab oder wie man sonst ein Haus in Dänemark buchen konnte. Obwohl die beiden anderen Paare jeweils nur ein Kind hatten, sahen ihre Autos nicht weniger abenteuerlich bepackt aus. Somit hatten wir das Glück, zur gleichen Zeit mit drei Familien in einer Siedlung zu wohnen. Wir waren fünf Kinder, von denen ich der Jüngste war und mein Bruder mit seinen 13 Jahren der Älteste. Unser Haus war für Kinder ein Traum, vor allem wegen des großen Naturgrundstücks mit Nadelbäumen und Büschen. Es waren wohl die höchsten Tannen (Fichten, Kiefern!?) die ich bisher in meinem kurzen Leben gesehen hatte. So mächtig, dass eine Hängematte zwischen ihnen gespannt werden konnte. Die Büsche und Bäume reichten bis zur kleinen Terrasse aus einfachen Betonplatten. Der Garten war ein echtes Spinnenparadies. Ich habe meine erste Kreuzspinne gesehen und war begeistert. Meine Schwester dagegen ging nicht mehr, ohne mit einem Kleiderbügel bewaffnet zu sein, ins Bett. Die Spinnen waren halt nicht nur im Garten. Wir hatten fließend Wasser, wenn auch nur kaltes, und Strom. Die Dusche stand im Garten. Aber die interessierte mich ja nicht. Einen Fernseher oder ein Radio gab es nicht. Die Kinderzimmer hatten in etwa eine Grundfläche von jeweils 6 Quadratmetern, auf denen sich nur ein Etagenbett befand. Mehr passte auch nicht rein. Man ging eigentlich seitwärts in das Zimmer und ließ sich dann nach hinten mit einer leichten Seitwärtsdrehung in das Bett fallen. Zumindest bei dem unteren Bett. Bei dem oberen Bett musste man, beim nach oben steigen, auf die Zimmerdecke aufpassen. Die Dachschräge begann schon knapp über dem Kopfkissen. An einen Schrank kann ich mich nicht erinnern. Wo unsere Anziehsachen gelagert wurden, ist mir im Nachhinein ein Rätsel und nach den Zimmern und Betten zu urteilen, müsste der Idealstandarddäne zur damaligen Zeit dürr und nur gefühlte 150 cm lang gewesen sein. Eine Toilette? Keine Erinnerung. Wo und wie meine Eltern geschlafen haben? Keine Erinnerung. In meinen Erinnerungen spielte sich unser Leben nur am Esstisch und vor dem Haus ab. Es war aber auch egal, uns Kindern reichte es zum Leben.

Der Strand war ganz in der Nähe und auch zum Kaufmann mit angeschlossener Softeismaschine war es nicht weit. Mein erstes Softeis. Meine ersten Erfahrungen mit weichem Softeis und wie man es gleichmäßig im ganzen Gesicht und T-Shirt verteilt. Meine Eltern standen dem Softeis allerdings skeptisch gegenüber. Sie erzählten immer nur was von Salmonellen und dass das nicht gut ist. Mit meinen fünf Jahren beschloss ich, dass Salmonellen toll schmecken. Vor allem die mit Vanillegeschmack. Das Tollste aber war, dass es beim Kaufmann auch eine „Daddelhalle" gab, mit Flippern, einarmigen Banditen und der ersten Generation Telespiele. Diese Geräte waren zu der Zeit noch groß wie Schränke und nahmen viel Platz in der Halle ein. Jahre später hat man diese Monstren belächelt, da die gleichen Spiele mittlerweile in jedem Spielzeugladen zu kaufen waren und Hosentaschenformat hatten. Heute sind diese Geräte gesuchte Sammlerstücke. Wahnsinn wie sich die Zeiten ändern. Altersbegrenzung war hier ein Fremdwort, so dass selbst ich mit 5 Jahren nach Lust und Laune spielen konnte, sofern irgendjemand meinen Spieltrieb sponserte.

Es war ein unbeschwertes Leben. Unsere Eltern waren unbekümmert und ließen uns den ganzen Tag durch die Gegend stromern. Es gab nur eine Regel. Zum Abendbrot mussten alle wieder da sein. Es war die Zeit der Abenteuer. In meinen Erinnerungen hatten wir auf Seeland immer gutes Wetter. Wetter wie in den Astrid Lindgren Romanen. Eben Bullerbü-Wetter. Nur ein Gewitter, ein Hitzegewitter, ist in Erinnerung geblieben und das hätte ich wahrscheinlich verdrängt, wenn mein Vater nicht in dem Moment auf der Terrasse gestanden hätte, um den Grill mit einem einfachen Regenschirm vor dem unglaublichen Platzregen zu schützen. Dieses Bild eines standhaften Mannes, der das Feuer für die Familie beschützt, hat sich bei mir im Gedächtnis eingebrannt. Damals waren die Sommer noch Sommer. Jawohl.

Und ähnlich wie in den Romanen durchstreiften wir mit unseren Fahrrädern die nähere Umgebung, untersuchten die Knicks an den Feldrändern, kletterten an der Steilküste entlang, jagten Eidechsen, um sie bei uns im Garten wieder auszusetzen und erforschten Hünengräber. Ohne Taschenlampen. Das Hünengrab, welches wir auf einer unserer Expeditionen in unserer näheren Umgebung fanden, zählte eher zu den kleineren und vermutlich unbedeutenderen Gräbern. Es war nur eine kleine Verwerfung in der Landschaft, mit einem kleinen Loch an der Seite. Es war so unbedeutend, dass es nicht einmal ein Hinweisschild auf dieses Hünengrab gab. Die Tourismusbranche steckte noch in den Kinderschuhen und das Potenzial dieses Grabes als Touristenattraktion war noch nicht erkannt worden. Ein Ausflug dorthin war immer eine Mutprobe. Wer schafft es bis ans Ende des dunklen Ganges? Fünf Kinder, die vor einem Loch im Berg standen und sich diese Frage stellten. Ich traute mich nie durch den kleinen Gang, bis nach ganz hinten in die Grabkammer zu kriechen. Dort war es so dunkel, dass man die Hand vor Augen nicht sehen konnte. Zudem hatte mir mein Bruder erzählt, dass da noch immer ein Wikinger sitzt und wartet. Die Frage, auf was der dort wohl wartet, habe ich mir nie gestellt. Ich hätte den alten Wikinger ja auch nicht fragen können, ich hatte ja keine Taschenlampe. So ein Pech. In jedem der folgenden beiden Urlaube zog es mich zu diesem Loch im Hügel und ich konnte der Versuchung nicht widerstehen, meine Angst herauszufordern, diese zu überwinden und bis ans Ende des Ganges zu kriechen. Ich habe es nie geschafft und ob der Wikinger noch immer da sitzt, kann ich bis heute nicht sagen. Die Anziehungskraft von Hünengräbern hat bei mir nie nachgelassen. Selbst wenn ich heute ein Hünengrab sehe, muss ich da rein. Bin also eine Art Hünengrabjunkie. Zum Glück sind viele Hünengräber mittlerweile mit Bewegungsmeldern ausgestattet und bieten eine ausreichende Innenbeleuchtung. Diese Beleuchtung scheinen die alten Wikinger allerdings nicht zu mögen. Es saß nicht einer mehr von denen in seiner Grabkammer. Und der Running-Gag in meiner Familie ist bis heute, dass ich immer nur von „Hühnergräbern" gesprochen habe. Immer auf die Kleinen. Es gibt Dinge, die verfolgen einen das ganze Leben.

Die Tage waren aufregend und am Abend bin ich wie ein Toter ins Bett gefallen. Doch dass da abends und nachts noch mehr gewesen sein muss, habe ich zur Freude meiner Geschwister nur durch Zufall erfahren. Unsere Eltern sind abends gerne noch mal zu den befreundeten Familien gegangen und haben, um den Kindern eine angenehmere Rückfahrt zu ermöglichen, den Bestand an Weinflaschen reduziert. Nachts in einem Haus, das unter 10 Meter hohen Nadelbäumen steht, zu schlafen, ist für jemanden, der nur die Geräusche der Stadt kennt, ungewohnt. Es war auch verdammt dunkel da draußen. Keine Straßenlaternen wie zu hause. Eine Außenbeleuchtung, die das gesamte Grundstück ausleuchtet, wie es mittlerweile üblich ist, gab es zu der Zeit noch nicht und wenn die Nachbarn den Rasenmäher mal beiseitegestellt hatten und Ruhe in der

Siedlung einkehrte, dann konnte man die Geräusche des Waldes hören. Und je länger man so allein ins Dunkel lauschte, umso lauter erschienen einem die fremden Geräusche. Das Geräusch, wenn ein Eichhörnchen einen Tannenzapfen das Dach runter rollen lässt, erscheint einem schnell wie eine Bowlingkugel, die den Weg zur Dachrinne sucht und ein Kaninchen, welches sich ums Haus drückt, könnte auch schnell mal ein schleichender Einbrecher sein. Die Phantasie kennt da ja keine Grenzen. Glücklich ist der, der einen Vater hat, der diese Ängste seiner Kinder kennt und sich nicht beim nach Hause kommen mit einer Taschenlampe vorm Gesicht vor das Schlafzimmerfenster stellt und Grimassen zieht. Das Glück hatten wir leider nicht. Von all dem habe ich natürlich nichts mitbekommen. Ich habe ja geschlafen. Mir fiel nur auf, dass sich die Kleiderbügel des Hauses immer mehr im Zimmer meiner Schwester sammelten. Meine Geschwister sahen das mit dem nicht vorhandenen Glück wohl genauso und überlegten sich eine Art Frühwarnsystem für nächtliche Heimkehrer. Da es noch keine Bewegungsmelder gab, musste etwas Eigenes erfunden werden. Und so begab es sich, dass in der Toreinfahrt eine mit Steinen gefüllte Cola Dose auf einen höheren Stein gestellt und diese mit einem auf Schienbeinhöhe durch die Toreinfahrt gespannten Bindfaden verbunden wurde. Bei Kontakt mit der Schnur sollte die Dose dann von dem Stein auf darunter liegende Kiesel fallen und so Alarm geben. Leider waren die nächtlichen Heimkehrer schlauer als erwartet und sind der Falle aus dem Wege gegangen. Klein-Sven wusste von diesen Dingen natürlich nichts und erst am nächsten Morgen, als ich mit dem Fahrrad Brötchen holen sollte und in unserer Toreinfahrt abrupt durch ein lautes schepperndes Geräusch und einen dünnen Faden gestoppt wurde, erfuhr ich von den nächtlichen Umtrieben.

Aufgrund der mangelnden Technik in unserem Hause, musste viel improvisiert werden. Das Manko eines fehlenden Radios im Hause zum Beispiel. Wenn drei fußballbegeisterte Väter am Samstag das Bedürfnis haben herauszufinden, wie der HSV gerade spielt, dann kann das interessante Blüten tragen. Wenn kein Radio im Haus ist, dann muss das

Autoradio herhalten. Komischerweise wurde die deutsche Bundesliga nicht im dänischen Radio übertragen. An den Empfang eines deutschen Radiosenders war gar nicht zu denken. Der Empfang unter den hohen Bäumen war einfach miserabel. Also musste dem Empfang etwas auf die Sprünge geholfen werden. Mit Draht und Besenstiel wurde die Autoantenne verlängert und mit einer Gabel an der Spitze als Empfänger der Empfang verbessert. Die Antenne war so gut, dass tatsächlich deutsches Radioprogramm aus dem Äther gefischt werden konnte. Allerdings war die Reichweite jetzt so groß, dass nicht das Radioprogramm aus dem nahen Hamburg, sondern aus dem weit entfernten Stuttgart empfangen wurde. Diesen Radiosender wiederum interessierte der HSV nicht so sehr und so hatte man drei Wochen seine Ruhe vor der Bundesliga und Zeit für Ausflüge mit dem Auto in die größeren Städte. Kalundborg zum Beispiel. Die Fahrten über die hügeligen Straßen zwischen den Kornfeldern, waren für mich immer ein Riesenspaß. Immer wenn man eine Hügelkuppe passiert hatte und es abwärts ging, gab es so ein schönes Kribbeln im Bauch oder auch tiefer. Ein Heidenspaß. In Kalundborg lernte ich zum ersten Mal so etwas wie einen Modetrend kennen. Holzschuhe, Bodden oder auch Klocks genannt. Unbequem, laut, schwer, aber praktisch und cool. Jeder aus der Familie bekam sein eigenes Paar Klocks und ich war stolz wie König. Vereinzelt sehe ich diese Art von Schuhen heute noch und mir läuft ein nostalgischer Schauer über den Rücken. Die Weiterentwicklung in Form der leichteren und leiseren Plastikschuhe, wie man sie eigentlich nur im Garten trägt, hat sich aber letztendlich durchgesetzt. Schade eigentlich. Für den Frieden mit den Nachbarn in einem Mehrfamilienhaus, ist die Weiterentwicklung der Schuhe allerdings zuträglicher.

Ich lernte aus einer Tageszeitung meine ersten beiden dänischen Worte und nervte meine gesamte Familie und alle die wir sonst so trafen mit einem fröhlichen „God dag". Dass ich den Leuten dieses „God dag" mit vollkommen falscher Betonung, nämlich so wie man es als Deutscher liest, an den Kopf geworfen habe, hat mir natürlich keiner erzählt. Dumme Tysker.

Für Großstadtkinder boten sich weitere neue Möglichkeiten. Mein Bruder, der 8 Jahre älter war als ich, durfte zum ersten Mal das Auto vom Grundstück fahren. Das wäre bei uns zu Hause in unserer kleinen Straße, wo die Autos dicht an dicht parken, niemals möglich gewesen. In meinen Erinnerungen hat mein Bruder etwa eine viertel Stunde gebraucht, um das Auto rückwärts aus der Einfahrt auf den Seitenweg zu fahren. Das entsprach in etwa einer Distanz von sechs Metern. Vielleicht tue ich meinem Bruder aber auch unrecht. Ich war ja erst fünf Jahre alt. Und verdammt neidisch. Ich durfte immer nur im Auto sitzen und spielen, dass ich das Auto fahre. Leider verbot mir mein Vater irgendwann auf das Gaspedal zu treten. Ich hatte so oft draufgetreten, dass ich es geschafft habe, dass das Auto nicht mehr ansprang. Nach einem gemeinschaftlichen Anschieben auf dem Schotterweg vor unserem Haus, lief er dann aber wieder. Das kommt davon, wenn man seinen fünfjährigen Sohn nicht richtig Auto fahren lässt.

Ich hatte drei tolle Urlaube. Ob meine Eltern das genauso gesehen haben, vermag ich nicht zu sagen. Denn im Nachhinein frage ich mich, wie meine Mutter es geschafft hat für fünf Personen, drei Wochen lang ohne Waschmaschine und Geschirrspüler den Haushalt zu schmeißen. Drei Sommer haben wir in diesem Haus verbracht, bis meine Eltern entschieden, auch anderen Ländern eine Chance für unseren Sommerurlaub zu geben. Auffälligerweise haben wir in den folgenden Jahren immer in Hotels mit Halbpension gastiert.

Unser Mann in Glesborg

Die Abendsonne lässt mittlerweile die Dünen und die Wolken in sämtlichen Rottönen erstrahlen. Von meinem Platz auf der Düne sehe ich die Wolken sich in den großen Wasserbecken spiegeln, die der auch in der Ostsee vorhandene Tidenhub auf dem Strand hinterlassen hat. Es wirkt, als könne man durch den Strand auf einen Himmel unter der Erde blicken.

Es ist ein ruhiges Plätzchen. Selbst tagsüber kommen nur wenige Menschen auf diesem Trampelpfad zwischen Gjerrild Nordstrand und Bønnerup vorbei. Der Weg führt parallel zum Meer etwas oberhalb des Strandes entlang und ist eine bessere Schotterpiste. Gerade mal breit genug, um mit dem Fahrrad zu fahren. So wie es die meisten auch machen. Autos oder Motorroller wird man hier vergeblich suchen. Genau auf diesem Weg kommt Kristian in diesem Moment mit seinem Fahrrad angefahren und entschuldigt sich für die Verspätung. Ich tröste ihn mit den Worten, dass es auch ganz schön war ohne ihn.

Ohne lange zu warten und die typischen Höflichkeitsfloskeln abzuarbeiten, erzählte er in einem etwas aufgeregten Ton, dass er heute Mittag mit seinen beiden Jungs über den Gjerrild Banestine nach Glesborg geradelt ist. Das sind in etwa 10 Kilometer pro Strecke, aber dieser Gjerrild Banestine ist schon eine Reise wert. Eine ehemalige Bahnstrecke, die von Gjerrild aus, noch über Glesborg hinaus bis nach Ryomgard quer durch Djursland führt. Hier rollten bis 1956 noch die mit Kies beladenen Güterwaggons über die Schienen. Nach der Stilllegung der Bahnstrecke wuchs erst einmal Gras über die Schienen und die Strecke versank in Vergessenheit. Glücklicherweise haben findige Dänen die Strecke nicht ganz vergessen und zu einem Wander- und Fahrradweg umgestaltet. Dieser führt durch Wald und Wiesen langsam durch die Landschaft.

In Glesborg war Kristian noch einige Kleinigkeiten fürs Abendbrot beim örtlichen Supermarkt einkaufen und erzählte dann mit einem strahlen im Gesicht, dass unser Mann in Glesborg auf Posten ist. „Da sitzt er also wieder" seufze ich. Pünktlich um 13.00 Uhr auf dem Elektrokasten an einer der Ortseinfahrten von Glesborg. Im dritten Jahr in Folge. „Der Blaumann, die Gummipantoffeln und die Wollsocken. Alles wie immer?", frage ich. Mit einem „Ja" wird meine Frage beantwortet und Kristian fügt hinzu „Ein Bein über das andere geschlagen, ein Pantoffel an dem großen Zeh baumelnd". So sitzt er da und beobachtet die ein- und ausfahrenden Autos. Einigen nickt er freundlich zu. Neben sich einen Einkaufswagen vom benachbarten Supermarkt, in dem einzig ein Kasten Bier steht. Es ist immer ein Kasten Bier und keine 24er Palette mit 0,33er Dosenbier, wie es in Dänemark sehr beliebt ist. Die Dosen natürlich ohne Pfand. Die gute Idee von Jürgen Trittin hat hier noch keine Freunde gefunden und wird auch hier nicht aktiv zur Nachahmung empfohlen. An warmen Tagen hängt die Jacke des Blaumanns leger über der Griffstange des Einkaufswagens. Ein Bier hält er in der Hand. Wie alt er ist, vermag ich nicht zu sagen, tippe auf mittelalt. Mit einer stoischen Ruhe sitzt er bei ziemlich jedem Wetter auf diesem kleinen Elektrokasten. Um 14 Uhr sind der Mann und der Einkaufswagen wieder verschwunden. Nichts deutet daraufhin, dass hier jemals jemand gesessen hat.

Ich habe diesen Mann niemals kommen, noch gehen sehen und auch nie an einem anderen Ort in dieser eigentlich kleinen Stadt angetroffen. Wie macht er das und vor allem warum macht er das? Aufgrund der Pünktlichkeit tippe ich auf Mittagspause. Aber warum hier? Ich kann diese Frage nicht beantworten, aber was mir an dem Auftreten oder besser gesagt Sitzen des Mannes imponiert, ist die Gelassenheit und Ruhe, die er dabei ausstrahlt. Bei ihm dreht sich die Welt langsamer, die Schlagzeilen der Weltpresse verblassen und die Probleme der Welt scheinen weit weit weg zu sein. Es gibt mir ein gutes Gefühl, wenn ich ihn da so sitzen sehe.

Manche Dinge vermisst man erst, wenn sie nicht mehr da sind. Letztes Jahr saß er nicht auf seinem angestammten Platz. Er saß auch nicht einen Elektrokasten weiter. Er war einfach nicht da. Ich kenne diesen Mann ja nun nicht und trotzdem begann ich mir Sorgen um ihn zu machen. Er gehört für mich einfach zum Stadtbild. Glesborg ist eine kleine Stadt, die nicht mehr als eine Kirche, Schule, einen Super Brugsen mit angeschlossener Tankstelle, einen Fakta und ein Geschäft für Angelutensilien zu bieten hat. Eine Stadt umgeben von weiten Getreidefeldern und kleineren Wäldern. Wo war er hin? War er krank? Weggezogen? Aber wo sollte er hin? Mit einem Einkaufswagen kommt man nicht weit und da die Dänen von Grund auf ehrlich sind, wird er diesen ja auch abends wieder zurück zum Supermarkt bringen. Ich überlegte schon irgendjemanden auf der Straße nach seinem Verbleib zu befragen. Oder ob jemand einen Einkaufswagen vermisst. Ich verwarf den Gedanken, aber nur aufgrund meiner mangelnden Sprachkenntnisse. Mein Bild von Glesborg war gestört und das verursachte bei mir Magenschmerzen. Dänische Kleinstädte sind eben nicht für gravierende Veränderungen berühmt. Wenn ein Haus in einer anderen Farbe gestrichen wird, ist das schon ein Eingriff in die Dorfidylle. Zuhause habe ich genug Veränderungen, da brauche ich nicht so etwas auch noch im Urlaub. Deswegen fahre ich ja ständig nach Dänemark. Ich kann ja dem

Mann jetzt nicht die Schuld an meinem angeknacksten Seelenfrieden geben, aber seine Abwesenheit störte mein Gesamtbild. Glücklicherweise tauchte er nach einigen Tagen wieder auf und trat seinen Dienst an der Einfahrt wieder an.

Es war also ein gutes Omen für den Abend, dass Kristian mir das als erstes erzählt hat. Alles wie immer. Das Bier in der Hand, ein Bein über das andere geschlagen, der Pantoffel baumelnd am großen Zeh. Mein Bild von Glesborg war wieder gerade gerückt und mein inneres Gleichgewicht auch wieder hergestellt. Ein gutes Gefühl. Wir stoßen auf unseren Mann in Glesborg an und wünschen ihm ein langes Leben und uns keine gravierenden Veränderungen. Zumindest nicht im Urlaub.

Fahrräder

Es ist still um uns herum geworden. Vereinzelt durchbricht der Schrei einer Möwe das Summen der Mücken über unseren Köpfen. Der letzte Jogger des Tages passiert unseren Tisch. Ich habe ihn trotz unserer Unterhaltung schon von weitem kommen hören. Erstaunlich, wie laut ein Jogger sein kann. Das kraftvolle Auftreten auf dem Sand und der schnelle, aber kontrollierte Atem. Ohne ihn vorher gesehen zu haben, erkenne ich, dass er nicht zum ersten Mal läuft und tatsächlich, aus der Dämmerung schält sich ein muskulöser Mittdreißiger, der es ohne Probleme auf die nächste Ausgabe der Men´s Health geschafft hätte. In der Stadt wäre es mir nie aufgefallen, wie laut Jogger sind. Er lächelt. War es einfach ein freundliches oder war es ein mitleidiges Lächeln, als wollte er sagen „seht her, ich bin fit, ich trinke keine Cola, macht mal selber Sport!" Ja, er hat mein schlechtes Gewissen kurzzeitig geweckt. Aber ich interpretiere das Lächeln lieber als ein „ich würde lieber mit am Tisch sitzen, als hier zu laufen und Mücken einzuatmen." Interpretation ist alles und versaut einem nicht den Abend. Doch mit den Mücken hat er Recht. Sie nerven. Ständig summt es am Ohr oder sie tanzen einem vor der Nase herum. Morgen sehen wir wieder aus wie Streuselkuchen. Überall Mückenstiche. Umso mehr vermisse ich meine Zigaretten. Früher haben wir uns immer eingebildet, durch den Rauch der Zigaretten die Summsen auf Abstand halten zu können. Ähnlich wie der Imker es bei den Bienen praktiziert. Schließlich habe ich aufgrund solcher Vorstellungen damals überhaupt angefangen zu rauchen. Es war ein selbstloser Akt der Nächstenliebe, dass ich an einem lauschigen Fjord in Norwegen zu meiner ersten Zigarette griff, um einem Freund beim Filetieren der Dorsche die Gnitten (oder wie sie auch immer heißen mögen – klein wie Eintagsfliegen, gierig nach Blut wie Dracula) einigermaßen vom Hals zu halten. Komische Vorstellung. Heute ist das Rauchen in Kneipen und Restaurants verboten. Man wird

58

schon auf der Straße schief angesehen, wenn man eine Zigarette raucht oder auch nur nach kaltem Rauch riecht. Zu dem damaligen Zeitpunkt am Fjord, stehe ich jemanden gegenüber und puste ihm direkt den Rauch ins Gesicht. Wie sich die Zeiten ändern.

Scheinbar ist nicht nur mein Sportlergewissen angepiekst. Kristian lenkt die Unterhaltung auf das Thema Fahrradfahren, vielleicht um sich dem Jogger gegenüber insgeheim zu rechtfertigen. Aber es ist nicht das schlechteste Thema, da Fahrräder schon immer eine große Rolle auf unseren Reisen gespielt haben.

Es ist für mich immer ein glücklicher Moment, auf kleinen asphaltierten Wegen zwischen Büschen und Feldern entlang zu radeln. Nur mein Fahrrad und ich. Die Sonne scheint und ich beobachte, wie der Wind über die Kornfelder streicht, dabei Wellenmuster in die Halme pustet, und kleine Wolken am ansonsten blauen Himmel ihre Schatten über die weiten Felder ziehen lassen. Kleine Horden von wilden Spatzen stoben immer wieder vom warmen Asphalt auf, wenn ich mich ihnen mit meinem Fahrrad nähere und verschwinden mit lautem Gezeter ins angrenzende Dickicht. Hier und da schleicht eine Katze am Wegesrand entlang und auf einem der Felder am Horizont bestellt ein Landwirt seine Äcker. In solchen Momenten kann ich alles Schlechte auf unserer kleinen Murmel im Weltall hinter mir lassen. Ich habe dann meinen kleinen privaten Frieden. Zumindest bis zum nächsten Schlagloch.

Das Fahrrad war für mich schon von Kindesbeinen an, **das** Fortbewegungsmittel. Es ermöglichte mir meine Grenzen zu erweitern und außer Reichweite geglaubte Orte zu erreichen. Der Softeisverkäufer kam ja schließlich nicht zu mir. Ich musste ja selber zusehen, wie ich da hinkam. Und das Haus des Wikingerkönigs im Hügel hätte ich ohne Fahrrad vermutlich nie entdeckt. Dabei war es mir ziemlich egal, um was für ein Fahrrad es sich dabei handelte. Hauptsache, es hatte zwei aufgepumpte Reifen, einen Lenker und Pedalen. Die Größe spielte keine Rolle, auf die Technik kam es an. Ich konnte auch im Stehen Fahrrad fahren. Was blieb mir auch anderes übrig, als mich mit den vorhandenen Vehikeln zu arrangieren. Es gab eben nur das hauseigene Damenrad an unserem Ferienhaus am Bjerge Strand.

Mein erstes ernstzunehmendes Fahrrad war ein Rennrad, welches ich mir mühsam mit meinem spärlichen Taschengeld zusammengespart hatte. Dafür habe ich viele Schichten im Sparmarkt als Lebensmittelendverteilungssachbearbeiter reißen müssen. Mein ganzer Stolz. Ein weißes Peugeot Rennrad. Shimano 105er Ausstattung. Ich weiß nicht, wie oft ich die Gangschaltung zum Putzen und Fetten auseinander und wieder zusammengeschraubt habe. Das Fahrrad war immer wie geleckt. Aber so schön es auch war, es erwies sich als wenig stadttauglich. Nach jedem zu schnell genommenen Kantstein musste ich zum Fahrradladen, um entweder die „Acht" aus der Felge entfernen zu lassen oder gleich die gesamte Felge zu ersetzen. Das ging auf Dauer ins Geld und sprengte irgendwann mein Budget. Nur mit Taschengeld, dem hart erarbeiteten Geld vom Sparmarkt, beim Apothekendienst oder anderen

Jobs und ohne Großeltern, die einem immer mal wieder was zusteckten, konnte man keine großen Sprünge machen. Nach einem Dänemarkurlaub mit dem Rennrad hatte ich endgültig die Nase voll. Die Schotterpisten forderten ihren Tribut und ich war mehr am Reifen flicken als Fahrrad fahren. Zudem hatten meine Freunde alle Mountainbikes, keine Felgen- und Reifenprobleme, und einfach Spaß. Wer mit einem Rennrad einmal versucht hat am Nordseestrand Schritt zu halten, weiß wovon ich spreche. Das Fahrrad sah zwar toll aus, aber der Gebrauchswert ging bei mir gegen Null. Ich musste eine Alternative finden und das mit wenig Geld....

Ich kaufte mir also von meinem ersten richtigen Gehalt ein gebrauchtes Mountainbike. Gefunden in der Annoncen Avis. Eine Zeitung, damals noch aus Papier, voller zu Verkaufen- und Gesuche-Inserate. Ein Zeitungsflohmarkt. Die einzelnen Annoncen bestanden aus einem einfachen Text mit einer dünnen Beschreibung des Angebotenen. Keine Bilder. In Zeiten des Internets ist es kaum noch vorstellbar auf diese Art und Weise Dinge verkaufen zu können. Warum auch immer sprach mich die Anzeige an und ich fuhr mit einem Freund, der einzige Bekannte der einen T3 fuhr und somit immer für Transporte aller Art im Freundeskreis herhalten musste, quer durch die Stadt. Es war Liebe auf den ersten Blick. Ohne weiter zu verhandeln nahm ich das Angebot an. 400,00 DM hat es gekostet und das weit vor der Währungsreform. An diesem Fahrrad war nichts „überflüssiges". Weder Schutzbleche, Licht oder ein Gepäckträger. Federgabeln oder Scheibenbremsen waren ebenfalls Fehlanzeige. Es hatte einzig und allein ein wahnsinnig grobes Reifenprofil und schien mir damit die richtige Wahl für jedes Terrain. Nun gut, auf Asphalt bremsten die groben Reifen schon eine schnelle Fahrt merklich ab und der Geräuschpegel war aufgrund der Reifen enorm. Man klang immer wie ein Bienenschwarm auf Betriebsausflug. Aber es hat sich gelohnt. Ich musste nie eine Felge aufgrund von Schäden durch zu schnell angefahrene Kantsteine oder Schlaglöcher austauschen. Das Fahrrad hat mittlerweile viel erlebt. Es hat beispielsweise schon eine

Nacht in einem norwegischen Fjord verbracht und 2 Wochen bei Dauerregen in Schweden auf der Heckklappe meines Fiat Unos gehangen. Von dem Glanz der ursprünglich mal blauen Lackierung ist nicht mehr viel zu erkennen.

Ein Urlaub ohne mein Fahrrad ist einfach schwer vorstellbar. Ich habe es mal versucht. Mit Kristian war ich auf Mallorca. Seine Eltern hatten eine kleine Wohnung auf der Insel, die wir im Herbst für eine Woche nutzen durften. Leider gab es weder ein Auto, noch Fahrräder zu dieser Wohnung, also mussten wir uns bei einem Fahrradverleih für diese Woche Fahrräder mieten. Ein Auto zu mieten hätte unsere finanziellen Mittel gesprengt. Diese Fahrräder hatten zu unserem Leidwesen schon sehr häufig die Sonne im Meer vor Mallorca versinken sehen. Die einzelnen Zacken der Zahnkränze waren so abgenutzt, dass diese wie kleine Haifischflossen aussahen. Die Schaltung an sich stand Gangwechseln eher skeptisch gegenüber und wechselte entweder nach längerer Bedenkpause das Ritzel oder aber gar nicht. Wir stellten schlussendlich fest, dass angenehmes Fahrradfahren nur auf dem eigenen Rad richtig Spaß macht. Hier passte der Hintern einfach nicht zum Sattel.

Fahrradtouren waren, wie bereits erwähnt, immer ein wichtiger Bestandteil unserer gemeinsamen Urlaube und so beginnen wir schwelgerische in unseren Erinnerungen zu kramen und lustige Anekdoten auf den Tisch zu packen. Im Zuge dessen beginnen wir auch über die Weiterentwicklung unserer Fahrradtouren in den vergangenen Jahren zu sinnieren. Weniger über die nicht steigende Länge unserer Touren in den ganzen Jahren, sondern mehr über den stetig wachsenden sich selbst auferlegten logistischen Aufwand Drumherum.

Unsere ersten Tagestouren begannen damals als Jugendliche ohne jegliche Vorbereitungen. Man hatte weder etwas zu trinken dabei, noch Regenzeug oder sonstiges. Ein bisschen Geld in die Hosentasche gesteckt und gut war. Man sprang aufs Fahrrad und fuhr nur mit einer groben

Vorstellung der Reiseroute los. Wie lang eine Tour am Ende werden sollte, wusste keiner. Hatte man Durst, wurde die nächste Tankstelle oder Supermarkt angefahren. Da viele Touren am Wochenende unternommen wurden, fielen zumindest sonntags auch noch die Supermärkte als Anlaufpunkte weg. Gab es gar keine Möglichkeit etwas zu trinken zu bekommen, musste man eben ohne auskommen. Es gab keine Handys, geschweige denn Navigationsgeräte. Landkarten hatten wir nicht und auch keine Transportmöglichkeiten. Ein Rucksack erwies sich auf Dauer als unbequem und schweißtreibend. Und ein Gepäckträger? Ein Gepäckträger war verpönt. Erstens sah er scheiße aus an einem Mountainbike und zweitens war die damalige Satteltaschenmode alles andere als praktisch und schön. Also entwickelte man den Anspruch, sich mit so wenig Ballast wie nötig zu belasten.

Die erste Fahrradtasche, die ich mir dann doch gönnte, war eine kleine Tasche unter dem Sattel. Groß genug für Geld, Kompaktkamera und Zigaretten. Ein Trinkflaschenhalter kam erstaunlicherweise erst sehr viel später dazu. Manchmal habe ich die Prioritäten schon sehr eigenwillig gesetzt.

Wir wurden älter, verdienten langsam Geld und unternahmen unsere erste Reise nach Norwegen. Drei Freunde, zwei Fahrräder. Der eine von uns, der auf das Mitführen eines Fahrrades verzichtet hatte, widmete sich lieber der Hausbetreuung und Angelwartung. Sagte er zumindest. Ich glaube aber, er mochte kein Fahrradfahren. Aber selbst in Norwegen, wo die Voraussetzungen zum Fahrradfahren etwas anders sind, als im Großraum Hamburg und Dänemark, hatten Kristian und ich wenig bis nichts dazugelernt. In dieser spartanischen Form wurden selbst die Tagestouren in Norwegen absolviert, was einen manchmal echt an die eigenen Grenzen bringen konnte. Hier gab es mehr Steigungen und weniger Supermärkte. Und wer schon einmal in einem unbeleuchteten, aus dem Felsen geschlagenen norwegischen Straßentunnel ohne Licht gestanden hat, der weiß was Dunkelheit bedeutet und wird sein weiteres Leben nicht mehr ohne Fahrradlampe losfahren. Wir mussten also erst einmal nach Norwegen reisen, um zumindest den Nutzen einer Fahrradlampe zuerkennen.

Wenn man aus diesen Anfängerfehlern gelernt hat, dann ist Fahrradfahren eine gute Art, um ein Land, seine Natur und deren Menschen stressfrei kennenzulernen. Gerade auf dänischen Inseln, wie Samsø, Ærø oder Langeland, lohnt sich die Erforschung der Gefilde per Fahrrad. Auf Bornholm ist es eigentlich sogar ein Muss.

Im Laufe der Zeit und durch einige Touren mehr, sammelte man immer neue Erfahrungswerte und es wurden zur mitgeführten Ausrüstung immer wieder neue Dinge zugefügt, die unabdingbar erschienen. Einige erwiesen sich als überflüssig, wenn nicht sogar als hinderlich. Zum Beispiel hatte ich einmal statt Flickzeug eine Sprühflasche, die den Reifen nach einem Plattfuß von innen flicken und gleichzeitig aufpumpen sollte. Einfach auf das Ventil drücken und den Reifen mit dem Inhalt der Flasche füllen. Das Rad dann zum gleichmäßigen Verteilen des Dichtungsmittels drehen. Es endete damit, dass der Reifen trotzdem die Luft verlor und das Zeug sich trotz permanenter Drehung des Reifens einseitig sammelte und verhärtete. Diese ungleichmäßige Verteilung der Dichtungsmasse verursachte beim Weiterfahren eine Unwucht, was zwar zu sehr interessanten Fahreigenschaften führte, aber nicht unbedingt zweckdienlich war. Ich ziehe seitdem das klassische Flickzeug in der kleinen grünen Dose wieder vor. Unabdingbar dagegen war irgendwann die Regenjacke. Erstens war sie gut gegen Regen und zweitens hatte sie Taschen. Mittlerweile musste nämlich das Taschenmesser, das Portemonnaie und das bereits erwähnte klassische Flickzeug irgendwo verstaut werden.

Mit der Geburt von Kindern werden auch sämtliche im Vorwege gemachten Erfahrungen vorerst über den Haufen geworfen. Wie transportiert man Kinder, die noch nicht richtig sitzen können? Und wo verstaut man Essen und Windeln? Richtig, man benötigt also einen

Fahrradanhänger inklusive Sitzverkleinerung. Diese Anhänger haben mich sehr beeindruckt, auch wenn diese ziemlich teuer sind. Meine Frau und ich hatten uns bewusst für ein besseres Modell entschieden und zähneknirschend den horrenden Preis bezahlt. Eigentlich hatten nicht wir das entschieden, sondern der gut geschulte Verkäufer im Fahrradfachhandel. Aber im Nachhinein hatte der Verkäufer Recht behalten und sich die Investition für uns doch gelohnt. Unser favorisierter Anhänger war leicht und gefedert, was den Fahrkomfort für die Kinder erheblich verbesserte. Zudem konnte man das Vehikel problemlos auseinandernehmen und zusammenklappen. Für jemanden wie mich, der das handwerkliche Geschick nicht so unbedingt mit auf den Lebensweg bekommen hat, ein echter Gewinn. Er nahm zwar immer noch sehr viel Platz im Kofferraum ein, was man aber aufgrund der leichten Montage dann wiederum gerne billigend in Kauf nahm. In Hamburg hat sich der Einsatz dieser Anhänger allerdings als eher hinderlich herausgestellt. Sobald man die Straße verlassen hatte und auf Parkwege ausweichen wollte, wurde man von den Metallbügeln an den Parkein- und ausgängen, die das Befahren durch Autos verhindern sollten, ausgebremst. Wilde Rangierarbeiten folgten, welche mit einem solchen Anhänger nicht ganz einfach waren. Manchmal war der Anhänger sogar zu breit für die Durchfahrt, so dass wir umdrehen und einen anderen Weg einschlagen mussten. Weil das geringfügig den Spaß an Ausflügen dämpfen kann, sind wir so früh wie möglich auf die Kindersitze auf dem Gepäckträger umgestiegen, um uns lästige Routenvorplanungen zu ersparen. Aber in Dänemark war dieser Anhänger Gold wert. Man schaffte Strecke und unsere Kinder haben regelmäßig schon nach wenigen Metern hinten im Wagen geschlafen und wir hatten mal unsere Ruhe. Was für eine Erholung. Und noch einen Vorteil hatte der Anhänger. Er hatte einen Kofferraum, mit einem nicht zu verachtenden Fassungsvermögen. Leider versaute dieser Luxus an Platz auch unsere Gewohnheiten. Es wurde alles eingepackt, was bei einem Ausflug in irgendeiner Form von Nutzen hätte sein können. Von Pampers, über Sandspielzeug, bis zur selbstaufstellenden Strandmuschel. Ich habe diese Muschel im Übrigen gehasst, da das Zusammenlegen der Strandmuschel meine mir gegebene handwerkliche Logik überstieg, was zu peinlichen Zweikämpfen, zwischen der Muschel und mir führte. Der Fahrradanhänger hatte aber noch etwas Gutes. Bei einem Online-Auktionshaus konnten wir den Anhänger für einen guten Preis wieder verkaufen, so dass sich die anfänglichen hohen Anschaffungskosten quasi amortisierten. Der Verlust entsprach in etwa einem Preis für einen billigen Anhänger mit deutlich weniger Komfort. Die Qualität des Wagens zahlte sich in allen Belangen aus. Die Kinder hatten es bequem, wir hatten Ruhe und es gab keinen Grund, sich groß über die Montage zu beschweren. Aber der dadurch gewonnene Fahrspaß ist in Geld eh' nicht zu messen.

Meine Kinder fahren mittlerweile selber sehr gut Fahrrad, aber das Gepäck ist selbst für kleinere Strecken immer noch beachtlich geblieben. Wenn man den Vergleich zwischen der ersten, alleine unternommenen Fahrradtour, bis zu einer Fahrradtour mit seiner 4-köpfigen Familie heute zieht, dann sieht das in etwa wie folgt aus:

Damals: Geld

Heute: Immer noch Geld, Mobiltelefon, Kamera (mittlerweile eine platzraubende Spiegelreflexkamera), Landkarte, Essen, Trinken, Regenjacken, Mützen, Picknickdecke, Luftpumpe, Schaufeln für die Kinder (je nach Ziel), Mückenschutzmittel, Mückenstichmittel, Sonnencreme, Kühltasche + Kühlakkus, ein bis zwei Satteltaschen. Diverse andere Gegenstände je nach Tour und Witterung. Und als I-Tüpfelchen, da ja nicht wie früher das Fahrrad einfach in den Kofferraum geworfen werden kann, sondern mittlerweile 4 Fahrräder mitgenommen werden müssen, kommt noch eine Anhängerkupplung fürs Auto und ein Heckgepäckträger für 4 Fahrräder dazu.

Dieser Aufwand dient nicht für eine mehrtägige Fahrradtour, sondern nur für einen Ausflug mit wenigen Kilometern Fahrtstrecke.

Mein Fahrrad selber wurde auch im Laufe der Jahre immer wieder um diverse Teile ergänzt. Vom nackten Geländerad zum verkehrssicheren Stadtrad. Mittlerweile hat mein Fahrrad Licht, eine Trinkflaschenhalterung und Schutzbleche. Der Coolness-Faktor ist natürlich durch die Schutzbleche enorm gesunken, aber ein ein wenig sauberer Rücken nach einer Regenfahrt entschädigt. Nur einem Gepäckträger verweigere ich mich noch immer, den hat aber glücklicherweise meine Frau am Fahrrad. Ich Macho, ich.

Ein idealer Tagesablauf beinhaltet auch die Erforschung der näheren Umgebung. Das Fahrrad ist unser ständiger Begleiter und sorgt für immer neue Abenteuer. Auch wenn man sich einfach nur im Wald verfährt. Aber das Fahrrad ermöglicht uns Wege zu entdecken, die mit dem Auto oder zu Fuß nicht erreichbar sind und erweiterte den Radius um unser Feriendomizil immens. Ferner verfeinert das Fahrradfahren die Feinmotorik. Spätestens beim Flicken der platten Reifen des Familienfuhrparks.

Kristian und ich sind uns ziemlich einig, dass uns Dänemark als Fahrradregion am besten gefällt. Es gibt sehr viele gute Fahrradstrecken abseits der großen Landstraßen. In einem Land in dem die höchste Erhebung gerade einmal 172 Meter misst, ist auch mit größeren Steigungen nicht zurechnen. Aber man sollte auch ohne Kinder und auch, wenn man recht gut trainiert ist, eine Gegebenheit immer beachten. Den Wind. Vielleicht ist der Wind auf der Ostseeseite weniger stark und böig, als auf der Nordseeseite, aber auch hier kann einen der Wind mürbe machen. Wenn man nicht gerade eine Fahrradwanderung von Jugendherberge zu Jugendherberge (die sehr empfehlenswert sind) macht, sollte man auf die Windrichtung achten und beachten, dass man auch irgendwann wieder zurück zu seinem Ausgangspunkt, sprich Haus, Auto, Bahn kommen muss. Auf Inseln sollte man umso mehr darauf achten. Beispielsweise ist auf der Insel Langeland eine Fahrradtour von Lohals im Norden der Insel zur Inselhauptstadt Rudkøbing in der Mitte der Insel zwar sehr schön, vor allem wenn man Rückenwind hat, aber leider muss man aufgrund der langgezogenen Topographie der Insel genau den gleichen Weg auch wieder zurück. Die Insel ist wenig bis gar nicht bewaldet und der Wind kann einen dann voll erwischen. Eine andere Route, beispielsweise durch einen schützenden Wald, gibt es hier nicht. So eine Tour beschert einem dann nicht nur Schmerzen in den Beinen, sondern kann einem auch die Lust am weiteren Radeln nehmen. Das gleiche gilt auch für die Insel Samsø. Also immer den Wetterhahn im Auge behalten, sonst muss später der Wolf gepflegt werden.

Kristian und ich beschließen in den nächsten Tagen noch eine kleine Fahrradtour zu organisieren. Ein Ziel haben wir noch nicht, aber lohnende Ziele findet man immer irgendwo in dieser schönen Kante von Dänemark.

Kreisverkehr

Wir lassen unserer Phantasie freien Lauf und werfen uns gegenseitig irgendwelche Ziele für eine gepflegte Familienfahrradtour an den Kopf. Kristian ist im Übrigen derjenige, dem ich die Entdeckung Djursland und der jetzt von uns für diesen Abend beschlagnahmten Dünenbank überhaupt zu verdanken habe. Mit Kristian hatte ich in der Vergangenheit schon diverse Reisen nach Norwegen und Dänemark unternommen. Doch nachdem wir nun beide Familien haben, war Norwegen vorerst nicht für uns erreichbar. Alleine die Anfahrt bedeutet stundenlanges Autofahren und das mögen Kinder im Allgemeinen ja nicht so gerne. Kann ich auch verstehen. Langes Stillsitzen ist auch nicht meine Stärke. Zudem sollten die Kinder schwimmen können. Wenn einer aus dem Boot oder vom Ufer ins Wasser fällt, dann sollte er zumindest in der Lage sein wieder bis zum Schiff oder Ufer zu schwimmen und im besten Falle auch noch diesen Reinfall zu genießen. Leider ist auch aus finanziellen Gründen Norwegen für uns in weite Ferne gerückt. Norwegen ist nicht eben als billiges Urlaubsland berühmt. Wir müssen mit Familie jetzt etwas kleinere Brötchen backen und nach akribischer Recherche nach alternativen Urlaubszielen, hatte Kristian die vermeintlich beste dänische Ecke gefunden, in der man alles vorfindet, was es für einen idealen Urlaub so braucht. Demnach sollte es einen flachen Sandstrand geben, gute Strecken zum Fahrradfahren, die nicht zu viele Hügel bereithielten, und einen Küstenabschnitt an dem das Anglerglück besonders vielversprechend sein sollte. Ferner verfolgte Kristian die Theorie, dass die Ostseeseite weniger windig ist als die Nordseeseite, so dass man noch wetterunabhängiger die Tage nutzen kann. Zudem wurden ausgedehnte Waldgebiete angepriesen, in denen er sich eine erfolgreiche Pilzsuche versprach. Alles in allem erwartete ich nach diesen Ankündigungen die eierlegende Wollmilchsau, suhlend am Traumstrand, in der immer scheinenden Sonne.

Die Sau sollte also in Fjellerup Strand leben. In einer größeren Ferienhaussiedlung an der Nordseite von Djursland. Er war so von seinen Recherchen überzeugt, dass wir für den Sommer jeder für sich ein Haus in Fjellerup Strand mieteten. Getrennte Häuser, aber in der gleichen Siedlung. Um Freundschaften nicht überzustrapazieren hielten wir das für sinnig. Getreu dem Motto „Besuch ist wie Fisch, nach zwei Tagen fängt er an zu stinken".

Die Häuser hatten einen gehörigen Abstand voneinander, so dass ein gegenseitiger Besuch immer mit dem Fahrrad erfolgen musste. Aber daran konnte man sich durchaus gewöhnen. Der Weg führte nämlich auf der Küstenstraße am Strand entlang. Die Siedlung Fjellerup Strand liegt langgezogen an der Nordküste von Djursland. Auf der Küstenstraße führt der Weg an einer Waffelbäckerei mit angeschlossenem Eisladen vorbei. Eine gern genommene Kalorienfalle. Das Eis ist einfach lecker und ein kleines Päuschen am Strand kann ja nicht schaden. Ansonsten bietet die Siedlung den obligatorischen Campingplatz, Minigolfplatz und Kiosk an dem man Brötchen für den nächsten Morgen bestellen kann und natürlich seine deutsche Zeitung bekommt. Freilich nur in der Hauptsaison. Ein Fischgeschäft und eine Gallerie mit handgefertigten „Staubfängern" gibt es natürlich auch. Die Siedlung ist groß. Aber aufgrund der Größe der einzelnen Grundstücke und dem natürlichen Bewuchs an den Grundstücksgrenzen, ist man trotzdem recht allein und ungestört.

Ich muss zugeben, dass Kristian seine Arbeit gut gemacht hat und die eierlegende Wollmilchsau tatsächlich nicht weit von diesem Ort entfernt leben kann.

Auf unserer Bank in den Dünen arbeiten sich die Gehirne heiß. Kristian schlägt vor den Gjerrildbanestine zu fahren, weiter als wir es bisher getan haben. Da wir den Weg schon einmal recht weit gefahren waren, schlage ich vor, den Weg in die andere Richtung zu nehmen, der uns an den Steilküsten vorbeiführt und uns über einen Wanderweg, was eigentlich nur eine Kuhwiese ist, bis zum Fornaes Fyr bringt. Ein schön gelegener Leuchtturm an der Ostküste von Djursland. Je nach Laune wäre die Stadt Grenaa dann in greifbarer Nähe. Völlig aus dem Zusammenhang gerissen blökt Kristian plötzlich „Die beiden Würfel in dem Kreisverkehr vor Grenaa wurden neu gestrichen!" und grient mich wie ein Honigkuchenpferd an. Etwas verschreckt starre ich ihn an und muss diesen Themenwechsel erst einmal verarbeiten. Das war auch so ziemlich die einzige Veränderung, die Kristian in diesem Urlaub aufgefallen war, um noch einmal auf unseren Mann in Glesborg und Veränderungen im Allgemeinen zurückzukommen. Aber ja, er hat recht. Das war mir auch schon aufgefallen. Diese Skulptur kann man aber auch nicht übersehen. Die beiden Würfel sind schon aufgrund ihrer Größe von weitem gut sichtbar und auffällig, aber jetzt ziehen sie mit ihren noch leuchtendereren Farben, in der ansonsten grünen Landschaft, die Blicke noch stärker auf sich. Die Würfel haben jeweils eine geschätzte Seitenlänge von 2,5 bis 3 Meter und sind kunstvoll aufeinandergesetzt. Das Ganze am Rande eines Kreisverkehrs.

An dieser Stelle muss mal eine Ode an den Kreisverkehr gehalten werden. Der Kreisverkehr ist eine sehr innovative Sache, wie ich finde. Der Verkehrsfluss wird nicht durch Ampeln unnötig unterbrochen und die Aufmerksamkeit des Verkehrsteilnehmers nach vielen Kilometern auf gerader Landstraße beim Heranfahren an den Kreisverkehr mal wieder gefordert. Eine Ampelschaltung nimmt einem ja schon das Denken ab und lässt einen in eine stumpfe Apathie verfallen. Wie schön, dass auch die deutsche Infrastruktur vermehrt auf den Kreisel setzt. Aber noch sind uns die Dänen in einem Punkt voraus. Die Kunst im Kreisel. Der Mittelpunkt des Kreisels, eigentlich bestehend aus einem grasbewachsenden Erdhügel mit sanftem Anstieg. Zu klein als Schafwiese, zu gefährlich als Grillplatz. Wer austreten muss, muss über die Straße zum Pinkelstein hinter die Kreiselbeerbüsche laufen. Das birgt ab drei Dosen Faxe Gefahrenpotenzial. Also nutzloser Raum, der nur dazu dient, das Durchfahren des Kreisels in einer geraden Linie zu verhindern. Nein, aber nicht bei den Dänen. Die Dänen haben diesem Mittelpunkt einen Sinn gegeben. Sie haben diese leere Mitte mit Leben gefüllt und diesen vom Straßenbauamt geschaffenen Altar als Ausstellungsfläche für dänische Kunst entdeckt.

Während in deutschen Kreiseln der Mittelpunkt der Natur überlassen wird und Wildwuchs herrscht, eventuell mal eine Straßenlaterne, ein Fahnenmast oder eine lebensgroße Plastikkuh aus dem Dickicht ragt, wird hier auf Kunst und Design gesetzt. „Gebt der Kunst eine Chance" oder „Kunst für Alle!", möchte man meinen ins Gesicht geschrien zu bekommen, wenn man die teils wenig dezenten, oftmals einige Meter hohen Stahlkonstruktionen, die entweder starre Rechteckformationen oder geradezu avantgardistische Linienführungen beinhalten, bei der Anfahrt auf den Kreisel auf sich zukommen sieht. Je nach Laune des Künstlers, sind diese Stahlkonstrukte entweder mit ein bis zwei sehr leuchtenden Farben veredelt, nur verchromt oder aber einfach schier gelassen worden. Hier wird der Flugrost auf den unbehandelten Stahlteilen als ein Teil des Ausdrucks eingesetzt und lässt das Kunstwerk mit dem als Fundament dienenden Kopfsteinpflaster, welches durch den bei Regen abgewaschenen Rost rötlich verfärbt wird, verschmelzen. Die hier gratis dargebotene Kunst lässt viel Raum für Interpretationen und man kann nach Verlassen des Kreisverkehrs noch lange über die Motivation und die angestrebte Aussage des Künstlers nachdenken. Bei mehreren Personen im Fahrzeug kann eine lebhafte Diskussion entbrennen, die der jeweiligen Interpretation des Gesehenen geschuldet ist. Zumindest bis zum nächsten Kunstwerk mit anliegendem Kreisverkehr. Über Kunst kann man ja bekanntlich herrlich streiten. Wie viele Freundschaften und Ehen nach durchfahren eines solchen Kreisels zerbrochen sind, ist leider nicht bekannt.

Weiterfahrt

Soviel Kunst passt Kristian jetzt nicht in die Planung. Für die Strecke bis nach Grenaa konnte er sich in diesem Zusammenhang nicht begeistern. Er gab zu bedenken, dass auf dieser Strecke auch die Steilküste mit den guten Jagdgründen für Fossilien liegt. Er plante für den weiteren Urlaub eigentlich eine Extratour dorthin, um noch einmal nach versteinerten Donnerkeilen und Seeigeln zu suchen. Wenn wir die jetzt zu planende Tour auch diesen Weg lang führen lassen, würden wir diese Strecke zweimal fahren und das wäre dann doch auch langweilig. Ich gebe zu, dass Argument zieht. Das Suchen nach fossilen Restposten aus lang vergangenen Zeiten ist wirklich spannend und bietet einen gewissen Nervenkitzel unterhalb der 5 bis 6 Meter senkrecht abfallenden Steilküste. Der Eiszeit sei Dank. Das Suchen kann süchtig machen und man verliert sämtliches Zeitgefühl. Das ist auch besser so, da man dann nicht bemerkt, wie skurril es von außen betrachtet anmuten muss, wenn mehrere Personen in gebeugter Haltung stundenlang auf den Boden starren und dabei ihren Hintern in Richtung Wasser strecken. Die Segler in Küstennähe haben bestimmt ihren Spaß. Man kann natürlich der ganzen Szenerie noch einen draufsetzen und das Ganze bei Regen machen. Wir haben Stunden in dieser Haltung im Regen verbracht. Die Gruppe Kajakfahrer, die an diesem Tag dicht unter Land vorbei kam, hat sich garantiert amüsiert. Leider hatten wir das Rudel erst bemerkt, als einer von uns sich mal den Rücken strecken musste und sich dabei tatsächlich Richtung Meer umdrehte. Die Kajakfahrer schienen eine Pause eingelegt zu haben oder ließen sich von der Strömung treiben. Ob sie die Pause nur wegen uns einlegten, um unser Treiben zu beobachten, weiß ich nicht Aber ich kann es ihnen nicht verdenken. Ich hätte diesen Anblick auch genossen. Man, wir wissen wirklich einen Urlaub gemütlich zu gestalten.

Und was lernen wir daraus? Man kann auch Spaß im Regen haben und Kajaks sind sehr, sehr leise.

Die Idealstandardrunde mit dem Fahrrad von Gjerrild über Bønnerup nach Fjellerup Strand haben wir auch schon durch, obgleich die Fahrt mit dem Rückweg durch den küstennahen Wald und an Mejlgaard Slot immer wieder reizvoll ist. Komischerweise fahren wir jedes Mal einen anderen Weg durch den Wald, ohne zu wissen warum. Unser nicht vorhandener Orientierungssinn ist bereits legendär und hat einige Fahrradtouren unplanmäßig schon um bis zu 30 Kilometer zusätzlich ausgeweitet.

Wir stellen fest, dass wir ein kleines Fahrradtourenproblem haben. Sämtliche Strecken in der näheren Umgebung sind erforscht. Das heißt, wir müssen unseren Radius ausweiten und die Fahrräder erst einmal aufs Auto schnallen. Ich erinnere mich an einen Ausflug, den wir im Jahr zuvor nach Ebeltoft unternommen hatten. Ich erzähle Kristian von meinem neuen Einfall und dass zumindest vom Auto aus betrachtet, die Straße um die seichte Bucht bei der Stadt Ebeltoft, als leicht befahrbar wirkt und von mir als kindertauglich befunden wurde. Von hier aus hat man einen herrlichen Blick auf die Stadt und die im Hafen gelegene Fregatte Jylland, ein historisches Holzschiff und ihres Zeichens das längste, noch erhaltene Schiff seiner Art. Die Route wäre entsprechend auch in die andere Richtung spannend. Mit der Stadt Ebeltoft als Ziel. Eine kleine putzige Stadt mit vielen historischen Häusern, dem kleinsten Rathaus der Welt, einem bekannten Jazzfestival und eben der besagten Fregatte.

Aber die Planung geht doch in die andere Richtung. Im Geiste fahren wir mit dem Finger über die Landkarte an der südlichen Küste von Djursland entlang, einmal um die komplette Ebeltoft Vig, bis nach Sletterhage Fyr auf der Halbinsel Helgenæs. Ziel ist hier ein wunderschöner Leuchtturm, der von einem breiten Kiesstrand umrandet wird. Von hier kann man die an- und abfahrenden Fährschiffe von Århus sehen und die Insel Seeland erahnen. Leider haben sich zu so später Stunde die Größenverhältnisse verklärt und die Tour sich zu einem

74

Spaziergang in unseren Köpfen entwickelt. Vergessen hatten wir die Molsbjerge mit einigen An- und Abstiegen, sowie eine komplette Bucht, die ebenfalls noch auf dem späteren Weg liegt. Jetzt auf der Bank in den Dünen waren wir Lance Armstrong und Jan Ullrich. Dank unserer Aufbaupräparate auf Whiskeybasis, war die Strecke mit dem Finger auf der Karte schnell gefahren und uns kein Ziel zu weit. Und da wir gerade so gut in Fahrt sind, fahren wir gleich weiter bis nach Rønde und der Burgruine Kalø Slot. Lächerliche drei Buchten weiter in der Kalø Vig gelegen. Auf jeden Fall ein lohnendes Ziel, auch ohne Fahrrad. Die Burgruine trohnt auf einer kleinen Insel in der Bucht, nur mit einer künstlich angelegten Zuwegung verbunden. Leider wurde in der Vergangenheit die Burg aufgegeben und die Steine zum Bau von Schloss Charlottenburg in Kopenhagen verwendet. Es stehen nur noch Grundmauern und der Hauptturm in Teilen. Trotzdem hat diese Insel einen besonderen Anziehungswert. Man kann sich frei auf der Burg bewegen und auf den weiten Grünflächen picknicken. Der Blick über die Bucht, die Kalø Vig, ist ein Erlebnis.

Und um dem Ganzen jetzt noch das Sahnehäubchen aufzusetzen, fahren wir, nach dieser erholsamen Pause auf der Burgruine, im Geiste gleich weiter nach Århus, um zum Abschluss am Hafen noch einen Kaffee zu trinken. Das waren also jetzt grobe 100 kindertaugliche Kilometer, die wir, zumindest in unserem Brausebrand, ohne größere Anstrengungen an einem Nachmittag bewältigt haben. Schade, dass wir jetzt in Århus sind und unserer Autos, dank der wirren Planung, noch bei Ebeltoft stehen und auf uns warten. Für uns natürlich kein großes Problem. Schnell noch eine verdünnte Cola und dann ist der Rückweg auch schnell geschafft.

Nachtwanderung

Wir müssen uns wohl eingestehen, dass die eben noch zusammen gedichtete Fahrradtour eventuell doch einige Schwachstellen in der Planung hat und man einige Ziele streichen sollte. Wir kamen einfach nicht weiter und bevor wir in unserer langsam überbordenden Fantasie eine komplette Dänemarkrundfahrt starten, beschloss ich ein anderes Thema auf den Tisch zu bringen. Nachtwanderung! Seit dem letzten Jahr ein heikles Thema, dem war ich mir bewusst. Ich wollte einfach nur mal sehen, was für eine Reaktion ich Kristian entlocken kann. Wider Erwarten erhielt ich kein Abwinken, sondern ein süffisantes Lächeln und eine Minute Schweigen. Jetzt spannte er mich auf die Folter. Was kommt gleich? Eigentlich hat es unseren Familien in der Vergangenheit immer viel Spaß bereitet, abends mit Taschenlampen bewaffnet, gegen die Mücken bis zur Unkenntlichkeit maskiert, durch die Gegend zu stromern. Immer auf der Suche nach Wildtieren, die es zu beobachten lohnt. Seit dem letzten Besuch im Wald hatte allerdings „die Nachtwanderung" einen etwas bitteren Beigeschmack bekommen.

Die Nachtwanderung war immer ein Highlight. Wie die Indianer auf der Suche nach den Tieren der Dämmerung. anpirschen und beobachten. So leise wie möglich, wie die Indianer eben. Der Weg in den Wald führt über einen nahegelegenen Trampelpfad, der hinter unserer Ferienhaussiedlung beginnt. Weiter führt uns der Pfad über eine Heidelandschaft, bis man zu einem mit Maschendrahtzaun abgesperrtem Waldgebiet gelangt. Durch eine sich selbstschließende einfache Klapptür kann man in ein großes öffentliches Wildgehege gelangen und mit etwas Glück dort freilebendes Damwild und Wildschweine beobachten. Wenn man denn Glück hat. Das Interessante an diesem Gehege ist, dass es nirgends als touristische Attraktion angepriesen wird, es gibt nirgends einen Wegweiser oder einen anderen Hinweis auf dieses Gebiet. Es ist einfach ein normaler Wald mit einem Zaun drum herum, in dem Wildtiere Ruhe finden sollen. Die Tiere sind wohl Menschen gewöhnt, aber es ist definitiv kein Streichelzoo, in dem die Tiere in der Hoffnung auf Futter bettelnd angelaufen kommen. Nur manchmal hat man Glück und junge Wildschweine kommen aus Neugierde näher an einen heran, aber in den meisten Fällen machen sie und die anderen Tiere einen weiten Bogen um die Menschen. Es ist also nicht garantiert, dass man überhaupt etwas zu Gesicht bekommt. Es gab in der Vergangenheit einige erfolglose Exkursionen in den Wald und trotzdem war niemand enttäuscht von solch einem Abend. An diesem besagten Abend machten wir uns auch wieder auf den Weg. Zwei Familien, ausgerüstet mit Feldstechern, Kameras, Taschenlampen und Nachtsichtgerät. Alle vermummt und mit Antimücken- und Zeckenmittel vernebelt. Die Hose in die Socken gesteckt, um den Zecken keine Chance zu geben. Der ganze Aufwand interessierte die Zecken allerdings herzlich wenig und schafften es in der Vergangenheit dennoch immer wieder, bis zu den feuchtwarmen Gebieten des menschlichen Körpers vorzudringen und es sich dort gemütlich zu machen. Das kann unangenehm sein, vor allem, wenn man sie selber nicht sehen, nur erfühlen kann. Hier hilft es eine Vertrauensperson hinzuzuziehen, die einem die Zecke ohne großen Aufhebens aus den weichen, im Schatten des dritten Beins gelegenen Örtlichkeiten, entfernt. Stillschweigen ist Ehrensache. Warum alle im Freundeskreis diese Geschichte innerhalb kürzester Zeit kannten, entzieht sich meiner Kenntnis.

Es dämmerte bereits als wir den Wald betraten. Wald bei zunehmender Dunkelheit hat eine sagenhafte Atmosphäre. Es wird merklich stiller, die Schatten dunkler und das Restlicht schafft es nicht mehr durch die Bäume bis auf den Boden zu gelangen. Es wirkt als rückten die Bäume enger zusammen. Der Blick in den Wald vom Weg aus wird schon nach wenigen Metern von der Dunkelheit geschluckt und der Wald wirkt undurchdringlich. Ein Reh hätte keine Mühe nur wenige Meter neben uns im Wald sich unseren Blicken zu entziehen. Wir würden es nicht bemerken. An diesem Abend war von den Wildtieren nichts zu sehen. Vielleicht lag es daran, dass es nicht ganz so still war. Irgendwie waren alle wild am schwatzen und vom Indianerspielen weit entfernt. Nur ein Wildschwein wurde durch unser Geschnatter aufgeschreckt und entschwand wild grunzend im tiefen Wald. Kristian klärte meine Frau mit wichtiger Miene kurz darüber auf, dass im Falle eines Wildschweinangriffs die Kinder in die Mitte genommen werden müssen und die Erwachsenen einen Kreis um diese zur Abwehr bilden sollen. Von diesem Gespräch hatte ich zu diesem Zeitpunkt noch nichts mitbekommen, wunderte mich nur, dass meine Frau etwas aufgeregt die Kinder ermahnte in der Nähe, also direkt bei ihr zu bleiben. Auf meine Frage, warum sie so unentspannt sei, klärte sie mich wiederum über das richtige Verhalten im Falle einer ausfälligen Wildsau auf. Woher wusste meine Frau, wie man sich in solch einem Notfall zu verhalten hat? Etwas verunsichert blickte ich mich ebenfalls um. Die einzige auffällige Sau im Wald ging lachend neben uns. Kristian hatte es mal wieder geschafft, uns ein Ammenmärchen aufzutischen und freute sich diebisch. Ein Eichelhäher zeterte in einem Baum und beschwerte sich lautstark über irgendetwas. Vielleicht hatte er Kristian auch die Geschichte abgenommen und war jetzt sauer. Man weiß es ja nicht, wie ein Eichelhäher so tickt. Ansonsten war es still und nicht einmal die Autos der nahegelegenen Landstraße waren zu hören. Erfolglos erreichten wir den anderen Ausgang und beschlossen den Rückweg auf dem gleichen Wege wie wir gekommen sind zurückzugehen. Vielleicht hatten wir ja jetzt mehr Glück. Mittlerweile war es dunkel geworden und nur noch ein Hauch von Tageslicht und dem aufgegangenen Vollmond erhellte uns den Weg. Die Taschenlampen wollten wir so spät wie möglich einsetzen, um keine Tiere zu verschrecken. Unsere Gruppe zog sich langsam auseinander. Die Frauen voran, in eine Unterhaltung vertieft die vermutlich wenig mit der eigentlichen Mission zu tun hatte. Das mit den Taschenlampen war aufgrund der Geräuschkulisse eigentlich hinfällig. Im Mittelfeld plauderte ich mit den Kindern und als Schlusslicht schlich Kristian hinterher. Aus dem Nichts durchbrach plötzlich ein lauter Knall die Unterhaltung und im selben Moment knackte es heftig in einem etwa 20 Meter entfernten Baum. Wie Salzsäulen verharrten alle und warteten auf das was als Nächstes geschieht, aber es passierte nichts. War es ein Schuss? Nach einer Schrecksekunde löste sich die Schockstarre und die Zurückhängenden schlossen zu den vorausgegangen Frauen auf. Ich schlug vor, dass die Kinder zur Abwehr einen Kreis um mich bilden sollten, was von den Kindern aber abgelehnt wurde. Wir beschlossen nach kurzer Beratung die Taschenlampen anzuschalten, um demjenigen der geschossen hatte, unsere Anwesenheit zu signalisieren. Wir hofften wohl alle, dass es ein Jäger war und kein besoffener Dorfjugendlicher oder schlimmeres, der geschossen hatte. Zu sehen war nichts und das Nachtsichtgerät brachte auch nicht so viel Licht ins Dunkel. Wir suchten in einem geordneten Rückzug das Weite Richtung Hinterausgang. Als wir das Gehege verlassen hatten, beruhigten sich langsam die Gemüter und wir begannen über das Erlebte zu debattieren. Wir versuchten die Kinder in Sicherheit zu wiegen und erklärten, dass es wohl ein Jäger war, der vermutlich sehr weit weg von uns gestanden haben muss und dass das Knacken im Baum von einem aufgescheuchten Vogel kam. Ich bin mir nicht sicher, ob alle die Version glaubten. Im nach hinein bin ich auch nicht so sicher, ob das Knacken im Baum tatsächlich ein Vogel verursacht hat oder eine Ladung Schrot. Und ob es ein Jäger war der geschossen hat oder ein Psychopath?

Wir hatten jetzt zwar den Wald verlassen, mussten aber einen weiten Umweg nach Hause einschlagen, der uns weitere fünf Kilometer durch ein weiteres Waldgebiet führte. Meiner neun jährigen Tochter fiel nichts Besseres ein, als Gruselgeschichten zu erzählen und amüsierte sich dabei königlich. Das änderte sich, als aus dem uns umgebendem Wald Hundegebell entbrannte und scheinbar näher kam. Auch das war vermutlich Einbildung. Die den Menschen gegebene Möglichkeit der Einbildung kann im Dunkeln sich voll entfalten. Und sie kann auch Beine machen. Alle kannten wohl die Geschichte von „Der Hund von

Baskerville". Glücklich erreichten wir nach mehr als einer Stunde dann endlich die Siedlung und verabschiedeten uns für diesen Tag voneinander mit der Gewissheit, in diesem Urlaub keinen Fuß mehr in diesen Wald zu setzen.

Nachdem die ganze Geschichte noch einmal vor meinem inneren Auge abgelaufen ist, denke ich, kann ich Kristians Lächeln mir gegenüber als ein „Ich glaube nicht, dass die Familie noch einmal bei Dämmerung diesen Wald betreten möchte" interpretieren. Der Bedarf an Nachtwanderungen ist wohl noch immer gedeckt. Kristian hat Recht, diese Idee vorerst weiter auf die lange Bank zu schieben.

Kanu

Die Sonne steht jetzt knapp über dem Meer und ist im Begriff abzutauchen. Hier und da kommt noch ein Hundebesitzer vorbei. Solch ein Abend ist für mich immer mein kleiner persönlicher Jakobsweg, nur ohne Weg und ohne Jakob. Hier kann ich meine Reflektion auf das bisher Erlebte, die Diagnose des aktuellen Standes meines Lebens und die Auslotung des weiteren Lebensweges oder was das Leben noch so für einen bereithält, vornehmen. Wann hat man die Stille, die Ausgeglichenheit und vor allem die Zeit, sich einmal diesen Gedanken hinzugeben? Hier, auf dieser schlichten Holzbank aus dem Baumarkt, in irgendeiner Düne, irgendwo in Dänemark, an irgendeinem der beiden angrenzenden Meere. Es findet sich in Dänemark immer ein ruhiges Plätzchen zum Verharren. Auf der Suche nach einer solchen Bank in Scharbeutz an der Ostsee bin ich kläglich gescheitert. Es war nicht eine Bank zu finden, an der man ungestört hätte sitzen können. Ich fand nicht einmal eine Bank, die nicht besetzt war.

Da wir Nachtwanderungen einvernehmlich für dieses Jahr abgelehnt haben, versuchen wir einige andere geplante Unternehmungen in unseren Zeitplan einzubauen. Also Dinge, die am Tage und bei Licht stattfinden sollen. Als erstes steht nun Kanufahren auf unserer To-Do-Liste. Wir hatten letztes Jahr bereits einmal eine Kanutour unternommen und waren begeistert. Einhellig stellten wir fest, dass Kanufahren eine Beschäftigung für Menschen ist, die die Ruhe in der Natur zu schätzen wissen und die Aufgabe ein Ziel zu erreichen im Familienverbund genießen. Da es im letzten Jahr so gar nicht mit dem Genießen und dem Familienverbund geklappt hat, wollen wir dieses Mal das Ganze mit etwas mehr Ruhe angehen. Keine Wettrennen, keine Ausreißer. Vermeidung des gepflegten Muskelkaters am nächsten Tag. Die Schnelleren warten auf die Langsameren. Als Nicht-Kanuten und damit ohne jegliche

Erfahrungswerte, stürzten wir uns letztes Jahr in das Abenteuer Kanufahren. In dem Örtchen Allingåbro auf der Halbinsel Djursland bot sich für uns die Gelegenheit diese Erfahrungslücke zu schließen. Das Flüsschen Alling Å schien uns der richtige Einstieg zu sein. Ein kleiner und ruhiger Fluss. 4 bis 5 Meter breit, keine augenscheinlichen Stromschnellen, keine Motorboote, keine Krokodile.

Im alten Bahnhofsgebäude von Allingåbro wurden wir mit Rudern, Schwimmwesten (zumindest die Kinder) und Schöpfkelle (!!) ausgestattet. Da wir die Kanus noch nicht gesehen hatten, war uns die Übergabe der Schöpfkellen etwas suspekt. Wir fragten uns, wie alt die Kanus wohl sein mögen und ob wir mehr schöpfen als paddeln werden. Auf einer Wiese am Ufer der Alling Å lagen dann auch unsere Boote. Aus Aluminium, schön in Reih und Glied, kopfüber zum Trocknen auf brusthohen Gestellen abgelegt. Da freut man sich, wenn man zum Runterheben der Kanus einen Bandscheibenpatienten dabei hat. Wir haben es trotzdem geschafft und es auch geschafft die Boote zu Wasser zulassen, ohne eines der Boote in der leichten Strömung zu verlieren. So wirken die drei Kanus robust und die Schöpfkellen bisher überflüssig. Es sind zumindest keine offensichtlichen Leckagen erkennbar. Die Boote waren jetzt im Wasser, wir aber noch nicht mit drin. Wider Erwarten ist keiner beim Einstieg ins Wasser gefallen und somit gab es noch keinen Grund zur Schadenfreude. Bisher verlief alles erstaunlich reibungslos und die Schöpfkellen wurden noch immer nicht gebraucht. Die Kanus waren tatsächlich dicht und wir trocken an Bord.

Etwas anderes bereitete uns Probleme. Die leichte Strömung sabotierte unsere ersten Paddelversuche und drückte uns gegen die naheliegende Brücke, die nicht höher als 1.50 Meter über den Fluss kreuzte. Die ersten Meter in den Kanus entpuppten sich für alle als ein schwieriges Unterfangen und unsere fehlende Erfahrung war nicht zu übersehen. Alle waren bemüht die Paddel und die Kanus in Einklang zu bringen und kamen trotzdem nicht voran. Glücklicherweise ist die Alling Å ein Fluss mit wenig Tiefgang. Man hätte also bei einem Kentern noch bequem bis zu den Oberschenkeln im Wasser stehen können. Wir brauchten eine gehörige Eingewöhnungsphase, aber irgendwann hatten alle endlich den Dreh raus geordnet vorwärtszukommen. Leider hielt der Fluss doch noch weitere kleine Tücken parat. Er hatte Flussbiegungen. Unfähig das Lenken des Kanus dem Flusslauf anzupassen, rauschten wir mit unseren Kanus alle paar Meter in die Böschungen. Das nächste Lernziel war jetzt das Lenken und das richtige Einschätzen der Strömung. Wir waren mit drei Kanus unterwegs. Ich mit meinem Sohn, Kristian mit seinen beiden Söhnen und die Mädels mit meiner Tochter. Wie unter Männern so üblich entbrannte auch schon bald ein Wettkampf um die Führungsposition, die allerdings nicht durch Kraft, sondern durch die Flussbiegungen jedes Mal neu entschieden wurde. „Wer kommt zuerst aus der Böschung wieder raus?", war eine entscheidende Frage bei der Vergabe der Führungsposition. Ein hautnahes Naturerlebnis. Für meinen Geschmack etwas zu nah zum Genießen. Die Damen waren da entspannter, ließen sich Zeit und genossen die Landschaft mit dem nötigen Abstand.

Angeblich sollten am weiteren Flussverlauf diverse Rastplätze sein. Wir aber waren scheinbar so langsam, dass wir nicht einen der angeblichen Rastplätze für ein zünftiges Picknick erreicht haben. Letztendlich machten wir an einer Holzbrücke fest, die sich über den kleinen Fluss bog. Wir schafften es auf abenteuerliche Weise, über die matschige Böschung, auf diese Brücke zu gelangen. Auch hier hat keiner die Tauglichkeit der Schwimmwesten testen müssen. Wir lobten uns selber und gratulierten uns zu unserer körperlichen Fitness, da keiner über größere Schmerzen in den Armen klagte. Wir vertilgten unser mitgebrachtes Essen, die Kinder spielten, die Erwachsenen betrieben Konversation. Dabei war uns ein wenig die Zeit weggelaufen und wir mussten unsere Rast langsam abbrechen und den Rückweg antreten. Das Ziel unseres Kanuweges sollte eigentlich beim Schloss Gammel Estrup liegen, wo uns richtige Picknicktische in einem wunderschönen

Schlosspark erwartet hätten. Ein Ziel, dass wir mit Bravour nicht erreicht haben, uns aber für dieses Jahr fest vorgenommen haben.

Doch jetzt stand der Rückweg auf der Alling Å an und uns die Uhr im Nacken. Schade, dass wir den gleichen Weg auch wieder zurück mussten. Unsere eben noch gefeierte körperliche Fitness relativierte sich recht schnell, denn der Rückweg ging logischer Weise jetzt nicht mehr mit der Strömung, sondern gegen die Fließrichtung der Alling Å. Die seichte Strömung entpuppte sich als stärker als erwartet und Kristian und ich merkten schnell, wie unsere Kräfte langsam nachließen und wir den Kindern vermehrt das Paddeln überlassen mussten. Wenn man hinten im Kanu sitzt, ist das kein großes Problem, dann merken die Kinder den reduzierten Einsatz nicht so schnell. Aber irgendwann ging auch bei den Kindern die Puste aus und man musste als Vater jetzt den Schein wahren, alles im Griff zu haben. Nicht paddelnde Kinderaugen sehen sich nicht die Landschaft an, sondern beobachten den Vater und das andere Kanu. Und wenn das andere Kanu mit Kristian und den Kindern weiter vorne ist und man ein selbstauferlegtes Rennen fährt, dann ist das den Kindern scheißegal, ob der Vater aus dem letzten Loch pfeift.

Wenn man nicht ganz so auf das Tempo achtet, sich einfach mal von der Strömung treiben lässt und auch mal nach links und rechts blickt, dann kann man eine unglaubliche Ruhe erleben. Haben zumindest die Mädels später erzählt. Aber in einem waren sich alle einig: Es war ein toller Ausflug. Und genau das möchten wir dieses Jahr auch einmal haben. Einen ruhigen, gepflegten Kanuausflug ohne Muskelkater und Blasen an den Händen.

Wer es nicht so in den Armen hat, sondern eher in den Beinen, der kann an eben diesem Bahnhof auch Draisinen mieten. Eigentlich sind es Fahrräder auf Schienen. Für maximal drei Personen geeignet, aber mit integriertem Picknicktisch. Auf der stillgelegten Eisenbahntrasse kann man jetzt etwa 17 Km bis nach Randers radeln. Unterwegs müssen ab und an Schranken, die nicht die kreuzenden Straßen beschranken, sondern aus Sicherheitsgründen die Schienen absperren, geöffnet und geschlossen werden. Für ganz Abenteuerlustige gibt es am Ende der Strecke Übernachtungsmöglichkeiten in alten Bahnwaggons. Wir fanden die Idee mit den Draisinen super und probierten diese „Dinger" ebenfalls aus. Auf eine Übernachtung in den Bahnwaggons wollten wir allerdings verzichten. Wir stellten fest, von Allingåbro bis nach Randers muss man erst einmal kommen. Bei einem Zeitmanagement wie wir es an den Tag legen, unmöglich. Unsere Zeiteinteilung war an dem Tag mal wieder desaströs und wir haben die Strecke nur zu zwei Drittel geschafft. Um 17 Uhr sollten die „Fahrräder" wieder am Heimatbahnhof sein. Hier endete die Fahrt dann mit einem Muskelkater in den Beinen. Allerdings in den Beinen der Frauen, die es sich nicht nehmen ließen, uns durch die Landschaft zu fahren. Da ist man ja auch Gentleman und lässt den Frauen gerne den Vortritt. Macht ja auch einen knackigen Po und so ist es für alle eine Win-win Situation. Meine einzige körperliche Betätigung bestand darin, unsere Draisinen bei Gegenverkehr von dem eingleisigen Schienenstrang zu heben und auf die Wiese neben das Gleis und, nach dem Passieren des Entgegenkommenden, zurück auf das Gleis zu stellen. Auch hier sollte zumindest einer dabei sein, der etwas mehr Kraft hat und nicht bei der Bundeswehr den „5 Kiloschein" innehatte.

Auch auf dieser Strecke gibt es diverse Rastplätze, die zum Verweilen laden. Ich weiß nicht, ob es Zufall oder ein fester Bestandteil dieses einen Rastplatzes war, aber sobald wir uns an die Tische gesetzt und unseren Proviant ausgepackt hatten, kamen drei Hunde in unterschiedlichen Größen aus dem Gebüsch geschossen und umringten uns. Ich habe keine große Angst vor Hunden, aber Respekt und so war es eine etwas komische Situation in der wir uns befanden. Der Jack-Russel-Terrier war wohl der Anführer der Hundegang und hatte seinen beiden Adjutanten den Befehl gegeben, alles zu untersuchen. Da wir nach intensiver Beschnüffelung keine lohnenden Opfer darstellten und die Neugierde der Hunde gestillt war, verschwanden alle drei nach kurzer Zeit schwanzwedelnd wieder genauso schnell im Gebüsch, wie sie gekommen waren. Etwas ratlos blieben wir zurück und debattierten über den bizarren Auftritt der drei Hunde. Für das Essen auf dem Tisch haben sich die Hunde nämlich so gar nicht interessiert.

Das wir die Draisinenfahrt als „rückenschonenende Maßnahme" dieses Jahr ausfallen lassen wollen, da sind wir uns an diesem Abend einig. Wir stoßen an und lassen noch einmal den Blick über die ruhige Ostsee schweifen und versuchen unsere Muskeln für die zukünftigen, noch immer nicht endgültig feststehenden Großtaten, zu entspannen.

Løkken

Da wir tatsächlich wenigstens eine Einigung bezüglich unserer To-Do-Liste erzielt haben, hüllen wir uns in erleichtertes und zufriedenes Schweigen. Kanufahren wird bestimmt wieder sehr lustig. Und mal schauen, vielleicht fällt ja dieses Jahr endlich einer von uns ins Wasser. Mittlerweile hat sich die Sonne im Meer verabschiedet und schickt nur noch einige Lichtboten zu den vereinzelten Wolken und taucht sie in ein tiefes Violett. Es ist ruhig und einfach schön. Man hört wirklich keine Zivilisationsgeräusche. Kein Flugzeug, Auto, Rasenmäher stört die Stille. Nur das leichte Schlagen der Wellen beim Abrollen auf den Strand gibt dem ganzen Szenario eine angenehme Hintergrundmusik.

Aus heiterem Himmel fängt Kristian an von seinem Geschirrspüler im Haus zu erzählen. Wie froh er ist, dieses Wunderwerk der Zeitersparnis zu haben. Ich glaube, er ist echt urlaubsreif. An einem lauschigen Abend auf einer Düne mit Blick auf die Ostsee sich Gedanken über die Vorteile einer Geschirrspülmaschine zu machen, erschließt sich mir nicht sofort. Aber der Gedanke regt an, darüber einmal einen Gedanken zu verschwenden. Bei genauerer Betrachtung hat er natürlich Recht. Wie viel Zeit hat man früher mit dem Abwasch am Tag vergeudet. Kostbare Ferienzeit, die man für andere Dinge hätte nutzen sollen. Beispielsweise auf einer Düne sitzen. Wenn ich mich daran erinnere, was das Haus am Bjerge Strand bei meinem ersten Dänemarkurlaub 1977 alles *nicht* zu bieten hatte, dann ist nicht nur eine Geschirrspülmaschine, sondern auch eine Waschmaschine und warmes Wasser ein Segen für einen entspannten Urlaub. Ich stieg also in die Lobpreisung der Geschirrspülmaschine und der von mir mit ins Rennen geworfenen Waschmaschine mit ein. Wir überlegten, in welchem Haus auf unseren früheren gemeinsamen Dänemarkreisen wir eigentlich das erste Mal einen Geschirrspüler im Hause hatten. Also gingen wir wieder in die Vergangenheit und ließen den ersten gemeinsamen Urlaub mit zehn weiteren Freunden Revue passieren. Unser Ziel war damals Løkken an der Nordsee. Weit oben auf der dänischen Landkarte. Ich betrat 17 Jahre nach den für mich legendären Urlauben am Bjerge Strand erstmalig wieder dänischen Boden.

Es war erst Ostern und der kalte Wind von der Nordsee sorgte für wenig frühlingshafte Gefühle. Das Haus lag mitten in den Dünen und uns war ein wunderbarer Seeblick vergönnt. Es war das typische Dänemarkhaus. Wie aus der Werbung der dänischen Tourismuszentrale. Ein Holzhaus mit schwarzem Anstrich und großer Fensterfront zur halbüberdachten Holzterrasse und einen offenen, aus Stein gemauerten Kamin im Wohnzimmer. Zur damaligen Zeit war das Internet noch weit von dem entfernt, was es heute ist. Ich hatte zwar schon einen Computer, den guten alten Commodore 128 D, aber der wurde nur im 64er Modus für Computerspiele verwendet. Das Modem 56K kannte man/ich noch nicht. Das Internet steckte noch in den Kinderschuhen und war noch sehr weit von dem entfernt, was es uns heute zu bieten hat. Es hatte entsprechend keiner von uns Internet und wenn einer doch technisch schon so weit fortgeschritten gewesen wäre, dann wären wir trotzdem nichts bezüglich einer Ferienhausbuchung geworden. Reiseveranstalter hatten noch keinen Internetauftritt. Also wurde aus dem Reisebüro um die Ecke der Dancenter-Katalog besorgt und stundenlang bei einer Kiste Bier durchgeblättert. Wie ein Otto/Quelle/Neckermann-Katalog für dänische Ferienhäuser. Dieser Katalog hatte die Stärke eines Telefonbuchs und war nach den Regionen Dänemarks aufgeteilt. Auf jeder Seite waren mehrere Häuser mit Bild und kurzem Text dargestellt. Hatte man ein Haus gefunden, das den Ansprüchen genügte, musste entweder telefonisch bei dem Hausanbieter oder im Reisebüro die Verfügbarkeit zu dem gewünschten Zeitpunkt erfragt werden. Wenn das Haus belegt war, dann ging die Suche von vorne los und eine weitere Kiste Bier musste besorgt werden. Eine Entscheidungsfindung bei zehn in die Haussuche involvierten Personen war nicht immer einfach und so konnte sich eine endgültige Buchung hinziehen. Die Angaben in den Katalogen zu den

Häusern beschränkten sich auf ein Außenbild vom Haus, einen Grundriss, die Bettenanzahl, spärliche Angaben zur Einrichtung, zur nächsten Einkaufsmöglichkeit und Meterangaben bis zum Wasser. Google Maps gab es ebenfalls noch nicht. Heute kann man sich ja problemlos die nähere Umgebung im Internet an Hand von eingestellten Fotos oder gar per Streetview ansehen. Da man wirklich nur auf die Angaben im Katalog angewiesen war, stellte die Ankunft an dem gebuchten Haus immer wieder eine Überraschung dar. Liegt das Haus tatsächlich einsam in den Dünen oder sitzt der nächste Nachbar nur fünf Meter entfernt? Schon damals wurden die Häuser geschickt fotografiert und ob der nächste Nachbar nur fünf Meter entfernt wohnt oder das Haus direkt an der Hauptstraße liegt, war anhand der Bilder in den meisten Fällen nicht eindeutig zuerkennen. Wenigstens stimmten die Angaben und beinhalteten keine blumigen Versprechungen, wie in den Katalogen der Pauschalreisenanbieter: „Tourstisch gut erschlossen" oder „Strandnah", was heißt, es kann laut werden und der Fußweg zum Strand kann 15 Minuten betragen. Im Hauskatalog gab es dagegen nur nackte Fakten. Laut Katalog sollten es in unserem Fall nur 50 Meter bis zum Meer sein. Diese Angabe war durchaus richtig, denn das Meer lag tatsächlich Luftlinie nur 50 Meter von unserem Haus entfernt. Leider stand das Haus auf einer Klippe und uns trennte eine etwa 20 Meter tief abfallende Steilküste vom Meer. Der nächste Abgang zum Meer war etwa einen Kilometer weiter. Irgendwie „strandnah" und trotzdem weit weg. Wir waren also nicht viel am Strand und begnügten uns lieber mit dem täglichen Blick aufs Meer. Aber der war schön.

Das Haus wurde glücklicherweise von allen Mitreisenden für gut befunden und wir gratulierten uns gegenseitig zur gelungenen Buchung. Es fällt einem ja immer wieder ein Stein vom Herzen, wenn man nicht die Katze im Sack gewählt hat. Beim ersten Rundgang durch das Haus musste ich feststellen, dass sich in Dänemark das Rad der Zeit in den letzten 17 Jahren auch weiter gedreht hat und die zur Vermietung stehenden Häuser in der Entwicklung nicht stehen geblieben sind. Ein Geschirrspüler war zwar noch immer ein Luxusartikel, der nicht in jedem Haus vorhanden war, aber es gab bereits Auslegeware und Designerlampen, warmes Wasser, Sauna und Whirlpool. Und trotzdem war der Aufbau des Hauses sehr identisch mit der Zimmeraufteilung in unserer bescheidenen Hütte am Bjerge Strand von 1977. Es gab den gleichen Wohnbereich mit offener Wohnküche, Terrasse und Grill. Alles etwas großzügiger angelegt als damals. Nur für die Schlafräume galt das nicht. Die waren noch immer so klein, dass man beim Betreten des Raumes sich überlegen musste, ob man vorwärts oder rückwärts das Zimmer betritt. Wenden war schwierig und wenn noch jemand im Raum war, musste das Zimmer wegen Überfüllung gesperrt werden. Diese waren also noch immer klein, hatten Etagenbetten und das „Ehebett" war nur 140 cm breit. Für jemanden wie mich, der gerne sehr raumgreifend schläft, ist das Schlafen zu zweit in solchen Betten sehr anstrengend und nicht eben erholsam. Und auch mein Mitschläfer hat dann nicht viel Erholung. Ich entschied mich, mein Quartier in dem sogenannten „Hems" aufzuschlagen. Ein offener Schlafboden, der auf den ersten Blick sehr gemütlich wirkt, ein bisschen Pfadfinderromantik ausstrahlt und einem, aufgrund der Lage unter dem Dach, suggeriert nachts seine Ruhe zu haben. Das war in meinem Fall ein Trugschluss. Die im Haus verbauten Wände und Decken waren alles andere als schallschluckend und ich wurde das Gefühl nicht los, dass sich sämtliche im Hause ausgestrahlten Schallwellen genau dort oben im Hems, über meinem Kopfkissen, sammelten und zu einem einzigen Brummen verdichteten. Und da ich bei meiner Platzwahl auch nicht die Lage der Sauna im Hause bedacht habe, hatte ich neben dem Brummen von oben noch zusätzlich die Hitze der Sauna von unten. Das nächste Mal werde ich selbstlos auf das Abenteuer Hems verzichten und anderen den Vortritt lassen.

In dieser einen Woche war eh´ nicht viel an Schlaf zu denken, da irgendjemand immer in der Laune war zu feiern. In so einem Haus mit 10 Leuten steht immer irgendeine gesellschaftliche Vergnügung an. Seien es Kartenspiele, Sportschau im Fernsehen feiern, Musik hören, sich einfach unterhalten, neues Bier von der Terrasse holen, die Trennung von Pärchen beobachten und zwischen anderen Menschen neue, zarte Bande sich entwickeln sehen oder den Abwasch erledigen. Um auch mal Ruhe zu finden, musste man schon das Haus verlassen. Selbst wenn es dabei Nacht ist. Es war zu fortgeschrittener Stunde und ich, sagen wir mal, übermütig gutgelaunt, um nicht zu sagen betrunken. Zu zweit wollten wir auf unserer Wiese vor dem Haus noch das letzte verschollene Osterei suchen, welches wir am Ostersonntag beim Ostereiersuchen auf unserem Dünengrundstück noch nicht gefunden hatten und dann den Gang an den Strand wagen. Wir fanden das Ei natürlich nicht und so beschlossen wir den Strandspaziergang anzutreten. Der offizielle Abgang war uns allerdings zu weit und so rutschten wir an einer weniger steilen Stelle, an der Tage vorher ein kleiner Erdrutsch erfolgt war, vorsichtig die Böschung hinab. Das der Abbruch eventuell auf Regenfälle zurückzuführen war, ist uns nicht in den Sinn gekommen. Mit einem letzten Sprung bin ich direkt in dem unten angesammelten Erdreich gelandet und bis zu den Oberschenkeln im Matsch versunken. Nur mühsam konnte ich mich aus dem Matsch befreien und das nicht, ohne der Steilküste ein Opfer zu bringen. Vielleicht gibt die Küste meine Schuhe ja eines Tages wieder frei.

Am nächsten Tag stellten wir fest, dass der offizielle Abgang zum Strand deutlich weniger beschwerlich gewesen wäre und man, ohne seine Schuhe einzubüßen, den Strand hätte betreten können.

Es gehört für mich zu den schönsten Momenten in einem Urlaub, an einem windigen und mit Regen durchsetzten Tag, einen Strandspaziergang zu machen. Der Wind pustet den Kopf durch und verursacht dieses wohlige Frösteln. Die Gesichtshaut beginnt zu spannen und lässt die Mimik erstarren. Da nicht viele diese Leidenschaft teilen, kann man sicher sein, dass man sich ungestört am Strand bewegen kann. Es wird einem allenfalls ein Hundebesitzer entgegenkommen, der notgedrungen sein warmes Heim verlassen musste. Der Blick auf das vom Wind aufgepeitschte Meer, in allen Grautönen schimmernd, die vom

Sturm getriebenen Wolken, die vereinzelten Sonnenstrahlen, die durch die zerrissene Wolkendecke das Meer silberweiß erstrahlen lassen, die ständig wechselnden Schattierungen und das Donnern der sich brechenden Wellen, geben mir mehr zum Entdecken, als es an einem sonnigen Tag ohne Seewind möglich wäre. Die Natur lässt mich ihre Stärke spüren.

Wenn man bei Løkken am Strand entlangwandert, wird man schnell merken, dass man dem Meer nicht die ungeteilte Aufmerksamkeit zukommen lassen kann. Immer wieder wird der Blick auf die Natur durch graue Betonklötze, die auf dem Strand liegen und aus der Steilküste ragen, abgelenkt. Dieser Abschnitt der Küste ist ein Teil des Nordatlantikwalls, den die Deutschen während des zweiten Weltkrieges zur Abwehr und Sicherung des wachsenden deutschen Reiches „erschaffen" haben. In regelmäßigen Abständen sind befestigte Stellungen in die Küstenlandschaft eingelassen worden. Der Wall wurde glücklicherweise nie vollständig fertiggestellt, aber der ursprüngliche Plan sah vor, an der gesamten Küstenlinie von Frankreich bis nach Norwegen solche Bunkeranlagen zu schaffen und der bevorstehenden Invasion der Alliierten zu trotzen. In was für Größen hier geplant und wie viel teilweise davon auch umgesetzt wurde, habe ich bei dem Örtchen Austrått in Norwegen gesehen. Ich finde, dass dieses Beispiel sehr gut veranschaulicht, in welchen Dimensionen gehandelt wurde. Dort wurde ein von dem Kriegsschiff „Gneisenau" entliehenes 28 cm Drillingsgeschütz in den Felsen eingelassen. Dieses Geschütz hat immerhin eine Gesamthöhe von fast 12 Metern und nimmt in dem Felsen 3 Etagen ein. Die Anlage verfügt zudem über diverse weitere Räume, die in den Felsen geschlagen wurden.

Die Stimmung beim Strandspaziergang kann jetzt umschlagen, wenn man diese wie faule Zähne in der Küste steckenden Betonungetüme sieht. Wie von Karies zerfressen öffnet sich in jedem Zahn ein schwarzes Loch in Richtung Meer. Hier standen uneinnehmbar, hinter meterdicken Wänden, die Abwehrgeschütze.

Je länger ich über diese Bauwerke nachdachte, umso mehr änderte sich meine Gemütsverfassung. Zuerst war ich beeindruckt von der Größe und den Ausmaßen der einzelnen Stellungen, den meterdicken Wänden und der erstaunlich gut erhaltenen Bausubstanz. Doch je länger die Gedankenkette über den Weg von der Entstehung bis zur Schaffung dieses Bollwerks innerhalb von nur 2 bis 3 Jahren wurde, umso mehr verdunkelte sich meine Laune und mich überkam das Gefühl an einem bösen Ort zu sein. Über die Frage der Logistik und der Versorgung mit Baumaterial kam ich schnell zu der Frage, wer denn eigentlich diese Bauwerke errichtet hatte. Die meisten deutschen Männer waren als Soldaten in ganz Europa, Afrika und Russland unterwegs und mit anderen Dingen beschäftigt. Es blieben also nur Frauen, Kinder und alte Männer zurück. Wer war's dann? Für mich war klar, dass es nur Zwangsarbeiter gewesen sein können! Bei der Einsicht schossen mir sofort die erschütternden Bilder aus Straf- und Arbeitslagern in den Kopf, wie man sie aus Geschichtsdokumentationen kennt. Ich berührte also gerade eine Wand, die vermutlich jemand nicht freiwillig gefertigt hatte. Wer war derjenige? Wo kam er her? Was ist aus ihm geworden? Ist er hier auf der Baustelle verstorben oder nach Fertigstellung der Anlage in ein anderes Lager deportiert worden? Hat er den Krieg überlebt und den Weg zurück zu seiner Familie gefunden? Hatte er überhaupt noch eine Familie zu der er zurückkehren konnte? Was für Schicksale haben sich hier auf dieser Düne, auf der ich jetzt stehe, abgespielt?

Zurück am Strand sehe ich mich noch einmal um und ich muss an eine Dokumentation über den D-Day denken. Den Tag, an dem die Alliierten den Sturm auf die Normandie unternahmen und die Befreiung Europas einläuteten. Man sah in dieser Dokumentation die Landungsboote an den Strand fahren und die Soldaten aus den Booten ins Wasser springen. Sie versuchten durchs Wasser watend auf den Strand zu kommen. Der Strand bot keinerlei Deckung und das Sperrfeuer der Deutschen kostete vielen Soldaten das Leben. Ich möchte nicht weiter auf die Grausamkeiten des Krieges eingehen, aber das Bewusstsein an einem Strand zu stehen, an dem diese Invasion genauso gut hätte stattfinden können, stärkt bei mir die Erkenntnis, wie sinnlos Krieg ist und alle aus dieser Geschichte mehr lernen sollten.

Um etwas Versöhnliches noch zu sagen, soweit mir bekannt ist, wurde an diesem Strandabschnitt nicht ein Schuss zur Abwehr getätigt. Das Gleiche gilt im Übrigen auch für die Anlage bei Austrått in Norwegen. Ich habe allerdings jetzt eine andere Geschichte gelesen, die ich auch sehr interessant finde. Demnach wurden die Anlagen, wenn man den Geschichten glauben darf, gar nicht von ausschließlich Zwangsarbeitern, sondern von örtlichen Handwerksbetrieben gegen Bezahlung errichtet. Die Bunkeranlagen wurden zur Tarnung noch als lustige Sommerhäuser bemalt. Für die Bezahlung der Handwerker wurde von den Deutschen eigens ein Konto bei der dänischen Nationalbank eingerichtet. Es gab nur leider einen kleinen Schönheitsfehler. Bei Kriegsende wies das Konto wohl ein Defizit von einigen Milliarden Kronen auf. Dänemark hat den Bau der Bunker also selbst bezahlt und Schätzungen zufolge, wurde die wirtschaftliche Entwicklung dadurch um ca. 15 Jahre zurückgeworfen. Wie der Bau letztendlich abgelaufen ist, entzieht sich meiner Kenntnis. Es ist erschreckend, dass so etwas überhaupt gebaut wurde, aber wenigstens wurde niemand zu dem Bau augenscheinlich gezwungen. Die Dänen haben in irgendeiner Form auch ihren Frieden mit diesen Anlagen gefunden. Es gibt diverse Bunkermuseen entlang der Nordseeküste, in denen man sich umfangreich über die unrühmliche Zeit informieren kann.

Irgendwann muss auch der schönste Spaziergang ein Ende finden. Es wurde langsam dunkel und ich war durchgefroren. Zum Glück hatte jemand den offenen Kamin angezündet. Es war molligwarm. Ich wundere mich allerdings über merkwürdige weiße Flocken in unserem Haus, die sich überall abgelegt hatten. Auf meine Nachfrage nach der Ursache für die Flockenbildung, wurde mir die Superidee unseres selbsternannten Feuerexperten erläutert, der mangels Grillanzünder, auf die brennende Kraft von Teelichtern und dessen Wachs gesetzt hatte. Die Superidee fand der Vermieter auch super und honorierte diese später mit einer saftigen

Endabrechnung für die Reinigung des Hauses. Nachdem ich bezüglich der weißen Flocken aufgeklärt worden war, machte ich mir einen heißen Kakao mit einem Schuss Rum in der nicht von Flockenbildung betroffenen Küche und setzte mich ans Fenster, an dem die Regentropfen mittlerweile ein Wettrennen von links nach rechts veranstalteten. Eine Ruhepause war jetzt auch nötig. Das nächste TippKick-Turnier war bereits angesetzt und erfordert höchste Konzentration. Der Verlierer muss den Whirlpool sauber machen. Der Gewinner darf den Abwasch machen. Wir hatten ja keine Geschirrspülmaschine.

Da war das Stichwort. Kein Geschirrspüler. Wir müssen also weiter in unseren Erinnerungen kramen und weiter nach dem ersten Ferienhaus mit Geschirrspüler suchen.

Ich kam leider gedanklich etwas ab von dem Thema Geschirrspüler, denn ich musste an den ersten gemeinsamen Urlaub mit meiner damaligen Freundin denken. Auch der war mittlerweile sehr lange her und auch dort hatten wir keinen Geschirrspüler. Aber auch dieser Urlaub war eine Premiere. Bis auf ein Wochenende auf Fanø mit zwei Freundinnen vor ein paar Jahren, hatte sie noch nie dänischen Boden betreten. Ich hielt es also für meine Pflicht diese Wissenslücke zu schließen.

Als

Meine Freundin und ich unternahmen im Sommer 2002 unsere erste gemeinsame Dänemarkfahrt und es war gleichzeitig auch unser erster gemeinsamer Urlaub überhaupt. Ich machte mir etwas sorgen, ob der Urlaub und das Land ihr gefallen werden. Ihre Urlaubsziele lagen in der Vergangenheit eher in südlichen Ländern oder waren so exotisch wie Bali. Soviel Exotik hat Dänemark nicht zu bieten. Vielleicht ein bisschen nordische Exotik? Der Palmengarten in Frederikshavn? Ich kann nur hoffen, dass das Wetter einigermaßen mitspielt. Frauen lieben ja Sonne und Wärme. Einige Menschen assoziieren Dänemark ja gleich mit arktischen Temperaturen und vor allem LANGEWEILE. Wie oft hatte ich schon dieses Wort im Zusammenhang mit Dänemark gehört. Das Schlimme ist, wenn man darüber nachdenkt, sie haben ja Recht. Dänemark ist langweilig. Das ist was für Rentner, die nicht mehr fit genug sind, um mit dem Fahrrad einen etwas steileren Berg zu erklimmen. Dänemark ist so flach, dass man heute schon sehen kann, wer morgen zu Besuch kommt. Dänemark hat nichts extremes, nicht einmal eine zünftige Partymeile, wie beispielsweise Mallorca. Ich habe noch nie in Hamburg in einem Linienbus eine Werbung von Rainbow Tours für Dänemark gesehen. Palma, Lloret de Mar, Blåvand? Wie soll man hier Spaß haben? Was soll man zu Hause spannendes erzählen? Etwas mit dem man angeben kann?! Vielleicht mit „Ich habe eine Sandburg gebaut, an der die Flut 10 Minuten sich abmühen musste, um sie zu zerstören. Man war das aufregend. Ha Ha Ha". Das ist auch nicht gerade der Bringer auf einer hippen Gartenparty hinterm Endreihenhaus, mit Erdbeertörtchen und Himbeerbowle.

Aufregende Architektur? Die dänischen Wolkenkratzer enden zu meist knapp unterhalb der nächsten Fichte und die Fußballstadien sind kleiner, als die Stadien in der deutschen zweiten Bundesliga. Mancher Drittligaverein kann ein größeres Stadion vorweisen. Nun gut, es gibt nicht so viele Dänen in Dänemark und ein Estadio de Maracana wie in Rio de Janiero wäre überdimensioniert. Dort haben immerhin schon 200.000 Menschen ein Fußballspiel verfolgt. Das würde bei 5,5 Millionen Dänen, 3,7 % der dänischen Bevölkerung ausmachen. Vermutlich würde das Stadion nie ausverkauft sein. Nein, so pauschal kann man das gar nicht sagen. Die Olsen Brothers könnten es schaffen. Ich würde hinfahren. Zumindest würde das Stadion zu den größeren Bauwerken in Dänemark zählen. Von der Öresundbrücke einmal abgesehen, ist das höchste Haus in Dänemark das Herlev Krankenhaus und misst stolze 120 Meter. Zu früh gefreut. Genau genommen hat Dänemark somit nicht einmal einen Wolkenkratzer, da diese erst ab 150 Metern als solche bezeichnet werden. Die Wanderdüne im Norden von Dänemark bei Rubjerg Knude ist mit ihren fast 100 Metern Höhe höher als die meisten Gebäude. Soviel Sand ist natürlich auch jetzt nicht so spannend, womit wir wieder bei den Sandburgen wären. Wie viele Sandburgen könnte man wohl mit so viel Sand bauen? Auch mit dieser Frage würde man vermutlich sehr schnell, sehr allein auf der besagten Gartenparty an einem kleinen Stehtischchen mit seinem Odeuvre stehen. Vielleicht interessiert sich das Odeuvre für diese Informationen. Zumindest kann es nicht weglaufen. Gibt es Odeuvre eigentlich in Dänemark? Ich glaube nicht. Das Smørrebrød macht hier das Rennen. Es könnte sein, dass es mehr Varianten von Smørrebrød, als von Odeuvres gibt. Aber interessiert es wen? Kennt jemand Smørrebrød außerhalb von Dänemark überhaupt? Wer dem Chefkoch aus der Muppetsshow zu gehört hat, weiß zumindest, dass es sich um Essen handelt. Wenn die deutsche Currywurst keine Chance auf dem dänischen Markt hat, dann lassen wir deren Smørrebrød auch nicht in unsere Esskultur.

Durch diese Ungewissheit, ob es meiner Freundin gefällt oder nicht gefällt, musste ich jetzt durch. Das Haus war gebucht.

Alles lief rund und das Auto kam noch rechtzeitig aus der Werkstatt. Es befand sich zwar immer noch in einem desolaten Zustand, aber für eine Fahrt nach Dänemark musste es reichen. Zu der Zeit fuhr ich einen roten Fiat Uno der ersten Generation. Die Zweihunderttausendkilometergrenze hatte er schon lange überschritten und jedes Mal, wenn ich Freunden das Auto lieh, musste ich eine Einweisung für den richtigen Umgang mit diesem Auto herunterleiern. Die Einweisung begann damit, dass man die Seitenscheibe des Wagens nur mit dem richtigen Druck der rechten Hand auf das Seitenfenster und dem gleichzeitigen Kurbeln mit der linken Hand schließen konnte. Und endete mit der Erklärung, wie das Auto richtig zu betanken war. Damit meine ich nicht Benzin oder Diesel, sondern die Berechnung, wie viel Benzin überhaupt getankt werden kann. Bei diesem Auto funktionierte aus irgendwelchen Gründen die Tankstoppautomatik der Zapfpistolen nicht und wenn man nicht aufpasste, dann lief der Tank einfach über. Das ist unangenehm und an Tankstellen nicht gerne gesehen. Trotzdem hatte mich dieses Auto nie im Stich gelassen und so war ich auch dieses Mal guter Dinge, mein Ziel zu erreichen. Immerhin war der Aschenbecher geleert.

Gutes Wetter und beste Laune begleiteten meine Freundin und mich auf dem Weg zur etwa 1 km entfernten Autobahnauffahrt Hamburg-Othmarschen. Ohne Probleme erreichten wir nach 1,5 Stunden im Stau das 20 km entfernte Quickborn. Meine Freundin, von Langeweile übermannt, begann den Sommerhit des Jahres von B3*, I.O.I.O, zu trällern. Das Autoradio war leider kaputt. Während wir noch im Stau langsam vor uns hin rollten, begann sie einen Mazda MX5 zu bewundern, weil der einen so tollen Lederreisekoffer im Vintagelook auf seinem Kofferraumdeckel hatte. Ich konnte nur einen Heckgepäckträger mit 2 Fahrrädern und eine blaue Plastiktasche des schwedischen Möbelhauses bieten. Die passte aber wenigstens *in* den Kofferraum. 1 zu 0 für den Uno. Ich summe immer noch I.O.I.O.

Endlich erreichten wir das Büro des Ferienhausvermieters und gaben den Mühlen der Bürokratie neue Nahrung. Mit einem fröhlichen I.O.I.O.

auf den Lippen fuhren wir nach der erfolgreichen Schlüsselübergabe weiter nach Skovmose Strand. Die richtige Straße war schnell gefunden. Das Haus nicht. Nach einem kleinen Spaziergang durch die kleine Ferienhaussiedlung, fanden wir es doch noch. Ich atmete erleichtert auf. Man möchte ja als Mann auch irgendwie eine gewisse Souveränität ausstrahlen und nicht als orientierungslos gelten.

Das Haus war einfach, aber toll. Ein großer, gepflegter Garten, umgeben mit hohen Hecken und einer Holzterrasse. Sogar ein Carport stand zur Verfügung. Der Uno hatte noch nie ein Carport von innen gesehen und ich hatte das Gefühl, dass er mit seiner Unterkunft sehr zufrieden war.

Beim Rundgang durch die Siedlung hatte man den Eindruck, Deutschland nicht verlassen zu haben. Überall in den Gärten und auf den Wegen wurde Deutsch gesprochen, Deutsch gegessen und getrunken. Die großen, deutschen Boulevardblätter waren taggleich in den Läden erhältlich und sogar mit dem EURO konnte man hier bezahlen. Einen Urlaub im Ausland hatte ich mir irgendwie anders vorgestellt. Vielleicht liegt es aber auch daran, dass die Insel Als direkt hinter der deutsch-dänischen Grenze liegt. Aber was soll's, in unserem Haus bekamen wir davon ja nichts mit.

Meine Mission heißt „Fahrradfahren". Ein gigantisches Wetter machte es möglich, die meiste Zeit im Freien zu verbringen. Eine erste vorsichtige Fahrradtour wurde unternommen. Meine Freundin hatte sich extra vor der Reise noch ein neues Cross-Rad gekauft. Schnell merkte sie, dass der Sattel dieses Fahrrades nicht mit der Bequemlichkeit eines Sattels auf einem Hollandrad konkurrieren konnte. Somit unternahmen wir den ersten Ausflug nach Sønderborg und fanden eine passende Radlerhose mit den Polsterungen an den richtigen Stellen. So ausgerüstet war es dann auch an der Zeit, einen größeren Ausflug zu unternehmen.

Die Fahrräder aufs Auto geschnallt und ab zur Fähre nach Ærø. Ærø ist eine kleine malerische Insel in der Ostsee und liegt am Rand der "dänischen Südsee". Ein bei Seglern sehr beliebtes Segelrevier mit vielen kleinen, teils bewohnten Inseln und natürlich immer gutem Wetter. Zumindest, wenn die Sonne scheint. Auf der Fähre trafen wir dann unseren ersten Dänen, der weder Deutsch noch Englisch sprach. Ich weise daraufhin, dass er *uns* angesprochen hatte und unfreundlich reagierte, als wir keine vernünftige Verständigung fanden. Wir waren uns keiner Schuld bewusst und wussten nicht einmal ansatzweise, was wir denn falsch gemacht hatten. Nach dem Austausch einiger böser Blicke, wurde er plötzlich handzahm und stellte uns sogar ohne Aufforderung zwei Stühle auf dem Sonnendeck der Fähre bereit. Jetzt verstanden wir gar nichts mehr. Eben noch krawallig und jetzt so etwas? Hätte es geregnet, hätte ich eine unterschwellige Bosheit in dem Hinstellen von zwei Stühlen erkannt, aber so nahmen wir es als eine Geste der Entschuldigung an. Vielleicht hatte das gute Wetter ja seine Laune etwas erhellt.

Ærø ist eine wunderbare Insel zum Fahrrad fahren. Die Strecke bis nach Ærøskøbing schlängelt sich durch eine malerische Landschaft und Ærøskøbing ist der Gipfel der Schönheit. Das Ganze natürlich nur bei dem passenden Wetter. Die kleine Stadt ist etwa 750 Jahre alt und gibt sich entsprechend historisch. Kleine bunte Häuschen drängeln sich an der Hauptstraße. Kleine Geschäfte präsentieren unaufdringlich ihre Waren. Und wenn man glaubt, man kann nichts falsch machen, schaffte ich es doch ausgerechnet in der finstersten Hafenspelunke (zumindest im Vergleich zu den anderen Gaststätten hier) abzusteigen. Nun gut, die anderen Touristentränken waren ausgesprochen gut besucht und wir wollten endlich was trinken, also nahmen wir die „Einladung" des Wegweisers zur Sommerterrasse an. Die Sommerterrasse hätte auch der Hinterhof eines Schrotthändlers sein können. Drei Meter hohe Mauern umgaben den vielleicht 30 Quadratmeter messenden Platz. Zwischen allem möglichem Gerümpel, keine Antiquitäten oder Dekostücke wie man meinen könnte, standen dann auch ein paar Tische mit Stühlen. Aus Höflichkeit nahmen wir ein kurzes Getränk und hofften keine ernsthaften Krankheiten mit nach Hause zu nehmen. Wir beschlossen nun doch eine der überlaufenden Touristenbeglückungsanstalten zu besuchen und stellten fest, dass die gar nicht soooo schlecht sind.

Leider lief uns dann doch die Zeit davon und wir mussten den Rückweg zur Fähre antreten. Schade, der andere bekannte Ort auf der Insel, der ebenfalls schön sein soll und eine bewegte Vergangenheit hat, konnte von uns nicht mehr besucht werden. Die Stadt Marstal ist der Grund, warum es auf Ærø so wenige Bäume gibt. Hier lag das Zentrum des Schiffbaus und war um 1900 eine reiche Reederstadt, die ihre „Kinder" als Seefahrer in die ganze Welt schickte.

Die Tage vergangen entspannt mit Aktivitäten, wie Fahrradfahren, die Insel Als erkunden, durch Sønderborg stromern oder im Garten die Sonne genießen. Mit deutscher Pünktlichkeit gingen wir täglich um 17 Uhr an den Strand zum Schwimmen.

Die erste Woche näherte sich dem Ende. Wir versuchten die Ruhe vor dem Sturm zu nutzen und zu entspannen. Am Wochenende sollte mein Bruder mit Frau, Kind und Hund kommen. Das Leben ging aber irgendwie genauso weiter wie vorher, nur etwas lauter. Und abends war ich nicht mehr alleine damit beschäftigt Mücken im Haus zu jagen. Was alle verband, war der Ärger über die kleinen Betten.

Die Abende wurden zu Spieleabenden. Ich liebe die großen Esstische in den dänischen Ferienhäusern, die Platz für mindestens 8 Leute bieten und zum abendlichen Zusammentreffen einladen. Das Brettspiel „Spiel des Lebens" stellte dann allabendlich den Mittelpunkt dar. Jeden Abend gab es neue Regeln, weil sich keiner mit dem Regelwerk auseinandersetzen wollte. Erst zum Ende der Reise nahm sich jemand die Zeit, die Anleitung zu lesen und siehe da, das Spiel hatte sogar einen Sinn.

Donnerstags kam immer der Rasenmähermann und sorgte für einen kurzen Rasen. Leider blieb der geschnittene Rasen liegen und nach dem Toben mit Hund und Kind im Garten, sah man aus wie der Yeti in Grün. Eine neue Freizeitbeschäftigung hielt Einzug in unser Heim. Das Rasenhaken. 250 Quadratfläche Rasenfläche können ganz schön groß sein. Vielleicht ist das aber auch vom dänischen Touristenverband so geplant, um dem Urlauber eine gewisse Art von Körperertüchtigung zukommen zu lassen.

Dieser Urlaub war schön. Die Harmonie zwischen meiner Freundin und mir war durch diesen Urlaub nicht gestört worden und deshalb überlegte ich mir, sie einfach mal zu heiraten. Und das Schönste war, Dänemark hat sich von seiner besten Seite gezeigt und den Grundstein für viele weitere gemeinsame Reisen mit meiner Frau durch Dänemark gelegt.

*eine amerikanische Boygroup aus New York mit einigen Hits, die aber aufgrund ihrer Belanglosigkeit die Musikgeschichte nicht weiter geprägt haben

ESC

Kristian und ich mussten feststellen, dass wir es nicht mehr schafften, das erste Haus mit Geschirrspülmaschine mit absoluter Sicherheit bestimmen zu können. Wir konnten uns nicht einmal einig werden, in welchen Häusern Geschirrspüler überhaupt vorhanden waren. Kristian glaubte an das Haus auf der Insel Langeland, welches wir 1997 besucht hatten. Ich hingegen tendierte eher zu unserem Haus auf der Seeland Odde, in dem wir ein Jahr später gastierten. Die Diskussion führte wie gesagt zu keinem echten Ergebnis. Aber da wir schon bei den technischen Errungenschaften in dänischen Ferienhäusern waren, kamen wir auch gleich auf die technischen Feinheiten dieser Errungenschaften. Einige dänische Finessen sind für mich noch immer schwer nachvollziehbar und gewöhnungsbedürftig. Seien es die an- und ausschaltbaren Steckdosen oder die Platzwahl diverser Lichtschalter. Ich kann viel Zeit damit verbringen, die einzelnen Lichtschalter den einzelnen Lampen im Hause zuzuordnen. Es ist erstaunlicherweise nämlich nicht immer der naheliegendste Lichtschalter an der Wand, der die Stromzufuhr beispielsweise zu der über dem Esstisch hängenden Lampe reguliert. Es kann auch wider Erwarten der Lichtschalter auf der anderen Seite des Raumes bei der Terrassentür sein. Warum? Keine Ahnung, das entzieht sich meiner Logik, aber das ist an sich ja auch nichts Schlimmes, man muss sich nur die Zuordnung der Schalter zu den einzelnen Lampen merken. Dänisches Gedächtnistraining. Wenn man sich die Zuordnung der einzelnen Lichtschalter einigermaßen hat merken können, dann ist es ein leichtes das Haus mit Gemütlichkeit zu füllen. Ich mag es ja, wenn es viele Lampen im Haus gibt und man die Möglichkeiten hat, je nach Stimmung die Beleuchtung zu variieren. Mir fiel es bisher zumindest nie schwer, eine gemütliche Atmosphäre am Abend zu schaffen, denn eine Leselampe am Bett ist hier genauso eine Selbstverständlichkeit, wie die

Esstischlampe über dem Tisch oder die Stehlampe in der Ecke. Und alle Lampen waren in irgendeiner Form dimmbar. Nun gut, ich muss zugeben, dass es häufiger auch schwer war, mit der vorhandenen Beleuchtung den Raum wirklich hell zu bekommen. Der Nachteil an den vorhandenen Lampen ist einfach, dass aufgrund mangelnder Wattzahlen immer nur ein kleiner Bereich des Hauses ausgeleuchtet werden kann. Hat man alle Lampen mit den gut im Haus verteilten Lichtschaltern angeschaltet, hat man einen Halbmarathon hinter sich und das Haus noch immer nicht richtig hell. Das ist mir aber immer noch lieber, als die Leuchten, vornehmlich Deckenstrahler, die in den von uns in Deutschland besuchten Appartements verbaut waren und den ganzen Raum reichlich, wenn nicht sogar aufdringlich hell ausleuchteten. Gut für die Putzfrau, schlecht für das Wohlbefinden. Das Licht war leider bisher immer genauso zweckmäßig wie die Einrichtung. Kaltes Licht auf kalten Fliesen. Birkefunier im Glanz eines 100 Watt Strahlers. Da gibt es für die Romantik kein Halten mehr. Und wozu eine Leselampe am Bett, wenn der Raum doch hell genug ist!?

In dänischen Ferienhäusern sollte man tunlichst den unachtsamen Gebrauch von Schaltern unterlassen, denn nicht jeder Schalter ist auch ein Lichtschalter. Schalter über Steckdosen sind in den meisten Fällen zum Ein- und Ausschalten der Steckdosen. Man kann die in der darunterliegenden Steckdose angeschlossene Lampe zwar an und ausmachen, aber an solchen Steckdosen kann an anderer Stelle im Hause auch der Kühlschrank hängen. Man sollte also sich die Zeit nehmen und prüfen, zu welchem Gerät der jeweilige Stecker gehört. Wir lernen, ein unachtsamer Klick am Abend kann die Frage nach dem Mittagessen am nächsten Tag, aufgrund eines abgetauten Kühlschranks, klären.

Bei der Aufzählung der skurrilsten Plätze für Lichtschalter, die Kristian und ich uns gegenseitig zu spielten, kamen wir quasi gleichzeitig auf das ewige Dilemma mit einem ganz anderen Suchobjekt. Dem Strom- und Wasserzähler und an was für wirklich abstrusen Örtlichkeiten wir diese schon gefunden haben. Die Suche ist leider immer die erste Aufgabe nach der Ankunft am Urlaubsziel. Die Zählerstände von Wasser und Strom müssen notiert werden, noch bevor man das für den Urlaub gemietete Ferienhaus überhaupt bezogen hat. Eigentlich würde man ja lieber das Haus einräumen und seine persönlichen Marken setzen, um es gleich wohnlich zu haben. Aber leider haben noch nicht alle Vermieter diese Problematik erkannt und verzichten deshalb noch immer in den Buchungspapieren auf einen aussagekräftigen Lageplan bezüglich der Zähler. Da kann es schon zu erheblichen Verzögerungen bei der Übernahme des Hauses kommen. Für Dänen mögen diese Örtlichkeiten der Strom- und Wasserzähler selbstverständlich sein, für Touristen wie mich, ein nicht zu verstehendes Mysterium. Man muss ohne Lageplan seiner eigenen Spürnase folgen. Das mit dem Stromzähler gestaltet sich generell noch recht einfach und ist schnell gefunden, da sich dieser entweder im Haus an einem zentralen Ort oder außerhalb hinter einer grauen Abdeckung an der Hauswand befindet. Schnell gefunden und die Zahlen notiert. Für die Suche nach der Wasseruhr sollte man schon mehr Zeit einplanen. Ich habe die Wasseruhr schon an allen erdenklichen Orten gefunden. Es gibt den einfachen Ort, der sich direkt neben dem üblichen Warmwassertank befindet und generell leicht zu finden ist. Ein Ort der mir am ehesten zusagt. Es gibt den etwas schwierigeren Ort, der sich hinter einer Holzklappe im Boden unter dem Warmwassertank im dunklen Wandschrank befindet. Hier half mir eine auf Knöchelhöhe hängende Taschenlampe als Hinweis und die damit verbundene Frage, die sich mir aufdrängte, warum jemand an dieser absurden Stelle eine Taschenlampe hinhängt. Als ich die Taschenlampe eher aus Neugierde anschaltete, um zu prüfen, ob Sie auch funktionierte, sah ich im Lichtschein die Bodenklappe. Dieses entspricht in meiner Richterskala von 1 bis 3 der Schwierigkeitsstufe 2. Die Schwierigkeitsstufe 2,5 erreichte der Wasserzähler, der im Schuppen ohne Beleuchtung (hier hing keine Taschenlampe) an der hinteren Wand hing. Die Richterskala sprengte der Wasserzähler, den ich nach langer Suche im Gebüsch an der Grundstücksgrenze, unter einem im Laub versteckten schwarzen Deckel fand. Damit war aber der Zählerstand noch lange nicht abgelesen. Diese Wasseruhr befand sich am Boden eines etwa einen Meter tiefen Schachtes, direkt neben der Kröte, die den Wasserzähler bewachte. Auf allen Vieren musste ich unter dem Busch liegend, mit einer Taschenlampe (die auch hier nicht mit im Schacht hing) in einem in etwa 30 cm Durchmesser messenden Loch hantieren und versuchen, ohne die Kröte mehr als nötig zu stören, den Zählerstand zu notieren. Als positiv denkender Mensch bin ich froh, dass es nicht geregnet hat. Im Laub liegend, unter einem Busch, an der Grundstücksgrenze, an einem Weg der täglich von Hundebesitzern abgelaufen wird, überlegte ich, wie viele Mieter dieses Ferienhauses vor mir bereits hier gelegen haben, von wie vielen Hunden diese beschnüffelt wurden und wie viele Hunde hier bereits an diesem Tag ihre Notdurft verrichtet haben. Ob meine Mutter mit ihren 77 Jahren die Wasseruhr auch gefunden und sich unter den Busch ins Laub gelegt hätte? Auch ein gutes Argument für einen Urlaub im Hotel. Die Kröte interessierte sich nicht für meine Fantasien, sie schien nur darauf zu warten, dass der Deckel wieder auf den Schacht gelegt wird, um endlich für die nächsten zwei Wochen wieder Ruhe zu haben. Was bleibt, ist die Gewissheit, sich am Abreisetag noch einmal von der Kröte persönlich verabschieden zu können und sie um Herausgabe des aktuellen Zählerstandes zu bitten.

Kristian konnte bezüglich der Einrichtungen von Ferienhäusern in der Vergangenheit da ähnliche Geschichten erzählen und erinnerte an ein Haus, in dem der Kühlschrank auf einem 50 cm hohen Schränkchen in der Küche eingebaut stand. Das war praktisch, um im unteren Kühlbereich die Marmelade und das Gemüse aus den Schubladen zu holen. Man musste sich nicht bücken und alles war bequem erreichbar. Anders sah es bei dem darüber liegenden Tiefkühlfach aus. An das Fach kam keiner aus der Familie. Also hatten Kristian und seine Frau immer einen Stuhl neben dem Kühlschrank als Tritt stehen, um das auf zwei Meter Höhe gelegene Tiefkühlfach zu erreichen. Das war allerdings nur eine Eigenart dieses Hauses. Alles wirkte etwas schäbig und runtergewirtschaftet und als er eher zufällig bei einem der ansässigen Immobilienmakler ins Schaufenster blickte, wusste er auch warum. Das Haus stand zum Verkauf. Das Haus würde wohl erst nach Verkauf komplett renoviert oder gleich abgerissen werden. Das erklärte den etwas heruntergekommen Zustand seiner Butze.

Bei der Anekdote erinnerte ich mich wiederum an eine Reise mit meiner kleinen Familie nach Seeland und einem Erlebnis, dass den feinsinnigen Humor der Dänen bezüglich Technik wiedergibt und das trug sich folgendermaßen zu:

Im Allgemeinen verzichten wir mittlerweile auf Fernsehen im Urlaub und erstaunlicherweise fehlt es auch keinem. Lediglich die Tagesschau darf ab und an mal laufen. Ich persönlich habe mir im Urlaub das Nachrichtensehen und Zeitunglesen gänzlich abgewöhnt. Ich habe Urlaub und möchte mit der ganzen Welt da draußen dann nichts zu tun haben. Ich möchte einfach für zwei Wochen nicht da sein und mich um nichts kümmern müssen. Ich hatte irgendwann für mich festgestellt, dass sich die Welt auch ohne meine Beachtung weiterdreht und ich die Zeit einfach für mich sinnvoller nutzen kann. Ich möchte mich im Urlaub einfach mal auf uns konzentrieren und die Probleme der Welt draußen lassen.

Beim Eurovision-Songcontest hört diese Art der Abstinenz allerdings auf.

Freude, am Tag der Anreise findet das Finale des Singsangs statt und die Hausbeschreibung eines sehr namhaften Ferienhausanbieters hatte uns den Empfang von deutschem Fernsehen in seiner Hausbeschreibung versichert. Mit Chips und Popcorn in der Hand saß die Familie auf dem Sofa und starrte auf eine verschneite Mattscheibe. Kein Fernsehempfang, kein Songcontest. Es war nicht möglich irgendeinen Sender zu empfangen. Ich hätte ja auch einen dänischen Sender akzeptiert, aber es war nichts zu machen. Bei dem örtlichen Büro des Ferienhausanbieters ist niemand mehr zu erreichen. Wie ich beim Brötchen holen am nächsten Morgen aus den Schlagzeilen der ausliegenden Tageszeitungen entnehmen kann, hat unsere Lena den Eurovision-Songcontest gewonnen und die Veranstaltung somit fürs nächste Jahr nach Deutschland eingeladen. Glückwunsch. Es hängt natürlich nicht unser Leben davon ab, diesen Event verpasst zu haben, aber es wäre ein schöner Einstieg in den Urlaub gewesen. Am Montag gehe ich trotzdem zum Büro, um über die Fehlinformation in der Hausbeschreibung aufzuklären. Dankbar, aber nicht weiter verwundert, nahm die freundliche Dame diese Neuigkeit auf und erklärte mir, dass wir ja nicht zum Fernsehen, sondern zum Urlaub machen in Dänemark seien. So so. Das Ganze sagt sie mit einem so entwaffnenden Lächeln, dass ich lachen musste. Da hatte die Servicefrau von der Hausvermietung Recht. Ich versprach kein Fernsehen mehr in diesem Urlaub zu sehen und sie versprach mir jemanden zur Klärung des Problems vorbei zu schicken. Tatsächlich kam am Nachmittag ein Monteur vorbei. Ohne weitere Vorankündigung. Ich überraschte ihn in unserem Wohnzimmer hinter dem Fernseher, als ich aus dem Garten kurz ins Haus wollte. Ein unaufdringlicher Service wird hier großgeschrieben. Wozu gibt es schließlich einen Zweitschlüssel!? Nachdem wir die Vorstellungsrunde kurz und knapp abgehandelt hatten, kam er gleich auf den Punkt und erklärte, dass der Baum auf unserer Terrasse im Weg steht und die Hausantenne dadurch keinen Empfang hat. Mit diesen Worten verabschiedet er sich und verließ das Haus. Mit dieser Erklärung allein gelassen, ging ich auf die Terrasse zurück und blickte erst auf die Antenne am Haus und dann auf die etwa 15 Meter hohe Fichte. Ich merkte, dass ich mit der Verarbeitung dieser Information meine Probleme hatte. Scheinbar wachsen die Bäume in Dänemark schneller als anderswo, denke ich so für mich. Und unser Baum scheint besonders schnell gewachsen zu sein, da sich ja scheinbar noch niemand vor uns über den fehlenden Fernsehempfang beschwert hat. Nachdem ich die ganze Nacht das Antenne-Baum-Problem überdacht hatte, beschloss ich am nächsten Tag noch einmal zum Büro des Ferienhausanbieters zu fahren und meine Skepsis bezüglich des schnellen Wachstums der Bäume zu äußern. Ferner wollte ich klarstellen, dass der Baum jetzt nicht wegen mir gefällt werden soll. So wichtig ist mir das Fernsehprogramm dann doch nicht.

Die Dame musste zugeben, dass die Theorie des Technikers nicht ganz richtig und das Problem in dem Sinne nicht der Baum ist, sondern dass bisher nur Skandinavier in diesem Haus gewohnt hatten und diese nur skandinavisches Fernsehen gesehen haben. Ich wiederum gab zu bedenken, dass wir das Programm der Skandinavier ebenfalls nicht gefunden hatten, was allerdings eventuell meinem mangelnden technischen Verstand geschuldet war. Zum Glück sagte sie jetzt nicht, dass Skandinavier generell kein Fernsehen sehen, wenn sie hier Urlaub machen. Man versprach uns Abhilfe, man müsse nur mit dem Eigentümer des Hauses Kontakt aufnehmen. Der wohnte in den USA. Wo sonst, dachte ich so für mich. Am Abend des Donnerstages fanden wir nach einem Tagesausflug die alte Hausantenne im Garten liegend und eine neu aufgestellte Satellitenschüssel im Gebüsch. Dicht bei der Wasseruhr und der Kröte. Der Baum stand noch und siehe da, wir hatten deutsches Fernsehen. Genutzt haben wir es nicht mehr. Ich hatte ja auch ein Versprechen gegenüber der lächelnden Servicefrau abgegeben und das musste ich nun auch einhalten. Als Mahnmal und tägliche Gedächtnisstütze für mein Versprechen, hat der Monteur die alte Antenne neben unserem Haus gut sichtbar abgelegt und nie abgeholt...

Das mit dem Glück und Pech bei der Anmietung von Ferienhäusern ist so eine Sache, da sind Kristian und ich uns einig. Generell haben wir immer tolle Häuser gehabt, die gepflegt und gut ausgestattet waren und so einfache Dinge, wie reichlich Geschirr und nutzbare Bratpfannen nie fehlten. Der Standard in den Häusern hat sich über die Jahrzehnte immer weiter gehoben und es fehlt nicht einmal eine Kaffeemaschine. Wenn man bedenkt, dass wir auf den ersten Reisen freiwillig die heimische Bratpfanne mitgeschleppt hatten, um nicht die völlig von der Teflonschicht befreiten Pfannen in den Häusern nutzen zu müssen, dann ist der jetzige Standard wirklich beeindruckend. Doch manchmal holt einen die Vergangenheit in Form eines schlecht gewählten Urlaubshauses wieder ein...

Ringkøbingfjord

Kinder + Dänemark = Legoland. Eigentlich eine ganz einfache Rechnung. Die Herbstferien standen vor der Tür und wir sahen es als unsere Pflicht an, die Kinder endlich aufzuklären. Immerhin fuhren wir seit fünf Jahren regelmäßig mit den Kindern nach Dänemark und hatten diesen Flecken von Dänemark bisher immer ausgespart. „Kinder, hört mal bitte zu: Die bunten Steine kommen nicht aus dem Staubsauger, sondern aus dem Örtchen Billund in Dänemark!" Große Augen starrten uns an und ungläubiges Staunen machte sich breit. Wir suchten uns also ein Haus in der näheren Umgebung und wurden schließlich fündig in Bork Havn. Wie der Name schon sagt, eine kleine Hafenstadt am südlichen Zipfel des Ringkøbingfjords. Zentral gelegen, mit der Nordsee in Reichweite. Das typische Standardhaus in einer kleinen Ferienhaussiedlung. Da man im Oktober durchaus auch mit schlechtem Wetter rechnen muss, entschieden wir uns für ein 5 Sterne-Haus. Die übliche Ausstattung mit Whirlpool, Sauna, Fernsehen und anderen Annehmlichkeiten, um dem schlechten Wetter zu trotzen.

Die Anreise hatte dieses Mal etwas Besonderes. Wir mussten an dem üblichen Bettenwechseltag vorher noch auf einen Geburtstag, so dass wir erst gegen halb neun am Abend Richtung Dänemark abfahren konnten. Uns fehlte dann zwar ein ganzer Nachmittag, aber dadurch blieb uns der Strom der Dänemarkfahrer auf der A7 erspart. Es ist auch mal schön nicht mit den ganzen anderen gen Norden zu schwimmen. Die A7 war somit frei und wir erreichten ohne Probleme gegen halb eins in der Nacht unser Haus. Der Schlüssel war bei der Schlüsselzentrale schnell herausgeholt und der Weg zum Haus fast problemlos gefunden. Das Einzige, was etwas nervte, war der Regen. Da es komischerweise auch in Dänemark nachts dunkel ist, haben wir weder von der Landschaft, der Ferienhaussiedlung, unserem Grundstück noch unseren Nachbarn etwas sehen können. Das Umland blieb somit als Überraschung für den nächsten Tag erhalten.

Nachdem das übliche Spielchen mit den Lichtschaltern und den dazugehörigen Lampen geklärt war, konnten wir uns wenigstens einen Eindruck vom Inneren des Hauses machen. Am liebsten hätte ich das Licht gleich wieder ausgemacht bei dem Anblick der sich mir bot, aber ich wusste nicht mehr welcher Lichtschalter zu welchem Licht gehörte. Also musste ich mir das Haus doch genauer ansehen. 80ziger Velour soweit das Auge reichte. Die Farben der 80ziger in verblichener Ausgabe. Das Haus war ein typisches Vermietungsobjekt und verzichtete auf jegliche persönliche Note. Der einzige Kitsch, der für Wohlbehagen sorgen sollte, waren kleine Holzmöwen aus dem Souvenirshop auf den Fensterbänken. Akkurat in jedem Fenster aufgestellt, alle mit dem Schnabel nach links ausgerichtet. Erst einmal setzen. Ich nahm mir eine Flasche Wein und ein Glas und setzte mich an den großen Esstisch, der wie immer das Zentrum des Wohnbereiches ausmachte. „Hier sollte ich also bei schlechtem Wetter eine Woche verbringen", dachte ich so bei mir.

Mit dem Glas in der Hand ließ ich den Blick durchs Zimmer wandern. Mein Blick blieb an einem Bild über dem Sofa hängen und ich versuchte aus dem mit großen Pinselstrichen in Grau und Brauntönen gehaltenen Schwüngen eine Aussage des Künstlers zu dechiffrieren. Ich einigte mich nach einiger Zeit auf ein sitzendes Perlhuhn und prostete ihm zu. Die Frage war geklärt. Die nächste Frage stellte ich mir beim Blick auf die 80er Jahre Stuhlgarnitur. Solide Kiefer mit ehemals orangenem Velourbezug. Sehr apart. Das Haus war für 6 Personen ausgelegt, aber es standen nur 5 Stühle in diesem nicht gerade zeitlosen Design um den Tisch. Ein sechster Stuhl war zwar da, hob sich aber optisch erheblich von den anderen Stühlen ab. Es war ein einfacher Holzstuhl, wie er auch in einem billigen Pariser Bistro hätte stehen können, ohne Sitzpolster. Sechs Personen, sechs Stühle. Zum Glück sind wir nur zu viert. Meine Frau gesellte sich zu mir an den Tisch und setzte sich auf einen der gepolsterten Stühle … und sackte durch. Die Sitzfläche war großflächig gebrochen.

Nach dem ich meine Frau aus dem Stuhl befreit hatte, stellten wir fest, dass der Stuhl bereits vorher gebrochen war und so meine Frau keine Schuld traf. „Da waren es nur noch fünf" sagte ich mit einem verkniffenen Lächeln zu meiner Frau und erhielt nur einen fragenden Blick. Ich schnappte mir einen Zettel und schrieb „6 Personen, 5 Stühle" auf. Nach einer kurzen Analyse der Stabilität der anderen Sitzgelegenheiten konnte sie sich doch noch sicher mit an den Tisch setzen. Das währte nicht lange, da kam mein Sohn aus dem Kinderzimmer und sagte, dass seine Leselampe nicht funktioniert. Etwas gereizt fragte ich, ob er den Schalter über der Steckdose gedrückt hätte, um die Steckdose anzuschalten. Das verneinte er. Ich wollte ihn gerade anweisen, dieses nachzuholen, als er mir sagte, dass das nichts nützen würde, da die Glühbirne fehlt. Da nutzt natürlich auch der Schalter nichts mehr; da hat er Recht. Ich verlasse also den Tisch, um die obligatorische Schublade mit den Heimwerkerutensilien zu suchen. Ich beginne meine Suche in den Kleiderschränken und finde irgendwann eine Kiste mit diversen Glühbirnen in der Küche. Leider ist keine passende dabei. Schade. Ich ergänze meinen Zettel um eine Glühbirne. Mittlerweile ist es 2 Uhr in der Nacht geworden und wir beschließen den Tag ausklingen zu lassen und die Kinder bettfertig zu machen. Im Badezimmer stolpere ich erst einmal über den Putzeimer, der direkt hinter der Badezimmertür steht. Ich ärgere mich über die Vormieter, dass sie den Eimer einfach haben stehen lassen. Muss meine Meinung aber revidieren, als ich mich im Bad umsehe. Es gibt keinen Schrank für derlei Dinge. Neben dem Whirlpool steht der Staubsauger, neben der Waschmaschine und dem Trockner stehen die Besen, Schrubber und Putzmittel. Die Bilder in der Hausbeschreibung sahen irgendwie anders aus, meine ich mich zu erinnern. Da waren keine Putzmittel und derlei Zeug zu sehen. Doch vom weiteren Sinnieren über die artgerechte Haltung von Putzmitteln und Zubehör in dänischen Ferienhäusern, wurde ich von der Lösungsfindung abgelenkt. Ein kleiner Kasten an der Wand erregte nun meine Aufmerksamkeit. Der Regulator für die Fußbodenheizung. Selbst als absoluter Elektrolaie erkannte ich, dass hier etwas nicht stimmte. Da, wo eigentlich ein Rädchen zur Regulierung der Temperatur hätte sein sollen, klaffte ein kleines rundes Loch und ich konnte direkt in die Elektrik blicken. Ungläubig fingerte ich in dem Loch herum, in dem Irrglauben doch die Temperatur irgendwie einstellen zu können. Das bisschen, was ich über Strom wusste, war in dem Moment völlig ausgeblendet. Den Kindern predigt man „niemals in die Steckdose fassen" und was mache ich? Gut, dass ich nicht noch einen Schraubenzieher dabei hatte. Das Haus wurde immer gemütlicher. „Aber auch das klären wir morgen", murmelte ich vor mich hin. „Erst einmal die Kinder ins Bett kriegen, meine Liste um eine Fußbodenheizung ergänzen und einen letzten Rotwein mit dem Perlhuhn trinken".

Am nächsten Morgen musste ich feststellen, dass ich ausgesprochen gut geschlafen hatte und die Betten echt bequem waren. Zeit, den Tag mit einem guten Kaffee und dänischem Radio zu beginnen. Mit dem Kaffee klappte es auch ganz gut, nur mit dem Radio hatte ich so meine Probleme. Ich fand keins. Ich suchte mir die Hausbeschreibung aus unseren Unterlagen. Da steht es doch „CD und Radio" und auf den Bildern waren keine Putzmittel im Bad zu sehen. Ich ergänzte meine Liste noch um einen CD-Player und Radio.

Gut, dass ich CDs eingepackt habe, die kann man auch über den DVD Player hören. Den fand ich tatsächlich in der Nähe des Fernsehers. Leider tat der keinen Mucks. Er hatte scheinbar nicht einmal Strom. Ich testete diverse Steckdosen, erhielt aber keine Reaktion von dem Gerät. Jetzt reichte es mir, ich suchte mir die Telefonnummer der Hotline für gestresste Urlauber aus unseren Reiseunterlagen und rief bei der Hausverwaltung an, um meinem Ärger Luft zu machen. Es meldete sich auch eine verständige Dame, die meine Mängelliste gerne aufnahm und an das örtliche Büro weiterleiten wollte, machte mir aber keine Hoffnung, dass vor Montag etwas passieren würde. „Heute ist Sonntag, einen Tag können wir auch ohne Radio" sagte ich, „das passt schon". Aus dem Augenwinkel sah ich meine Frau an dem DVD Player herumhantieren.

Nachdem das Telefonat beendet war, fragte sie mich, ob man den DVD-Player eventuell mit dem Kippschalter an der Rückseite des Gerätes einschalten kann. Frauen und Technik dachte ich so für mich und sagte, dass DVD-Player nie einen Kippschalter auf der Rückseite haben. Leider habe ich hier meinen ersten DVD-Player mit Kippschalter kennen gelernt. Das Ding lief. Gut, dass man nicht alles ausspricht, was man(n) so denkt. Was für eine Schmach, vor allem weil es nach dem Gespräch mit der Beschwerdestelle herauskam. Na ja, einen Fehltreffer kann man sich ja wohl mal erlauben. Bin ja schließlich Tourist.

Der Sonntag verflog wie die Regentropfen vor dem Fenster. Wir heizten den Ofen ein und versuchten einen gemütlichen Tag im Haus zu gestalten. Am Nachmittag wollten die Kinder den Whirlpool nutzen und ich die Sauna testen. Wider Erwarten funktionierten beide Spielgeräte und als die Sauna endlich die gewünschte Temperatur erreicht hatte, waren alle bereit für einen ersten Saunagang. Mit buchstäblich heruntergelassener Hose stand ich plötzlich einem Techniker der Hausverwaltung in unserem Wohnzimmer gegenüber, der nach den gemeldeten Mängeln sehen wollte. Er hatte ja einen Schlüssel fürs Haus. Fünf Minuten später und er hätte uns alle in der Sauna begrüßen können. Etwas derangiert zeigte ich ihm den Stuhl, die fehlende Glühbirne und den Regler der Fußbodenheizung. Nebenbei wies ich auf die fehlende Musikanlage hin. Das Glühbirnenproblem konnte er sofort klären. Alles andere konnte er so spontan nicht regeln und sagte, ich solle das am Montag im Büro noch einmal melden.

Am Montagmorgen stand ich dann auch um Punkt 10 Uhr im Büro am Meckertresen. Eine junge Dänin nahm meine gefundenen Mängel mit einem Lächeln auf. Ergänzt um eine desolate Duschkopfhaltestange, die mir nach der Sauna am Vortag in der Dusche auf den Kopf gefallen war. Selbst hier verspürt man, trotz der Reklamationen die man vorträgt, eine gewisse Urlaubsstimmung. Die eigene schlechte Laune wird mit einem Lächeln von der Dame einfach weggewischt. Sachlich werden die Mängel aufgenommen und umgehende Hilfe versprochen. Dabei strahlt sie eine unfassbare Ruhe aus, die meinen Puls sofort um einige Schläge verlangsamt und alle unüberwindbaren Probleme plötzlich weniger dramatisch, als es noch vor einer Stunde in unserem Ferienhaus, wirken lässt. Selbst die durch die abgefallene Duschkopfhaltestange verursachte Beule scheint abzuschwellen.

Derweil regnete es weiterhin in Strömen und unsere Gehwegplatten ums Haus begannen langsam auseinander zu driften und in der Erde zu verschwinden. Plattentektonik. Das Wetter muss schon länger dieses Niveau gehalten haben, da unser Haus deutliche Zeichen einer Unterspülung zeigte.

Da ich bis Mittwoch nichts von unserem Vermieter gehört hatte, stattete ich dem örtlichen Büro nochmals einen Besuch ab. „Mittwochs geschlossen" stand an der Tür. Dann musste eben die Hotline wieder herhalten. Ich schilderte noch einmal meine Sorgen und äußerte meine Bedenken, ob ein 5 Sterne-Haus nicht mehr zu bieten hat, als nur ein Dach über dem Kopf. Wenigstens da waren wir einer Meinung und sie sicherte mir einen weiteren Besuch eines Technikers zu.

Der kam auch zeitig und konnte mit einem Schraubenzieher zumindest die Fußbodenheizung einschalten. Ein Teilerfolg, aber eine weitere Regulierung der Temperatur war danach noch immer nicht möglich. Zudem erhielt ich die beruhigende Auskunft, dass es etwa 24 bis 36 Stunden bis zur vollen Wärmeentfaltung der Fußbodenheizung dauert. „Na, dann ist es ja endlich warm, wenn wir am Samstag wieder abreisen", dachte ich so bei mir.

Auf meine Frage nach dem Verbleib der versprochenen Musikanlage, zeigte der Techniker nur wortlos auf den Fernseher und den DVD-Player. Nach dem der Techniker sich mal wieder verabschiedet hatte, nahm ich nun diesen ominösen DVD-Player und den Fernseher genauer unter die Lupe. Nach geraumer Zeit stellte ich fest, dass der Fernseher internetfähig war und man auf sämtliche Mediatheken der einzelnen Sender zurückgreifen konnte. Für Leute mit technischem Verstand keine neue

Sache, für jemanden, der noch einen Plattenspieler nutzt, der Einstieg in die digitale Welt. Leider ging der Fernseher aus und an wie er es wollte. Ob das vom Hersteller so gewollt ist, konnte mir mein kleiner Technikgeist leider nicht beantworten.

Die Angelegenheit mit der defekten Fußbodenheizung war der Dame aus dem Büro des Vermieters wohl so wichtig, dass sie mich gleich am nächsten Morgen um halb neun Uhr morgens anrief, um mich nach der Funktionstüchtigkeit zu befragen und damit aus dem Bett klingelte. Schlaftrunken wandelte ich ins Bad, stellte mich auf die Fliesen und konnte einen minimalen Wärmeunterschied zum Vortag feststellen. Ich versicherte der Dame, dass die Heizung langsam in Wallung kommt, bedankte mich für ihr Engagement und wünschte einen schönen Tag. Zum Glück waren die Kinder jetzt auch wach. Sonst hätten wir womöglich länger als sonst geschlafen und das schlechte Wetter draußen verpasst. Wenn man schon wach ist, dann kann man auch den vorletzten Tag seines Urlaubs zeitig beginnen. Der Rest meiner deklarierten Mängel wurde bei dem Telefonat nicht weiter angesprochen. Es lohnte ja auch nicht mehr, der Urlaub war ja schon fast vorbei.

Ich habe aus diesem Urlaub etwas gelernt, nämlich dass ein mit 5 Sternen angepriesenes Haus nicht unbedingt gemütlich sein und noch viel weniger meinem Geschmack entsprechen muss. Was ich noch gelernt habe in diesem Urlaub ist, dass der Service des Vermieters nur so gut sein kann, wie der Mieter die Mängel und Schäden eines Hauses dem Vermieter bekannt gibt. Es ärgert mich, dass unsere Vormieter dieses Hauses, es offensichtlich nicht für nötig gehalten haben beispielsweise, den zerbrochen Stuhl, die defekte Bodenheizung oder die fehlende Glühbirne (warum fehlte die überhaupt??) dem Vermieter, spätestens am Abreisetag, zu melden. Es ist ja nicht schlimm, wenn mal was kaputt geht und es bricht sich niemand einen Zacken aus der Krone, wenn er diesen Fehler eingesteht. Man würde dem Vermieter zumindest die Chance geben, diese Schäden zu beheben. Ich weiß, es ist für viele eine Herausforderung für die eigenen Fehler geradezustehen. Es ist einfacher

Fehler zu kaschiert, einfach wegzulaufen oder Fehler zu leugnen. Diejenigen, die diese Lebensweise von täuschen, tarnen, verpissen praktizieren, sollten immer im Hinterkopf haben, irgendwann sind sie die Nachmieter. Dieses Mal hatte ich das Pech, aber ich muss dem Service der Hausvermietung danken, da diese umgehend und unkompliziert versucht haben zu retten was zu retten geht.

Um kurz auf den eigentlichen Sinn unserer Reise zurückzukommen, der Ausflug ins Legoland in Billund war wunderschön und der einzige Sonnentag in diesem Urlaub.

Echte Skandinavier

Um uns herum ist es noch stiller geworden. Keine Hundebesitzer und auch keine Jogger mehr. Die Sonne ist endgültig untergegangen und die Sterne haben den wolkenfreien Himmel erobert. Der Wind vom Meer hat etwas aufgefrischt. Nicht unangenehm, aber stark genug, um den Mücken den Spaß über meinem Kopf zu nehmen. Sie haben sich zurückgezogen. Nicht weit von uns knackt es im Gebüsch. Die ersten Rehe kommen aus dem angrenzenden Waldgebiet. „Stell Dir mal vor, dass wären jetzt Elche - wie in Norwegen!" Bevor ich irgendetwas sagen kann, stellt mir Kristian zu seiner eben gemachten Hypothese noch eine Frage. „Was macht das dänische Königreich gegenüber seiner nordischen Nachbarn eigentlich so interessant?" Eine rhetorische Frage, wie ich schnell merke, denn Kristian setzt sofort zu einer Erklärung an. „Dänemark hat im direkten Vergleich schließlich nicht die spektakulären Fjorde, die endlosen Hochebenen oder die imposanten Gletscher Norwegens zu bieten. Auch die weitläufigen Wälder und die darin verborgenen Seen Schwedens, kann Dänemark nicht aufbieten." Erläutert Kristian seinen Gedankengang und fährt mit seiner Erklärung fort. „Wie auch, wenn der höchste Berg Dänemarks gerade mal 172 Meter misst. Da kann man keine Hochebenen oder gar Gletscher erwarten. Das ist das Schicksal der in der Eiszeit vom Eis abgeschmirgelten Auslaufzonen." Daraufhin hake ich ein „und noch etwas unterscheidet die nordische Konkurrenz von Dänemark! Wenn ich in Hamburg ein Auto mit einem schwarzen Elch als Aufkleber auf der Kofferraumhaube sehe, denke ich - Oh, der war in Schweden. Bestimmt ein Naturbursche. Wenn ich in Hamburg einen Wagen mit einem schwarzen Troll auf der Kofferraumhaube sehe, weiß ich, der war in Norwegen und denke mir - Der ist bestimmt ein reicherer Naturbursche mit einer Angel. Aber sehe ich ein Auto in Hamburg, das einen weißen länglichen Aufkleber mit einer dänischen Flagge in der Ecke und dem beispielhaften Schriftzug „Fanø" trägt, sagt mir - Ah, sein Wohnwagen steht auf dem Campingplatz auf der Insel Fanø. Wie jedes Jahr", beschließe ich meinen Einwurf. Was klingt da wohl spannender, ist jetzt die Frage? Ich für meinen Teil finde immer, dass das kleine Land Dänemark, der kleine sanfte Riese unter den Skandinaviern ist. Dänemark hat von allem etwas, nur in kleiner. Fjorde und Wälder zum Beispiel. Schäreninseln gibt es auch, nur nicht so zahlreich wie in Schweden. Literatur- und Filmhelden oder bekannte Musiker und Musikgruppen fehlen ebenfalls nicht. Ob die dänische Olsenbande mit dem schwedischen Aushängeschild „Pippi Langstrumpf" in Konkurrenz treten kann, muss jeder für sich selber entscheiden. Und ob die Olsen-Brothers mit den norwegischen A-ha in einer Liga spielen, sei auch dahingestellt. Man muss einfach einräumen, dass Dänemark auch nur einen Bruchteil an Fläche zur Verfügung stehen hat. Mit seinen läppischen 43.000 Quadratkilometern ist Dänemark verschwindend klein, gegenüber der 385.000 km² Norwegens oder der fast 450.000 km² Schwedens. Grönland und die Färöer-Inseln mal ausgenommen, die ja auch zu Dänemark gehören. Sonst ist Dänemark nämlich erstaunlicherweise flächenmäßig das größte Land Europas. Aber in dem uns bekannten Dänemark? Wo soll man da die Wälder, Fjorde und Seen auch unterbringen? Vielleicht empfinde ich gerade deshalb so viel Sympathie für den vermeintlichen Campingwagenfahrer auf Fanø. Es muss nicht immer das Spektakulärste sein, um sich wohl zu fühlen.

Alles was man mit Skandinavien assoziiert, kann Dänemark also auch mit Einschränkungen bieten. Knäckebrot, Fichten, Mücken. Nur eins hat Dänemark nie geschafft. Der Titel „Elchnation" blieb bisher verwehrt. Elche im Gehege zählen da nicht. Der letzte Versuch eines Elches Dänemark von Schweden aus zu einer „Elchnation" zu machen, erfolgte 1999. Der Elch durchschwamm eine 6 Km breite Meerenge, den Öresund, zwischen Schweden und Dänemark, und erreichte erfolgreich die Insel

Seeland. Der Triumph hielt leider nur ein paar Monate, dann wurde der Besiedelung ein jähes Ende gesetzt. Der Elch wurde von einem Intercity überfahren und Dänemark der Titel „Elchnation" wieder aberkannt. Schade. Die Schweden haben gelacht. Aber was hätte daraus noch werden können. Ein paar gut gesetzte Brunftrufe über die Meerenge nach Schweden und schon hätte Dänemark eine eigene Elchpopulation gehabt. Eine Ausbreitung bis nach Deutschland wäre dann doch nur noch eine Frage der Zeit gewesen. Für das schwedische Marketing natürlich eine Katastrophe, weil keiner der deutschen Touristen mehr die lustigen „Vorsicht Elch"-Straßenschilder gekauft hätte. Dank der Bahn müssen wir auch weiterhin auf den nächsten Elch aus Schweden warten und zum Schilderkaufen weiter gen Norden fahren.

Das ist gleich mein Stichwort. Die dänischen Underdogs, die trotz der vermeintlichen Mittelmäßigkeit immer wieder für Überraschungen gut sind. Man denke Beispielsweise an das Jahr 1992:

Eigentlich gar nicht für die Fußball-Europameisterschaft qualifiziert, erhielt das dänische Team 10 Tage vor Start der EM doch noch eine Einladung aus Schweden. Der Balkankonflikt kam den Dänen zugute und das jugoslawische Team hatte das Nachsehen. Das Team wurde kurzfristig, aufgrund des schwelenden Bürgerkrieges in Jugoslawien, disqualifiziert und Dänemark als Gruppenzweiter in der Qualifikation nachnominiert. Was macht man mit so viel Glück? Man packt seinen Bus und knattert rüber nach Schweden und genießt das Leben als absoluter Außenseiter. Mit Big Mäcs und Bier als Aufbaukost und Minigolfturnieren zur körperlichen Ertüchtigung, stimmte sich die Mannschaft auf die Gegner ein. Nebenbei kegelte man Frankreich und die Niederlande aus dem Turnier.

Natürlich basiert der Erfolg auf harter Arbeit, aber während in der deutschen Elf vermutlich mal wieder darüber diskutiert wurde, ob die Spielerfrauen mit ins Hotel dürfen oder nicht, sorgte man im dänischen Mannschaftshotel für Teamgeist. Das Finale bestritten dann auch genau diese beiden Teams, Deutschland gegen Dänemark, Krampf gegen

Kampf. Es war der 26. Juni 1992 in Göteborg. Europa lauschte den Radioübertragungen oder saß gebannt vor dem eigenen Fernseher. Publicviewing gab es, wie in der heutigen Form, noch nicht. Volker Backes beschrieb für Spiegel-Online in „EM-Sensation 1992: Die Legende vom dänischen Barbecue" die Szenerie in einem kleinen Ort Namens Roskilde in etwa so:

Und auch in einem kleinen Ort Namens Roskilde, auf der dänischen Insel Seeland, herrschte andächtiges Schweigen. Normalerweise ist Roskilde zu dieser Jahreszeit der wahrscheinlich lauteste Ort Dänemarks, wenn das größte Rock-Open-Air-Spektakel Dänemarks läuft. Doch keine Band traute sich während der zwei Stunden auf die Bühne zu gehen. Irgendwann erklomm ein Mann mit Wikingerhelm und umgehängter Dänemarkfahne die Bühne und begann auf einer Flöte zu musizieren. Irgendwann fand er den Übergang in die inoffizielle Dänische Hymne und schmetterte „we are red, we are white, we are danish dynamite". Dänemark hatte Berti Vogts Jungs mit 2:0 besiegt. Dänemark war Europameister!

Und sobald etwas in Schweden stattfindet, wachsen die Dänen über sich hinaus. Im Jahr 2000 haben die Olson Brothers den Eurovision Songcontest in Stockholm gewonnen. Das Ganze zu einer Zeit, als in Deutschland das angestaubte Image des ehemaligen Grand Prix Eurovision de la Chanson aufpoliert werden sollte. Die Verantwortung für den deutschen Beitrag wurde erstmalig 1998 Ralph Siegel aberkannt und an Guildo Horn übertragen. Produziert von Stefan Raab (alias Alf Igel) und Michael Holm. Deutschland als Spaßnation war geboren. Seinen Höhepunkt erreichte man im Jahre 2000 mit Stefan Raabs „Wadde hadde dudde da?". Eine ganze Nation verfolgte die neugewonnene Hoffnung auf einen internationalen Titel.

Und dann kommen zwei ältere Herren mit einem watteweichen Schlager, der so unaufdringlich ist, dass man gar nicht bemerken würde, wenn es dieses Lied gar nicht gäbe. Die Olsen Brothers gewannen mit diesem Lied für Dänemark. Aber beide Lieder hatten ihre Auswirkungen.

Der mit der Brechstange herbeigeführte Imagewandel hat die Popularität des Contests in Deutschland vermutlich größer denn je gemacht. Das jährliche Spektakel auf der Reeperbahn in Hamburg zeugt von der neuen Begeisterung für diesen Wettbewerb. Es hat sich ausgezahlt, die Verantwortung für den zu wählenden Vertreter des deutschen Liedgutes bei dem internationalen Wettbewerb auf viele Schultern zu verteilen. Und Ralph Siegel kann sich jetzt ganz seinem Beitrag für Malta oder welchen Staat auch immer widmen.

Und die Olsen Brothers? Denen habe ich einen Ohrwurm zu verdanken, den ich seit dem Jahre 2000 nicht mehr losgeworden bin. Fly on the wings of love, fly Baby fly.

Stolze Dänen

Eine kleine Gesprächspause war mal wieder eingetreten. Sowohl Kristian, als auch ich wogen unsere Gläser in den Händen und blickten in Gedanken versunken auf die glatte Ostsee. So, als ob wir erwarteten jetzt einen Elch aus dem Meer steigen zu sehen und Zeuge der Geburt einer neuen Elchnation zu werden.

Es kam natürlich kein Elch aus dem Wasser, zumindest nicht an unserem Strandabschnitt, aber ich glaube die Dänen haben sich mit der Tatsache der fehlenden Elche arrangiert und trotzdem ihren Stolz behalten. Eine skandinavische Identität ist nicht nur von Elchen abhängig. Sie drücken ihren Stolz und ihre Gemeinschaft lieber auf andere Art und Weise aus.

Zum einen mit dem bereits erwähnten Danebrog, der wirklich nirgendwo fehlen darf. Ein gelebtes Volkssymbol und kein reines Staatssymbol wie in Deutschland. Die Flagge gehört zu den ältesten der Welt und kann mindestens bis zum 15 Jahrhundert, wenn nicht sogar bis 900 nach Christus zurückverfolgt werden. Erst 1854 wurde sie offiziell zur Staatsflagge Dänemarks erklärt. Zum anderen gibt es noch das dänische Königshaus als Aushängeschild des dänischen Gemeinschaftssinns. Monarchien sind ja nicht jedermanns Sache und man kann über die Existenz von Royals streiten, aber das ist in Dänemark, zumindest in der Öffentlichkeit, indiskutabel. Das dänische Königshaus gibt sich sehr volksnah und es kann einem passieren, dass die dänische Königin in Kopenhagen an einem lächelnd vorbei geht und ihre recht bescheiden wirkende Jacht, die am Anleger bereitsteht und passenderweise „Dannebrog" heißt, besteigt. Gerne winkend oder gar händeschüttelnd. Dass das dänische Königshaus sehr beliebt ist, zeigt sich unter anderem an einem Wanderweg, der etwa 3.500 Kilometer quer durch das Königreich führt und so ziemlich alle wichtigen und weniger wichtigen Sehenswürdigkeiten der jeweiligen Regionen anzusteuern versucht. Der Weg wurde nach der Lieblingsblume der Königin Margrethe II. benannt und nennt sich Margeritenroute. Was für eine Liebeserklärung. Wie das Königshaus ist auch der Weg sehr volksnah. Er meidet weitestgehend die großen Straßen und führt über die kleineren, etwas abseits gelegenen Landwege. Der Weg ist sehr gut ausgeschildert und wenn man an einem kleinen braunen Schild mit einer Margerite vorbeikommt, dann sollte man sich nicht scheuen, diesem Weg einmal einem kleinen Stück zu folgen. Es lohnt. Angesteuert werden auf der Route sehenswerte Häuser, Schlösser, Klöster, Wind- und Wassermühlen, Aussichtspunkte oder sonstige erwähnenswerte Orte. Hier wird man auch feststellen, dass in Dänemark die Relationen bezüglich der Sehenswürdigkeiten stark von den deutschen Vorstellungen von auszuweisenden Sehenswürdigkeiten abweichen. In Deutschland sind Sehenswürdigkeiten immer eine große Sache. Es wird alles abgesperrt und nach Möglichkeit noch Eintrittsgeld oder zumindest eine Parkplatzgebühr verlangt. Anfassen verboten. In Dänemark wird jedes noch so unscheinbare Hünengrab, es reichen drei liegende Steine, als Sehenswürdigkeit dezent angepriesen. Eine Informationstafel klärt über das vor einem Liegende auf. Hier wird kein großer Aufwand mit Absperrungen, Sicherheitsvorkehrungen und so weiter betrieben. Die Angst, bei körperlichen Schäden in Regress genommen zu werden, gibt es wohl nicht. Die Ausschilderung ist spärlich und man kann durchaus an einer solchen Attraktion versehentlich vorbeifahren, ohne sie zu bemerken. Wenn man das Ziel doch gefunden hat, dann kann man sich in den meisten Fällen frei auf dem Gelände bewegen und ein Hünengrab mit Taschenlampe auf eigene Faust erforschen. Für Kinder das größte, mit dem Geschmack von reichlich Abenteuer. Und auch alle anderen weniger spektakulären Orte präsentieren sich unaufgeregt und laden zum selber entdecken ein. Platz für ein Picknick gibt es sowieso. Das Schöne ist, von diesen Sehenswürdigkeiten gibt es reichlich und es lohnt sich eine Fahrradtour nach diesen Punkten auszurichten. Unter Fahrradtouren meine ich Touren von max. 50 km, die eine Durchschnittsfamilie wie wir gerade noch bewältigen können.

Die Dänen werden Ihrem Ruf als glücklichstes Volk weltweit gerecht. Die Leute sind freundlich und man bekommt generell ein Lächeln mit auf den Weg, besonders wenn man sich in der Landessprache versucht. Dabei kommt es nicht auf die Schönheit der Aussprache an, es zählt einfach der Versuch. Der Däne im Allgemeinen weiß diese linguistischen Verbeugungen zu schätzen und antwortet freundlich auf Dänisch oder gleich auf Deutsch oder Englisch. Nur einmal habe ich in einem Supermarkt eine auffallend gelangweilte und desinteressierte Kassiererin erlebt. In einem deutschen Supermarkt wäre sie nicht weiter aufgefallen, aber hier stach sie doch aus der Masse hervor. Hier erhielt ich gar keine Antwort. Hatte wohl einen schlechten Tag. Das passiert und ist ja auch in Ordnung, aber es war schon auffällig.

Und das Dänemark wirklich glücklich macht, habe ich auf der Insel Seeland erfahren dürfen.

Da man nicht nur nach Texas auswandern kann, hat es einige Deutsche auch nach Dänemark verschlagen. In einem Supermarkt einer aus Deutschland stammenden großen Ladenkette, kamen meine Frau und ich durch Zufall mit der Kassiererin ins Gespräch. Eigentlich war sie auch die einzige sichtbare Angestellte in diesem Supermarkt, denn sie kam vom Regale einsortieren direkt zur Kasse, um uns als einzige Gäste abzukassieren. Sie hatte anhand unserer hilflosen Dänischversuche gleich unsere Herkunft durchschaut und uns auf Deutsch angesprochen. Auf meine Frage, woher sie denn so akzentfrei Deutsch könne, erzählte sie, dass sie mit ihrer Familie aus Niedersachsen hierher ausgewandert sei. So weit, so gut. Wenig später trafen wir sie in unserem kleinen Urlaubsörtchen zufällig auf der Straße wieder. Wir erkannten uns und kamen nochmals ins Gespräch. Sie erzählte uns, dass sie jetzt seit vier Jahren hier lebt und den Schritt nie bereut hat, mit ihrem Mann der Arbeit wegen nach Dänemark gegangen zu sein. Das Gleiche gilt auch für ihren Sohn, der zur damaligen Zeit neun Jahre alt war, und sich trotz der anfänglichen Sprachdefizite, problemlos in der Schule und dem dazugehörigen Umfeld integrieren konnte. Eine Rückkehr nach Deutschland konnte auch er sich nicht vorstellen. Sie sagte, die Gelassenheit der Dänen wirkt im Gegensatz zur Hektik der Deutschen angenehm entschleunigend. Sie konnte für sich eine deutliche Steigerung der Zufriedenheit feststellen und das nicht nur auf der materiellen Ebene.

Sie betonte, dass natürlich nicht alles eitel Sonnenschein in Dänemark ist und es hier die gleichen Herausforderungen und Unwegsamkeiten des täglichen Lebens wie bei uns in Deutschland gibt, man aber diesen Problemen hier gelassener entgegentritt.

Das Vertrauen der Dänen, welches sie ihren eigenen Landsleuten entgegenbringen, sorgt dafür, dass Dänemark zu den sichersten Ländern der Welt gehört. Das gilt natürlich auch für den Rest von Skandinavien. Aber gemäß der internationalen „RiskMap" kann diesen Standard nur noch die Schweiz, Slowenien und Polynesien halten. Deutschland zum Beispiel hat zurzeit das gleiche Sicherheitslevel wie der Nordiran, Surinam oder Australien. Ops! Aber ohne dieses ausgeprägte gegenseitige Vertrauen könnten sonst solche Sachen, wie der von mir geliebte Løppedmarket, nicht funktionieren. Der Løppedmarket ist der hauseigene Flohmarkt, der in der Garageneinfahrt, in der Garage, vor der Eingangstür oder in einem Schuppen auf dem Grundstück täglich stattfindet. Hier werden nicht nur frische Eier, Gemüse, selbstgemachte Marmeladen und so weiter angeboten, sondern auch Hausrat. Vom Eierbecher bis zum Kinderstuhl. Alles ist bereits mit einem Preis gekennzeichnet. Man nimmt sich, was man möchte und wirft den Betrag einfach in die als Kasse gekennzeichnete Dose, Geldkassette oder das Marmeladenglas (nicht das volle Glas natürlich).

Diese Art von Handel ist für einen Touristen wie mich schwer nachvollziehbar. Wenn ich in Hamburg mein Fahrrad vor die Tür stellen würde, um es zu verkaufen, dann wäre zwar innerhalb von 10 Minuten das Fahrrad weg, aber die Kasse auch. Daher genieße ich dieses Vertrauen der Dänen und hoffe, dass dieses noch lange erhalten bleibt.

Ich lerne daraus, Vertrauen ist die Basis auf die sich die entspannte Lebenshaltung der Dänen aufbaut und daraus resultiert eine für uns etwas ungewohnt wirkende, unkomplizierte Herangehensweise an manche Dinge. In Deutschland würde man diese Haltung als naiv bezeichnen, ich finde diese Denkweise, oder besser gesagt, das dänische Vertrauen, beneidenswert.

Essen

Der Wind ist jetzt wieder etwas eingeschlafen, aber die Mücken sind glücklicherweise nicht wiedergekommen. Kristian hat den Weg hinter die Düne angetreten, um sich dem Druck der Blase zu beugen. Da ich schon durch damit bin, bleibe ich alleine am Tisch sitzen und warte. Ich stelle fest, dass ich langsam Hunger bekomme. Ich überlege, was ich nachher noch zu Hause essen könnte. Einfach ein Brötchen? Ich weiß es noch nicht, aber ich weiß, was ich nicht essen möchte und überbrücke die kurze Pause mit einem kurzen lauten Gedanken über die dänische Esskultur.

Egal wen man fragt, als erste dänische Delikatesse wird die rote Wurst genannt. Die kennen sogar diejenigen, die noch nie in Dänemark waren und auch, wenn sie kein Wort Dänisch können, den Begriff „Pølser" kennen sie alle. Meins ist das nicht und ich muss gestehen, dass mir die in der Inhaltsstofftabelle genannten „E´s" zu viele sind. Ich bin kein Chemiker, aber künstliche Zusatzstoffe können einfach nicht gesund sein. Nicht einmal im Urlaub. Zum Glück gibt es aber auch weniger gefärbte Würstchen. Die schmecken mir zwar auch nicht, aber zumindest muss ich nicht befürchten, dass es nach dem Stuhlgang in der Kloschüssel leuchtet. Der deutsche Tourist scheint auf die rote Wurst aber abzufahren, denn der wird in Dänemark im Allgemeinen nur Pølsertysker genannt. Wie alles in Dänemark, sind nicht nur die Würstchen sehr Kalorien geschwängert, sondern auch die Beilagen. Alles wird gebraten, frittiert und mit Soßen oder Dips verfeinert. Sahne ist Basis eines jeden Essens und wird im Supermarkt in verschiedenen Fettklassen angeboten. Von leicht bis mindestens zwei Akvavit nach dem Essen. „Die zwei Akvavit werden auch nach dem Verzehr des Makrellensalats mit daumendicker Mayonnaise aus dem Kühlregal fällig", wirft Kristian ein, der noch hinter der Düne steht. Und wirft ergänzend noch die Leberpastete in der Aluschale mit ins Rennen. Wer beim Rennen um die höchste

Cholesterinkonzentration auf einem Quadratzentimeter Lebensmittel am Ende die Nase vorne hat, weiß ich nicht. Ich mag beides nicht so gerne. Das leichteste, was Dänemark kulinarisch zu bieten hat, ist das Brot. Es ist luftig und leicht und schmeckt frisch vom Bäcker echt lecker. Ballaststoffe wird man allerdings vergeblich suchen, das Brot ist so nahrhaft, wie ein Glas Wasser. Nur die Franzosen können mit ihrem Brot dieses Niveau noch unterbieten. Außerhalb des Supermarktes regiert die Welt des Fastfoods. An jeder Ecke stehen in größeren Städten die HotDog -Buden auf den Marktplätzen und spätestens am Hafen findet man den „Havnekiosken", der einen mit Bürgern, Fritten und Bier versorgt.

Sollte man sich für den Gang in eine Imbissbude mit Sitzgelegenheit entscheiden, sollte man eine gewisse Offenheit gegenüber anderen kulinarischen Interpretationen bekannter Gerichte haben. Die Speisekarte bietet von Pommes Frites über Döner Kebap, Pizza, Bürger bis zu asiatischem/indischem Essen alles an. Die kulinarische Welt vereint unter einer Dunstabzugshaube. Mein Pizza-Kosmos wurde in einem Fall um einiges erweitert. Ausgehend davon, dass man bei einem mittelklassigen Italiener um die Ecke in Hamburg, eine relativ originalgetreue italienische Pizza bekommt und diese Erfahrung als Richtwert nimmt, dann wird man hier erstaunt sein, über die hier servierte Pizza. Meine bestellte Schinkenpizza wurde mir mit Unmengen von gewürfeltem Formschinken serviert, der die Bissfestigkeit von einem hartgekochten Ei hatte und beim Essen an den Zähnen quietschte. Meine Vorstellung von Schinken sieht anders aus und ich kaufe meinen Schinken auch beim Discounter. Eine Salamipizza als Alternative habe ich bisher bei keinem dieser und ähnlichen Läden auf der Speisekarte finden können. Der Teig entsprach in der Konsistenz in etwa der des Schinkens. Aber ich weiß es ja auch nicht besser, denn in so vielen Läden war ich ja auch noch nicht und die Pizza in Hamburg ist eventuell auch nicht das Maß aller Dinge.

Kristian kommt zurück an den Tisch und ich kläre ihn über meinen geistigen Alleingang auf. Beipflichtend erklärte mir Kristian, dass selbst in rein asiatischen Restaurants das Essen teilweise mit Pommes Frites gereicht wird. Eine fragwürdige Kombination. Beim Griechen um die Ecke kenne ich ja schon, dass Giros mit Pommes normal sind, aber beim Chinesen? Das ist mir dann doch zu global.

Was uns beiden im Laufe der Jahre aufgefallen ist, ist dass das in jedem deutschen Nord- oder Ostseestädtchen gängige Fischbrötchen nicht den Sprung über die Grenze nach Dänemark geschafft hat. Selbst die Fischer, die die Fischfrikadellen abgepackt oder noch warm auf die Hand verkaufen, bieten keine Brötchen dazu an. Ich habe bisher noch nicht einen Fischbrötchenstand in Dänemark gefunden. Aber man munkelt, dass es in Ribe einen Fischbrötchenverkäufer gibt. Das gleiche gilt auch für die in Deutschland so beliebte Currywurst und um auch mal ein Gemüse zu nennen – auch der Kohlrabi fehlt. All das hat in Dänemark keinen Nährboden gefunden.

Eine echte Alternative zu den vorgenannten Etablissements ist der Besuch eines Kro´s. Da sind Kristian und ich uns einig. Hier gibt es Hausmannskost zu guten Preisen und in den allermeisten Fällen kann man gemütlich sitzen und gutbürgerlich genießen.

Achtung Wissen: Der „Kro = Krug" hat seinen Ursprung in einem königlichen Erlass aus dem 12. Jahrhundert. Demnach sollten überall im Land an den wichtigsten Straßen alle vier Meilen (Das entsprach zur damaligen Zeit einer Tagesreise) Gasthäuser eröffnet werden, die von dem König auf seinen Reisen durch das Land genutzt werden konnten und einen entsprechenden Standard boten. Das heißt aber nicht, dass jeder Kro auch heute noch einen solchen Standard hält.

Bei der ganzen Aufzählung von möglichen Essgelegenheiten fiel mir unser Urlaub im März auf der Insel Langeland wieder ein. Damals stellten wir fest, dass die meisten Imbisse und Kro´s saisonal geöffnet haben oder nur zu bestimmten Tagen in der Woche. Die Öffnungszeiten in der Nebensaison konnte man über die in den Touristenbüros verteilten regionalen Veranstaltungszeitungen erfragen. Diese Angaben waren allerdings mit Vorsicht zu genießen. Damals habe ich ganz Langeland mit dem Auto abgefahren, um einen geöffneten Kro zu finden. Fand aber nicht einen, obwohl angeblich diverse Restaurants geöffnet haben sollten. Am Ende haben wir zu Hause unser Restbrot mit Würstchen aus der Dose vor dem Kamin geknabbert.

Was bei uns immer geht, ist der nächste Eisladen. Am besten mit einer eigenen Waffelbäckerei. Hier gibt es reichlich Eis und auf Wunsch noch Guv obendrauf. Guv ist rosafarbener Schokokussschaum, der mit dem Spachtel auf das Eis gestrichen wird. Und was wäre ein Eis ohne Streusel? Die Auswahl ist immens und hat ebenfalls seine Tücken. Mein Sohn wollte ein Vanillesofteis mit Streuseln. Auf dem Verkaufstresen stand ein großer Glaszylinder mit verschiedenen Streuseln, schön farblich voneinander getrennt. Dem Dänischen noch immer nicht mächtig, zeigte ich auf schwarze Streusel, in der Annahme Schokostreusel zu ordern. Wieder draußen vor dem Laden, sagte das Gesicht meines Sohnes etwas anderes und er gab mir freiwillig sein Eis. Es waren Lakritzstreusel!!! Ich war froh, dass es ein kleines Eis war. Es schmeckte furchtbar. Man sollte beim ersten Bestellen deshalb Vorsicht walten lassen. Die Portionen sind generell gigantisch und ein Softeis „lille" ist alles andere als klein und nicht mit dem Softeis aus dem Automaten bei dem großen schwedischen Möbelhaus zu vergleichen. Die zu sich genommene Kalorienmenge bei einem Eis mit der Bezeichnung „Store" deckt dann auch den Tagesbedarf einer vierköpfigen Familie.

Kristian hebt ergänzend noch den Nachmittagskuchen lobend hervor, den die Bäckereien als sehr luftige und süße Schweinereien anbieten. So ist die „Wienerstang" beispielsweise sehr zu empfehlen. Gewöhnungsbedürftig ist, dass man beim Betreten mancher Bäckereien oder Apotheken eine Nummer ziehen muss. So wie beim Einwohnermeldeamt in Deutschland. An den Verkaufstresen wird man erst nach Aufruf der gezogenen Nummer gebeten. Ob das von den Dänen bei den deutschen Behörden abgeguckt wurde?

Einen besonderen kulinarischen Feiertag gibt es im November jeden Jahres. Zu einem bestimmten Tag wird um 20.59 Uhr das „Juleøl", das

Weihnachtsbier, erstmalig in den Gaststätten ausgeschenkt. In den achtziger Jahren von einer großen dänischen Brauerei ins Leben gerufen, ist dieser Tag mittlerweile ein fester Bestandteil der dänischen Kultur und wird schon als inoffizieller Feiertag gehandelt. Für die Polizei bedeutet dieser Tag allerdings Überstunden.

Aber wir sind ja im Sommer, wir sitzen noch immer bei angenehmen 22 Grad auf unserer Düne und da wir gerade so intensiv über Essen gesprochen haben, fällt uns ein, dass wir im weiteren Verlauf der Reise noch einen Grillabend machen wollen. Wir versuchen einen Termin zu finden, doch vorher frage ich Kristian etwas unsicher, was für eine Art von Grill er denn auf der Terrasse stehen hat. „Ein Dreibein über einer offenen Feuerstelle" entgegnet er „und einen normal großen Kugelgrill im Schuppen". Beneidenswert wie ich finde. Eine offene Feuerstelle. Stockbrot und Popcorn. Echtes Feuer, echter Rauch. Vor dem Feuer sitzende Kinder, die fasziniert mit ihren Stöckern im Feuer stochern und dabei Taucherbrillen gegen den Rauch tragen. Pfiffig, aber irgendwie auch seltsam anmutend. Mit dem zu unserem Haus gehörenden Grill hatte ich dieses Jahr schon so meine Schwierigkeiten. Das erste Problem war, ich konnte ihn nicht gleich finden. Erst als ich die große Abdeckplane in der äußersten Ecke unserer Veranda hochhob, unter der ich aufgrund der Größe eigentlich wetterfest verpackte Liegestühle für den Garten vermutet hatte, fand ich den Grill. Und ich staunte nicht schlecht. Für jemanden der den „5 EURO - hält nur einen Sommer Grill" kennt, ist das unter der Plane vorgefundene „Ding" schon sehr beeindruckend. Ein Kugelgrill, eingelassen in einen rollenden Servierwagen mit Arbeitsfläche, Kohleaufbewahrungskasten oder Mülleimer (Ich weiß es nicht) und Unmengen an Haken und Zubehör. Das „Ding" maß in etwa 150 cm in der Breite und grob geschätzt 60 cm in der Tiefe

Das zweite Problem war die Handhabung eines solchen Gerätes. Mit der Grillkohle in der einen Hand und dem Flüssiganzünder in der anderen standen wir uns ratlos gegenüber. Der Grill und ich. Es war ein gewaltiges Gegenüber. Ich versuchte mich nicht von seiner raumgreifenden Statur einschüchtern zu lassen und entschied mich, erst einmal dem Gegner seinen kugelrunden Schutzschild in Form der großen schwarzen Abdeckhaube zu entreißen. Doch es kam zur Gegenwehr. Mit einer Mischung aus Ruß, Fett und anderen nicht zu identifizierenden Substanzen, klammerte sich der Deckel an den Rumpf des Ungetüms und gab nur widerwillig mit einem langgezogenen Schmatzen nach. Darunter öffnete sich ein riesiger Schlund, der mich und meinen plötzlich lächerlich klein wirkenden Sack Kohle auszulachen schien. Während der Grill mich noch höhnisch an griente mit seinen martialischen Gittern und Rosten im Innern, nutzte ich den Überraschungseffekt und schüttete den bereits aufgerissenen Kohlebeutel direkt in seinen Schlund. Den Grill umrundend setzte ich die Brennspiritusflasche an und besprühte beherzt die Kohlen. Kurz einmal abgetaucht, um den Grill vollends zu verwirren, erhob ich mich mit einem entflammten Streichholz auf der anderen Seite. Die Kohlen brannten. Ich hatte Feuer gemacht.

Da sich der Grill mir nun unterworfen und mich als Alphamännchen akzeptierte, hatte ich ein bisschen Zeit mir den Grill einmal genauer anzuschauen. Ich stellte fest, dass ich den Sinn vieler Hebel, Gitter und Klappen nicht durchschaute. Schließlich entdeckte ich eine in den Grillwagen verbaute Gaskartusche, die die Form einer Haarspraydose hatte. Jetzt war ich völlig verwirrt und es überkam mich eine Ahnung, „hatte ich jetzt einen Gasgrill mit Kohlen gefüttert und kaputt gemacht?" Das hatte ich zum Glück nicht, wie mir eine halbe, zerknitterte Bedienungsanleitung auf Dänisch (ich konnte die Bilder verstehen) klar machte, aber wie die Gaskartusche wirklich genutzt werden sollte, habe ich trotzdem nicht kapiert. Der Teil der Bedienungsanleitung, in dem die Handhabung der Gaskartusche beschrieben wurde, fehlte leider. Ich vermute der Grill hat diesen Teil der Anleitung gefressen, um sich Leuten wie mir nicht vollends unterwerfen zu müssen.

Zumindest bin ich schon mal einigermaßen vorbereitet, sollte der Grillabend bei uns am Haus stattfinden. Wir machen die Entscheidung über die Örtlichkeit des Events vom Wetter abhängig, da bei schlechterem

Wetter unser Essbereich im Haus etwas geräumiger ist, als der bei Kristian. Ich hoffe auf gutes Wetter, um die offene Feuerstelle und das Dreibein in Aktion sehen zu dürfen. Natürlich nur wegen der Kinder.

Whisk(e)y

Von dem Bourbon und der Cola beginnt mein Mund langsam zu kleben. Leider hat keiner von uns beiden an eine Flasche Wasser gedacht. Ein einfacher Bourbon ist leider nur mit Cola trinkbar, wie ich finde. Ein richtiger Whisky, das wäre es jetzt. Erst ein Glas Wasser und dann einen leckeren Schotten mit einem Spritzer Wasser. Oder noch besser - einen Stauning Whisky.

Die örtliche Touristeninformation ist immer wieder einer unserer ersten Anlaufpunkte, wenn wir Urlaub in einem neuen, uns noch unbekannten Ort machen. Hier gibt es sämtliche Informationen über Veranstaltungen, Konzerte und Sehenswürdigkeiten in der näheren Umgebung in Form von Flyern oder kleiner Broschüren. Bunte Bilder sollen einen zum Kerzenziehen, Töpfern oder Kitesurfen animieren. Ein Füllhorn der guten Ideen. Ein Blumenstrauß bunter Freizeitaktivitäten. Und immer wieder hält dieser Hort der Informationen Überraschungen für mich bereit, mit denen ich nicht unbedingt in Dänemark gerechnet hätte. Als wir am Ringkøbing Fjord gastierten, weckte eine kleine Broschüre mit dem Schlagwort „Whisky" auf dem Deckblatt mein Interesse in eben einer solchen Touristeninformation. „Hm, Whisky in Dänemark ist ja eher ungewöhnlich", dachte ich so bei mir. Ich nahm das Blatt erst einmal mit und legte es im Haus auf den großen Haufen mit weiteren Broschüren als Abendlektüre. Der Abend kam und die Eindrücke des ersten Tages wurden verarbeitet. Die Touristenzeitung beinhaltete mehr Werbung als brauchbare Veranstaltungen. Da es Oktober war, waren die meisten angekündigten Veranstaltungen eh schon gelaufen und auch das nah gelegene Wikingerdorf hatte sich bereits in den alljährlich wiederkehrenden Winterschlaf zurückgezogen. Irgendwann lichtete sich der Broschürenhaufen und der Flyer mit dem magischen Wort „Whisky" lag vor mir. Ich staunte nicht schlecht, als ich lesen musste, dass es in Dänemark eine Whiskydestillerie gibt. Zudem wurde eine Führung mit anschließender Verkostung für überschaubares Geld angeboten. Aha, deutsche Führung am Mittwoch, 14 Uhr. Da bin ich doch dabei. Wenn Schottland zu weit ist, gehe ich eben in Dänemark in meine erste Destille. Wie aufregend. Was die wohl sich hier zusammen panschen? Wer den Gammeldansk einmal getrunken hat, wird die Frage gerechtfertigt finden. Die werden doch wohl nicht einen alten knorrigen schottischen Destiller entführt haben und ihm unter Androhung von lebenslänglichem Pølserverzehr seine Rezeptur entlockt haben? Wenn man den alten Geschichten über das Aqua vitae, das Lebenswasser, glauben darf, benötigt man die schottische Gerste, den schottischen Torf aus mystischen Landschaften und den Geist des Wassers aus den unwegsamen Moorlandschaften Schottlands, um Whisky herzustellen. Weiterhin benötigt man das alte Wissen von Mönchen, die in den nebligen Gefilden der Highlands ihr Wissen stets erst kurz vor ihrem eigenen Tod, hinter vorgehaltener Hand, an die nächste Generation weitergeben und jeder auserkorene Destiller dieses Wissen hütet, wie Gollum seinen Schatz.

Es ist Mittwoch, 13 Uhr, und wir machen uns auf den Weg nach Stauning. Wider Erwarten befindet sich die Destillerie nicht in einem vernebelten Moorgebiet mit Wassergeistern und Elfen, sondern an einer Kuhwiese am Ringkøbing Fjord. Die Destillerie ist ein alter Kuhstall und unser Guide trägt Shorts statt Kilt. Auf der weiteren Tour durch das Gebäude, tut er alles für die Entmystifizierung des Whiskykultes. Unser dänischer Führer ist Deutscher, hat sich dem praktisch veranlagten Lebensstil der Dänen angepasst und erzählt launig interessante Geschichten über und rund um den Whisky herum. Zum Beispiel, dass die schottische Insel Islay, die für ihren rauchigen Whisky berühmt ist, bei der jährlichen Produktionsmenge und dem dafür angeblich benötigten Torf für den Brand, eigentlich schon weit unter dem Meeresspiegel liegen müsste. Da es die Insel aber noch gibt, hat also auch hier die Moderne schon Einzug gehalten und es wird nur noch der Mythos gepflegt. Die Tour gerät sehr kurzweilig und schon sitzen wir wieder alle in einer kleinen Halle auf Bierbänken und warten auf die Whiskyprobe. Die Whiskyprobe verläuft gut und vor Begeisterung kaufe ich erst einmal eine Flasche für ca. 100 EUR. Vor lauter Glückseligkeit kaufe ich nach der nächsten Verköstigungsrunde gleich noch zwei weitere Flaschen hinterher. Gut, dass meine Frau einen Führerschein hat. Denn den jetzt erwachten Elfen und Feen um mich herum, hätte ich nicht mehr ausweichen können. Der eigentliche Geist des Whiskys ist dann doch noch immer ein Mysterium.

Leider habe ich gerade kein Fläschchen zur Hand, also muss ich mich an das halten, was auf unserem Tisch steht. Kristian sieht das genauso und wir stoßen noch einmal an.

Nochmal nach Als

Wir hingen beiden unseren Gedanken nach und sahen auf die Bucht und das offene Meer hinaus. Das Meer lag spiegelglatt vor uns. Langsam müsste die Flut wiedereinsetzen. Auf der Sandbank konnte man noch schemenhaft die Möwen sitzen sehen. Kristian durchbrach die Stille und fragte eher rhetorisch, wie es wohl im Winter hier ist. Wenn Schnee und Eis herrschen. „Wie viel Leben ist dann noch in diesem Ort?" Wir versuchten es uns vorzustellen, kamen aber zu keinem befriedigenden Ergebnis. Wir hatten beide den Ferienort Fjellerup Strand mal im Spätherbst besucht. Da war schon ganz schön wenig los. Sämtliche Geschäfte waren bereits für den Winter verrammelt und an Touristen mangelte es erheblich. Nicht dass ich die Touristen vermisst hätte, aber es war schon sehr sehr ruhig um uns herum. Ungewohnt ruhig. Aber was man noch weniger sah, waren Einheimische. Kristian musste feststellen, dass er noch nie Schnee in Dänemark erlebt hatte. Er war zwar schon des Öfteren im Spätherbst und Frühjahr in Dänemark gewesen, aber Schnee hat er nie erlebt. Meine Erfahrungen waren auch gering und beschränkten sich auf einen Urlaub vor einigen Jahren auf der Halbinsel Als, als uns das Schneetreiben überraschte.

Es war Anfang März und meiner Familie und mir fiel in Hamburg die Decke auf den Kopf. Wir brauchten eine Luftveränderung und den offenen Blick aufs Meer. Glücklicherweise hatten wir noch eine Woche Urlaub zur Verfügung und suchten uns kurzentschlossen ein Häuschen in Dänemark. Um die Fahrtzeit kurz zu halten, fiel unsere Wahl auf die Halbinsel Als. Direkt hinter der Grenze auf der Ostseeseite gelegen, mit Blick auf die deutsche Ostseeküste Richtung Glücksburg.

Dieser Winter gehörte zu den kälteren und brachte uns eine Menge Schnee. Eine ganz neue Erfahrung für mich. Dänemark im Schnee. Bisher hatte ich Dänemark immer nur im Sommer oder Spätsommer bei bestem

Wetter erlebt. Andere Verhältnisse fordern andere Herangehensweisen. So bildete ich mir ein, dass beispielsweise das Auto anders gepackt werden musste als sonst. Die unterste Lage bestand jetzt aus Pressholzbriketts zum Befeuern des Ofens. Ich wollte zumindest für die ersten Tage vorbereitet sein und entschied mich direkt von zu Hause welche mitzubringen und nicht erst im nächsten SuperBrugsen zu besorgen. Dann erst kamen die üblichen Mengen an Taschen und Koffern dazu. In den Ferienhäusern wird üblicherweise mit Radiatoren geheizt, die jede Menge Strom fressen. Um die Nebenkostenabrechnung etwas geringer zu halten, bietet sich das Heizen mit dem hauseigenen Ofen an. Ein schöner Nebeneffekt ist der Gemütlichkeitsfaktor. Es gibt wohl kaum etwas Schöneres, als sich nach einem kalten Winterspaziergang mit einer Tasse heißem Kakao oder Tee, gerne mit Schuss, an den warmen Ofen zu setzen und die angenehme Wärme, auf der sich durch die Kälte gespannte Gesichtshaut, zu spüren. Einfach „hyggelig", wie der Däne so schön sagt. Man kommt an diesem Wort einfach nicht vorbei.

Aber noch sind der Winterspaziergang und der warme Ofen in weiter Ferne. Die Fahrt über die A7 zieht sich. Endlich die Abfahrt nach Flensburg und zum Grenzübergang bei Kruså. Aha, die Sexshops hinter dem Grenzübergang werden auch weniger, weiter Richtung Sønderborg, Ankunft in Rendbjerg.

Ein kleines, feines Haus erwartete uns, dass sich unter einer Schicht aus Schnee versteckte. Nachdem wir die ziemlich große Terrasse vom Schnee befreit hatten, stellten wir fest, dass wir sogar Meerblick hatten. Zumindest, wenn man sich auf die Zehenspitzen stellte und über das Nachbarhaus linste. Die Nachbarhäuser stehen hier irgendwie näher, als es weiter im Norden von Dänemark der Fall ist. Das ist vermutlich der Nähe zur deutschen Grenze geschuldet. Mehr Menschen die sich auf weniger Grund tummeln und miteinander auskommen müssen. Daher versprühen die Siedlungen hier mehr den Charme einer gehobenen Schrebergartenkolonie. Der Übergang der beiden Länder erfolgt hier fließend. Täglich pendeln Dänen nach Deutschland zum Arbeiten und umgekehrt. Manch ein Deutscher bleibt gleich in Dänemark der Arbeit wegen. Die Beschilderung an Supermärkten und anderen Geschäften erfolgt auf beiden Seiten zweisprachig. Selbst der EURO wird hier als Zahlungsmittel akzeptiert. In Sønderborg, der größten Stadt in diesem Bereich, kommt man mit Deutsch sehr gut zurecht und es ist nicht selten, dass derjenige, mit dem man sich gerade unterhält, eigentlich aus Deutschland stammt.

Es gab Schnee, viel Schnee und es wurde zu einem morgendlichen Ritual die Terrasse vom Schnee zu räumen. Auf dieser Terrasse spielte sich dann auch das tägliche Spielen und Fahrradfahren ab. Die Kinder waren ja noch klein und das reichte dann auch an Spielfläche. Es fiel so viel Schnee, dass die Kinder im Garten ein Labyrinth an Gängen schafften und dabei kaum über die Schneewände blicken konnten. Man sah von der Terrasse aus, immer nur die bunten Bommeln der Kindermützen über den Schnee hüpfen. Für einen Stadtmenschen wie mich, ist Schnee eigentlich ein Albtraum, aber in dieser Umgebung konnte ich doch tatsächlich einen Hauch von Sympathie für das kalte Element entwickeln.

Um nicht den Lagerkoller zu bekommen, haben wir viele Ausflüge zu den regionalen Sehenswürdigkeiten unternommen. Da wir im Süden der Insel Als wohnten, zog es uns erst einmal in den Norden und starteten unsere Expedition am Nordborg-Schloss. Das Schloss selber wird als Schule genutzt und ist nicht unbedingt als Museum ausgelegt. Das ist aber nicht weiter schlimm, wir sind ja auch zum Spazierengehen gekommen. Das Schloss liegt an dem Nordborgsee und da Dänen wissen, dass Kinder nicht unbedingt für Spaziergänge zu begeistern sind, haben sie sich etwas Pfiffiges ausgedacht. Um den See führt ein Märchenwanderweg. In einzelnen Etappen wird auf Lesetafeln die Wichtelgeschichte, die sich um das Nordborg-Schloss rankt, erzählt. Wir waren ohne Murren der Kinder schnell um den See herum und so beschlossen wir die übrige Zeit zu nutzen und einen Leuchtturm oberhalb von Fynshavn zu suchen. Dieses entpuppte sich als schwieriger als erwartet. Der Leuchtturm versteckte sich hinter einem Waldgebiet und eine Ausschilderung für

Leuchtturmtouristen war nirgends zu finden. Auf gut Glück versuchte ich mit unserem Auto auf einem der Waldwege langsam Richtung Strand zu gelangen. Von da aus erhoffte ich, den Leuchtturm zu finden. Der Weg war schwieriger als erwartet. Durch den Schnee war der Weg aufgeweicht und glatt. Zudem ging es jetzt auch noch steil bergab. Vom Beifahrersitz kamen Zweifel, ob ein Renault Kangoo als Bergziege so geeignet ist. Wenden konnte ich aber nicht und so musste ich erst den Weg nach unten zum Strand weiterfahren. Wie wir wieder hochkommen sollten, wusste ich noch nicht. Ein Stoßgebet würde uns schon wieder nach oben bringen. Zumindest hatten wir den Strand gefunden, aber der Leuchtturm war weit und breit nicht zu sehen. Trotzdem war es ein schöner Ort in einem Waldgebiet mit schönem Steinstrand. Nur ohne Leuchtturm. Wir gaben die Suche auf und bereiteten uns auf die Fahrt durch den Wald nach oben zur Hauptstraße vor. Widererwartend hatte mein Stoßgebet Wirkung gezeigt und wir erreichten zwar mit durchdrehenden Rädern, aber ansonsten ohne größere Verzögerungen die Hauptstraße.

Den Leuchtturm habe ich Jahre später auf einer Fährfahrt von Fünen nach Als wiedergesehen. Es steht also tatsächlich ein Leuchtturm an diesem Strand. Warum wir den damals nicht gefunden haben, ist mir bis heute ein Rätsel.

Man sollte auf jeden Fall im Süden der Insel einmal über die Landbrücke nach Kegnæs fahren. Es empfiehlt sich diesen Besuch vielleicht eher im Sommer zu machen. Die Halbinsel ist dann umso reizvoller. Eine Umrundung sollte nach Möglichkeit mit dem Fahrrad erfolgen, da auch kleinere Wege entdeckt werden können. Auch hier steht auf erhobenem Posten ein aus Stein errichteter Leuchtturm. Dieser steht leider nicht zur Besichtigung offen. Schade, da der Ausblick bestimmt grandios ist.

Es gibt noch diverse weitere Leuchttürme und Leuchtfeuer auf Als und ich hatte es mir zur Aufgabe gemacht, alle zu suchen und zu besuchen. Wenn man keine besondere Affinität zu Leuchttürmen hat, lohnt sich der Besuch aller Leuchttürme nicht unbedingt. Zu empfehlen sind auf jeden Fall die schon bereits erwähnten Leuchttürme oberhalb von Fynshavn und der auf der Halbinsel Kegnæs. Ein weiterer aus Stein gebauter Leuchtturm steht noch oben bei Nordborg. Die meisten Leuchtfeuer sind einfache Blechdosen und nicht unbedingt sehenswert. Ich hatte den Ehrgeiz entwickelt alle Leuchttürme auf der Insel Als zu besuchen und ein Foto zu jagen. Das kann manchmal etwas Zeit in Anspruch nehmen, da ich dann auf der Suche nach dem perfekten Bild bin. Ich muss den Leuchtturm umrunden und aus verschiedenen Entfernungen betrachten. Das kann dauern. Sehr zum Leidwesen meiner Familie. Aber wir haben es geschafft. Meine Kinder wären dankbar gewesen, wenn wir uns auf die drei lohnenswertesten Leuchttürme beschränkt hätten. Bei dem Wort Leuchtturm reagieren sie seitdem irgendwie genervt.

Unser persönliches Glück in diesem Urlaub fanden wir aufgrund eines älteren, aber mir ans Herz gewachsenen Reiseführers*. Die Mühle bei Elstrup. Diese Mühle wurde in dem Reiseführer als sehr gemütlich und das angrenzende Café als sehr gelungen angepriesen. Diese Mühle wurde aber leider in keinem anderen und aktuelleren Inselführer mehr erwähnt. Als wir sie schließlich gefunden hatten, wussten wir auch warum. Sie wirkte wahrlich nicht wie ein Touristenmagnet. Mein Reiseführer musste wirklich alt sein. OK, es war Anfang März und nicht die Haupturlaubszeit. Aber die Mühle hatte weder Flügel, noch das versprochene Café zu bieten. Wir hielten trotzdem. Das „Museum" war tatsächlich geöffnet. Der Eintritt betrug 10 Kronen, die man in einen Blecheimer werfen sollte. Weit und breit war niemand zu sehen und wir hatten nur einen 100 Kronenschein zur Hand. Um die Zeit zu überbrücken und dem kalten Wind zu entkommen entschlossen wir uns, erst die Mühle zu besichtigen und dann auf jemanden zu warten, der eventuell den 100 Kronenschein wechseln konnte.

Die Mühle war eigentlich kein Museum im klassischen Sinne. Es war einfach eine Mühle, in der seit Jahren nicht mehr gearbeitet wurde und bei der man die Türen hat offen stehengelassen. Sie schien wirklich in ihrem ursprünglichen Zustand dazustehen und auf ihren weiteren Verfall zu warten. Der spärlich ausgewiesene Rundweg schickte uns zuerst durch das Büro des Müllers, das so aussah, als ob der Müller 1970 nur mal das Büro verlassen hat, um einen Kaffee zu holen und seitdem verschollen ist. Alles wirkte wie in einem Dornröschenschlaf. Im ersten Stock traute man sich nicht ungezwungen über die morschen Dielen zu laufen. An einigen Stellen war der Boden mit einfachen Holzbrettern geflickt und alles wirkte wenig vertrauenserweckend. Jeder Schritt wurde vorsichtig und unter lautem Knarren gesetzt. Offene Augen und Ohren sicherten einem den Verbleib im ersten Stockwerk. Es war mal ein ganz anderer Besuch eines Museums. Es fühlte sich eher wie eine aufregende Entdeckungsreise an, da man sich recht ungezwungen bewegen konnte, auch wenn die meiste Zeit der Blick auf dem löchrigen Boden weilte. Der TÜV in Deutschland hätte hier seine Freude gehabt. Trotzdem vermittelte diese Mühle mir mehr das Gefühl für die damalige Zeit und die Arbeit die hier verrichtet wurde, als alle anderen von uns besuchten Mühlen oder Museen bisher. Die waren zwar fein säuberlich restauriert und hübsch anzusehen. Wir mussten auch bei unserem Besuch der Mühlen keine Angst haben in den oberen Etagen durch die Decken zu sacken. Für Besucher wurden diese Mühlen sogar zu besonderen Anlässen noch in Betrieb genommen, um die Arbeit des Müllers zu demonstrieren. Aber diese Mühlen waren teilweise bis zur Kitschigkeit bemalt und dekoriert worden, wodurch der Beruf des Müllers eher als ein staubarmer und wenig anstrengender Broterwerb dargestellt wurde.

Nach unserem Rundgang durch die oberen Etagen der wackeligen Mühle und dem Abschluss des Rundweges auf dem Vorplatz, war es ein gutes Gefühl wieder draußen heil angekommen zu sein und festen Boden unter den Füßen zu spüren. Hier trafen wir tatsächlich doch noch jemanden auf dem Hof. Der stellte sich als Besitzer der Mühle vor und erzählte uns sichtlich stolz, dass die Erhaltung der Mühle aus eigenen Mitteln und Spenden erfolgt und in den nächsten Jahren mit dem bereits gesammelten Geld eine Grundsanierung der Mühle geplant ist. Ich ersparte mir während des herzlichen Gesprächs die Frage, ob er einen 100 Kronenschein wechseln könne. Bevor wir vom Hof fuhren, habe ich den Schein einfach in den Eimer geworfen. Die Mühle hatte das Geld bitter nötig. Leider bin ich seitdem nicht mehr bei der Mühle in Elstrup gewesen und weiß nicht, wie weit die Renovierung fortgeschritten ist und meine 100 Kronen Verwendung gefunden haben. Ich hoffe nur, dass diese einmalige Atmosphäre in und um die Mühle erhalten geblieben ist und nicht mit unnötigem Kitsch für Touristen aufpoliert wurde.

Nach diesem Abenteuer war ich froh, wieder den freien Himmel über mir zu haben und dass die ganze Familie unverletzt wieder im Auto saß.

Wieder an unserem Ferienhaus angekommen, gönnten wir uns zur Entspannung den täglichen Spaziergang auf dem Gendarmstig. Dem ehemaligen Patrouillenweg der dänischen Zollbeamten auf der Insel Als. Der Weg schlängelt sich von Sonderborg aus immer an der Küste entlang. Man kann auf diesem Weg fast die gesamte Bucht umlaufen, mit einem wunderbaren Blick auf die deutsche Ostseeküste bei Glücksburg. Dieser Trampelpfad ist auch sehr beliebt bei Hundebesitzern. Wer auf unangenehme Reinigungsarbeiten nach dem Spaziergang verzichten möchte, sollte ab und an den Blick auf den Weg vor sich werfen.

Um auf den vorhandenen Schnee zurückzukommen, da fiel mir auf, dass die Straßen, auch die großen Landstraßen, nicht geräumt wurden. Man fuhr auf einer plattgefahrenen Schneepiste, die maximal mit Splitt gestreut wurde. Und es fuhr sich gut, obwohl ich nur Winterreifen und keine Schneeketten hatte. In Deutschland entpuppte sich die geräumte Autobahn dagegen als Alptraum. Immer wieder gab es tiefe Spurrinnen in dem nicht vollständig geräumten und vom Salz nicht zersetzten Eispanzer auf der Fahrbahn. Es war eine einzige Rutschpartie.

* Reiseführer Dänemark von Dirk Schröder und Ursel Pagenstecher. Velbinger Verlag, von 1998.

Angeln

Ich frage Kristian, ob er es in diesem Urlaub eigentlich schon mal zum Angeln geschafft hat. Seitdem man Kinder hat, ist die Zeit ja nicht mehr so reichlich vorhanden wie früher. Er war wohl bisher nur einen Abend an der Steilküste, nicht weit von dem Strand an dem wir nach Fossilien gesucht hatten. Aber nach dem er nur Petermännchen aus dem Wasser geholt hatte, hatte er aufgegeben und sich nur an den Strand gesetzt und den Schweinswalen beim Vorbeiziehen durch die Bucht zugeschaut. Eine weise Entscheidung, da Petermännchen nicht ganz ungefährlich sind. Die giftigen Stacheln auf dem Rücken können sehr schmerzhafte Verletzungen verursachen und als Speisefisch sind sie auch nicht unbedingt zu empfehlen.

Auf der Mole in Bønnerup möchte er in den nächsten Tagen noch einmal sein Glück versuchen. Er würde dann seine Jungs mitnehmen. Das gefällt mir. Meine Kinder waren letztes Jahr schon voller Begeisterung dabei. In dem Urlaub musste ich mit Erstaunen feststellen, wie schnell sich die anfängliche Antipartie meiner zu diesem Zeitpunkt siebenjährigen Tochter gegenüber jeglicher Art von Insekten und Amphibien – bei ihr äußerte sich die Ablehnung in lautem Geschrei und einem Hilferuf nach Papa - in Interesse für die Natur umschlug und es schrittweise zu einer zaghaften Annäherung zwischen Mensch und Getier kam. Ohrenkneifer wurden auf einem Blatt Papier aus dem Haus getragen und im nächsten Gebüsch vorsichtig abgesetzt und kleine Frösche in Pfützen liebevoll gebadet. Es ging sogar so weit, dass meine Kinder sich für das Krebsangeln begeisterten und keine Scheu hatten, einen Fischkopf mit den noch anhängenden Innereien anzufassen und an die Klammer der Krebsangel zu hängen. Und auch das Anfassen der lebenden Krebse stellte nach kurzer Erklärung des richtigen Griffs durch Kristian, um die Finger nicht in die Reichweite der doch manchmal recht imposanten Scherenwerkzeuge zu bekommen, kein Problem dar. Die Bewegungen der Krebse und deren Verhalten an Land wurden intensivst studiert und mit der Kamera in Ton und Bild festgehalten. Nach dem Urlaub hatten wir ungefähr 70 Bilder und sechs Filme von Krebsen, beim Laufen, Fressen, ins Wasser fallen und so weiter. Ich möchte betonen, dass keinem Krebs ein Haar oder besser gesagt Bein oder Schere gekrümmt wurde und alle Krebse wieder wohlbehalten im Wasser ausgesetzt wurden. Ein tolles Gefühl seine Großstadtkinder, in einer Zeit des medialen Overkills und der ständigen Ermahnung zur Hygiene und Sauberkeit, mit beiden Händen die Natur greifen zu sehen.

Als ich jung war, hieß mein Cyberspace „Draußen" und mein Wikipedia nannte sich „Großer Bruder". Wir mussten uns unsere Spiele selber suchen oder wir bekamen zur Unterstützung bei der Suche nach Beschäftigung von unseren Eltern solche Dinge wie Badmintonschläger, eine Frisbee, einen Ball oder aber eben eine Angel in die Hand gedrückt. Die Faszination fürs Angeln war geweckt, auch wenn ich meine ersten Erfahrungen mit meinem großen Bruder an einem Kanal sammelte, in dem garantiert kein Fisch schwamm. Im Übrigen DER Kanal am Bjerge Strand, bei dem die Angelpose in der überirdischen Leitung hing. Der Kanal diente lediglich zur Entwässerung der Felder. Uns Kindern war das egal. Natürlich hatten unsere Eltern uns die Angeln ohne weitere Ausführung über die Handhabung mitgegeben, so dass wir gezwungen waren, durch learning by doing uns das nötige Rüstzeug für ein erfolgreiches Angeln drauf zu schaffen. Wir übten das Auswerfen mit der Rute und gleichzeitig das Entwirren der Sehne in den Dornenbüschen auf der anderen Uferseite. Der Kanal war eben nur drei Meter breit und schwer zu treffen. Wir lernten den richtigen Umgang mit der Angelrolle und warum es wichtig ist, diese an der Rute sicher zu befestigen. Zum Glück war der Kanal nicht sonderlich tief und wir konnten die Rolle immer wieder bergen. Unser Onkel, ebenfalls ein Laie auf dem Gebiet der Angelei, aber ein für alle Neuerungen empfänglicher Typ, versorgte uns mit einem frisch auf den dänischen Angelmarkt geworfenen Novum – dem Köderwurm aus Gummi. Die Fische waren diesem Novum nicht so aufgeschlossen wie mein Onkel und so blieb die Revolution auf dem

Angelsektor aus. Für unsere Versuche war der Wurm ausreichend und hat garantiert einigen echten Würmern das Leben gerettet. Meinem für alles offenen Onkel reichte der Kanal nicht. Er hatte extra ein einfaches Schlauchboot mit Paddeln aus Hamburg mitgeschleppt und wollte damit den Fischen auf der Ostsee zu Leibe rücken. Hier lernte ich eine weitere Grundregel beim Angeln kennen, wie mir mein Onkel und mein Vater unbeabsichtigt, aber für einen fünfjährigen Jungen doch sehr anschaulich demonstrierten. Gehe nie in einem Schlauchboot angeln und wenn doch, dann sorge dafür, dass das Schlauchboot wenigstens drei Luftkammern hat. Gut das wir Fahrradflickzeug dabei hatten und die Angelhaken problemlos aus den Luftkammern entfernen konnten. Einen Fisch haben wir nie geangelt. Den örtlichen Fischer hat es gefreut. Erstaunlich war bei unserem örtlichen Fischer, dass es egal war, ob man vier oder sechs Schollenfilets kaufen wollte. Der Preis für alles zusammen waren immer 20 Kronen. Diese Zeiten haben sich leider geändert. Die heutigen Fischer können rechnen, auch bei den gar nicht heimischen Fischsorten die angeboten werden. Sei es Lachs aus Norwegen, Rotbarsch aus dem Nordatlantik oder Pangasius aus Fernost. Die Fischer kommen wirklich weit rum auf ihren täglichen Fischfahrten. Die Touristen scheinen darüber aber keine Gedanken zu verschwenden und kaufen.

Ich bin nicht unbedingt ein passionierter Angler, geschweige denn begeisterter Fischesser. Ich war als Kind schon immer derjenige, der die Gräte im Fischstäbchen gefunden hat und das hat sich bis heute nicht geändert. Erst neulich versuchte ich nach langer Zeit mal wieder eine Scholle in einem feinen Fischrestaurant zu essen und musste trotz aller Vorsicht über der Kloschüssel mir selbst eine dicke Gräte aus der Speiseröhre ziehen. Mein Gewürge hat man im ganzen Restaurant gehört, wie mir später von meiner am Tisch wartenden Frau bestätigt wurde. Das ist unangenehm, vor allem, weil ich eigentlich einen romantischen Abend mit meiner Frau verbringen und sie gleichzeitig mit der mir gegebenen weltmännischen Gewandtheit am Fischbesteck beeindrucken wollte. Um solchen Momenten aus dem Wege zu gehen, haben wir nie wieder ein Fischrestaurant betreten. Stattdessen versuche ich jetzt meine Frau beim Italiener mit meiner weltgewandten Art Spaghetti zu essen zu beeindrucken, was aber auch nicht wirklich klappt.

Trotzdem hatte das Angeln für mich immer eine besondere Anziehungskraft. Es war nicht der Geruch von Fisch, die Schuppen der Heringe, die man nach dem Putzen noch Wochen später in sämtlichen Taschen und Körperöffnungen finden konnte oder der Stachel eines Petermännchens im Finger. Es hatte eher etwas damit zu tun, dass man raus aus dem Alltag kommt. Ich bin mit Freunden immer mal nach Fehmarn oder lieber gleich nach Dänemark zum Angeln gefahren. Damit meine ich nicht eine Woche Urlaub in einem gemütlichen Häuschen mit Blick aufs Meer, sondern morgens los und nachts zurück. Das Ganze natürlich zu einer Zeit, wo man über die Benzinpreise nicht sonderlich viel nachgedacht hat, das Wort Klimawandel noch unbekannt war und man einfach losgefahren ist. Da hat keiner der Mitfahrenden über eine Beteiligung an den Benzinkosten einen Gedanken verschwendet oder der Fahrer seinerseits etwas eingefordert. Klar bot Fehmarn auch schöne Ecken zum Brandungsangeln, aber die Strände in Dänemark waren einfach reizvoller. Von Hamburg aus sind es nur 150 Kilometer bis zur dänischen Grenze und teilweise sind wir weiter bis zur Südspitze von Fünen, nach Helnæs, gefahren. Das heißt über Middelfart bei Kolding auf die Insel Fünen und wieder runter in den Süden. Im Nachhinein eine Wahnsinnsstrecke, nur um einmal den Wurm zu baden. Trotzdem habe ich es immer genossen auf der Halbinsel Helnæs unterhalb des Leuchtturms am Strand zu sitzen und aufs Meer zu schauen. Keine Menschen, keine Autos, nur der Wind, die Sonne, das Meer und meine Angel. Irgendwann störte mich auch noch die Angel und ich ließ sie zu Hause. Einen Sonnenuntergang kann man einfach besser genießen, wenn nicht alle 20 Minuten etwas an der Angel zuppelt. Brandungsangeln funktioniert eigentlich so, dass man mit der Angel den Köder an einem Vorfach (Gewirr aus Angelsehne, Bügeln, bunten Perlen und Haken) mit

Blei beschwert, weit auswirft, die Angel in einen kleinen Ständer am Strand abstellt und wartet, dass ein Fisch anbeißt. Dabei schwimmt der Köder knapp über dem Grund und bietet sich zum Beispiel der arglos daher schwimmenden Scholle als Abendbrot an. Das Anbeißen äußert sich darin, dass die Angelspitze sich leicht ruckartig nach vorne bewegt. Wenn die Sonne untergegangen ist, dann zeigen kleine Knicklichter an den Rutenspitzen die Ruckelei an. Ansonsten wäre es ja auch schwierig im dunklen die Angelspitze zu beobachten. Man merkt, ich kenne jemanden der vom Fach ist.

Ein Tag am Strand mag langweilig erscheinen, aber es ist schön am Strand zu lesen, nachzudenken oder einfach aufs Meer zu blicken. Die vorbeifahrenden Schiffe zu beobachten, Wolken zu zählen oder den Wellen beim Brechen und Ausrollen auf dem Strand zuzuhören. Manchmal hat man Glück und eine Gruppe Schweinswale zieht am Ufer vorbei. Immer lächelnd. Willy Brandt bemerkte einmal, es gehöre zu den grundlegenden Meereserfahrungen, dass man am Meer geradeaus schauen und daher geradeaus denken könne – kein Berg verberge den Horizont und zwinge zu Umwegen, sei es im Schauen, sei es im Denken.

Schon die Anfahrt hatte immer etwas Aufregendes. Sei es das Passieren der damals noch vorhandenen Grenzkontrollen, das Bangen, ob unsere klapprigen Autos uns auch wieder nach Hause bringen oder die Ungewissheit an welchem Strand wir dieses Mal landen. Google gab es nicht und man konnte sich nur anhand von minderwertigem Kartenmaterial und einschlägiger Angelfachliteratur eine grobe Vorstellung vom Zielgebiet machen. Die meisten Stichwege zu den Stränden waren in unseren Karten gar nicht eingezeichnet. Welcher Weg uns letztendlich zum Strand führen würde, wussten wir eigentlich selten. Da kam es schon mal vor, dass man erst nach mehrmaligem Abfahren der vermeintlichen Zufahrtsstraßen, den eigentlichen Weg zum Strand gefunden hatte. Viele Wege endeten nicht am Strand, sondern auf Bauernhöfen. „Ich kenn´ da noch einen guten Umweg" wurde zu einer gern genutzten Floskel.

Am schönsten war es, wenn wir uns noch mit jemand anderem an einem bestimmten Strand, inklusive dürftiger Wegbeschreibung, treffen wollten. Es kam durchaus vor, dass wir uns gar nicht fanden. Um die Trefferquote zu erhöhen, haben wir angefangen Luftballons an Abzweigungen anzubringen, um den Anderen den Weg zu weisen. Es sah immer aus wie ein Wegweiser zu einem Kindergeburtstag. Glücklicherweise hatte nie einer der ortsansässigen Dänen zur selben Zeit die gleiche Idee den Weg zu einem echten Kindergeburtstag auf diese Art zu markieren. Zumindest sind wir nie bei der Verfolgung der Luftballonfährte auf einem Kindergeburtstag gelandet.

Diese paar Stunden, die man hier in Dänemark verbrachte, fühlten sich im Nachhinein immer wie 3 Tage Kurzurlaub an und gaben einem Kraft für die nächste Arbeitswoche.

Das Kristian auf die Mole möchte, hat vermutlich auch noch einen anderen Hintergrund. Es ist bei unseren gemeinsamen Familienreisen mittlerweile so üblich, dass einer das Willkommensessen ausrichtet und einer das letzte gemeinsame Urlaubsessen auftischt. Von der Reihenfolge her abhängig, wer zuerst am Urlaubsort ist und wer zuerst wieder fährt. Da Kristian immer drei Wochen einplant und wir nur zwei Wochen Urlaub im Sommer nehmen, gibt es immer jemanden der zuerst kommt oder zuerst fährt. Traditionell gibt es bei Kristian dann Fisch und zwar nach Möglichkeit selbst gefangenen. Da er meine Grätenprobleme kennt, achtet er penibel beim filetieren auf die restlose Beseitigung von Gräten. Entweder aus Angst ich könnte beim Ersticken seinen Teppich ruinieren oder aber, um mir das Fischessen wieder näher zu bringen. Ich bin ihm so oder so sehr dankbar für seine Bemühungen, aber meine Begeisterung für Fisch hat sich dennoch, noch immer nicht einstellen wollen.

Kopenhagen

Aus unerfindlichen Gründen muss ich bei dem Gedanken an die mir so verhassten Gräten an die kleine Meerjungfrau denken. Vielleicht liegt es an dem leichten Hungergefühl, das sich in meiner Magengegend noch immer breit macht oder aber an dem leichten Fischgeruch, den die Abendbrise über den Strand zu uns trägt. Aber wenn ich schon diesen Gedankengang gehe, dann kann ich auch gleich ganz meine Gedanken Richtung Kopenhagen lenken. Eine Stadt wie ein Rausch. Eine Stadt die man betritt und nicht so schnell wieder verlassen möchte. Und wieder bin ich im Jahre 1978 und 6 Jahre alt und gehe mit meinen wenigen, aber intensiven Erinnerungen durch den Tivoli und über den nahegelegenen Rathausmarkt. Ich spüre jetzt wieder die Wärme, die an diesem heißen Sommertag von der Stadt aus ging und ich erinnere mich an unseren Gang durch die Strøget, was übersetzt „Strich" heißt und eigentlich nur die Fußgängerzone meint (der Rotlichtbezirk befindet sich woanders) und den weiteren Weg bis zum Schloss Amalienborg. Der Palast der Königin. Hier steht klein Sven vor dem Palast einer Königin und Klein Sven staunt mit großen Augen. „Hier wohnt eine echte Königin!" platzt es aus mir heraus. In meinem kleinen Kopf arbeitete es wie wild und sämtliche mir bekannte Märchen und Geschichten wurden nach Königinnen abgesucht und alles zusammengekramt, was ich über Königinnen wusste. Ein Schaudern ging durch meinen kleinen Körper. „Ist sie eine gute oder böse Königin?" fragte ich meine Mutter. In meinen Augen eine berechtigte Frage, da in den Märchen Königinnen ja nicht immer gut wegkommen und nicht unbedingt für ihre Fürsorge gegenüber dem Volk bekannt sind. Bei meinem kurzen geistigen Checkup verloren die guten Königinnen etwa 1 zu 3 gegen die bösen Stiefmütter und Königinnen. Ich musste mich jetzt entscheiden, ob ich bleiben oder laufen sollte. Meine Mutter versicherte mir, dass sie eine gute Königin ist und das Volk unter ihrem Fenster ein guter Untertan ist. Das beruhigte mich und sie wurde gleich in die gut/böse Statistik von Königinnen mit aufgenommen. Mein Blick wanderte über die Fassade der Palastbauten und von Fenster zu Fenster. „Ob sie irgendwo hinter der Gardine steht und mich beobachtet?". Von ihrem Fenster kann sie auf einen stattlichen Platz, mit einem noch stattlicheren Reiterstandbild blicken und ein Auge auf ihre an jeder Ecke postierten Wachsoldaten werfen. In ihren Gardeuniformen, mit ihren großen schwarzen Bärenfellmützen, sehen die Soldaten wie Zinnsoldaten aus und strahlen Stolz und Härte aus. Entschlossen ihre Königin zu bewachen, auch wenn es nur vor Touristen und kleinen Kindern ist. Stolz wie Oskar stehe ich vor einem Wachhäuschen eines wachhabenden Soldaten und lasse mich fotografieren, als ob ich selber ein Soldat der königlichen Garde wäre. Und wie bei vielen anderen Familien auch, wanderte das Bild eines kleinen dicklichen Jungen, vor einem Wachhaus der dänischen Leibgarde, in eines von vielen hundert Fotoalben. Vermutlich hat jedes Kind, das jemals Kopenhagen besucht hat, genau diese Art von Bild in seinem Fotoalbum. Ich hoffe, die Königin hat mich in diesem Moment nicht beobachtet. Und trotzdem, wäre ich die Königin, ich würde hinter der Gardine meines Zimmers stehen und das bunte Treiben auf dem Platz beobachten. Ich würde mit einem Lächeln mich an dem immer wiederkehrenden Katz und Mausspiel, zwischen ihrer Garde und den Kindern, erfreuen.

Zu guter Letzt besuchten wir natürlich auch noch die kleine Meerjungfrau und an diesem warmen, sonnigen Tag im Jahre 1978, war es um mich geschehen. Ich hatte mich in diese Stadt verliebt, ohne eigentlich zu wissen, warum und wo ich hier eigentlich war.

Nun bin ich mittlerweile selber Vater und wollte meinen Kindern auch dieses Erlebnis ermöglichen. Wir waren zwar schon einmal vor ein paar Jahren sehr kurz in Kopenhagen, aber da waren die Kinder noch so klein, dass die sich gar nicht mehr an den Besuch erinnern können. Danach waren wir leider nie wieder auf der Insel Seeland und damit immer weit außer Reichweite von Kopenhagen. Sehr weit, wie ich dachte. Doch eines

Tages, ich saß auf dem Klo mit der örtlichen Landkarte, um mögliche Ausflugsziele zu sondieren, fiel mir eine kleine schwarze Linie auf, die von Ebeltoft, über das Meer bis zur Seeland Odde führte. „Natürlich", durchschoss es meinen Kopf. „Die Fähre von hier zur Insel Seeland. Und auf Seeland liegt doch Kopenhagen und vor vielen vielen Jahren bin ich doch mit Freunden von der Seeland Odde bis nach Kopenhagen gefahren, um ein Konzert zu besuchen. Das war gar nicht so weit". Was für eine Gedankenkette. Kopenhagen rückte in diesem Moment ganz dicht an mein Klo ran und ich schmiedete einen verwegenen Plan. Zufällig jährte sich unser zehnter Hochzeitstag und ich könnte mit dieser Aktion drei Fliegen mit einer Klappe schlagen. Ich könnte den Kindern, jetzt wo sie älter sind, noch einmal Kopenhagen zeigen, ich könnte mir Kopenhagen mal wieder selber ansehen und ich hätte für meine Frau ein wunderschönes Hochzeitstaggeschenk. Ich hätte die Chance, mein Geschenk vom ersten Hochzeitstag noch zu toppen. Das war immerhin ein Klodeckel. Ein teurer Klodeckel. Auf besonderen Wunsch meiner Frau. Nicht unbedingt geschmackvoll, aber ungewöhnlich. Und wer kann sich schon noch an das Geschenk zum ersten Hochzeitstag erinnern? Wir können es! Und Kopenhagen könnte den zehnten Hochzeitstag ebenfalls unvergesslich machen.

Ich verließ meine Toilette und verabschiedete mich von der Familie mit der Ausrede eine spontane Fahrradtour, ohne direktem Ziel, an diesem Tage noch einzuschieben. Ich fuhr heimlich mit dem Fahrrad nach Grenaa, um in der Touristeninformation einen Fahrplan für die Fähre zu besorgen und mich über die Fahrpreise zu informieren. Die Idee – mit der Fähre nach Seeland zu fahren und weiter nach Kopenhagen durchzustarten – abends wieder zurück und die letzte Fähre nach Ebeltoft zunehmen - erschien mir möglich. Ich würde alles perfekt organisieren und der Held des Urlaubs sein.

Die gute Frau in der Touristeninformation von Grenaa dämpfte allerdings umgehend meine Euphorie und erklärte mir mit einem freundlichen Lächeln, dass es keinen richtigen Fahrplan gibt und man die

Fahrzeiten nur über das Internet abfragen, bzw. die Fährfahrt selber auch nur über das Internet buchen kann. Sie gab mir einen Ausdruck inklusive Preistabelle mit. Demnach sollte die Hin- und Rückfahrt von jeweils 45 Minuten 100 EURO kosten. Ich fuhr erst einmal zurück zu unserem Ferienhaus und entschied den Titel „Held des Urlaubs" vorerst aufzugeben und die ganze Idee mit der Familie durchzusprechen.

Die Begeisterung für die Idee war bei allen sofort da und wir fuhren am nächsten Tag noch einmal nach Grenaa in die Touristeninformation, um die Buchung perfekt zu machen. Leider war an diesem Tag eine andere Dame dort beschäftigt und erklärte mir in harschem Ton, dass die Buchung 50 Kronen extra kosten würde, wenn denn das Internet überhaupt in diesem Moment funktionieren würde. Sie konnte uns zumindest dahin gehend weiterhelfen, dass sie uns erklärte, dass eine Buchung der Fähre auch an der Fähre direkt möglich ist, aber dann 200 EURO, statt der im Internet veranschlagten 100 EURO, kosten würde. OK, kurze Verschnaufpause. Ich konnte mich nicht dem Eindruck erwehren, dass die charmante Frau keine Ahnung von der Handhabung des Computers hatte und den Ausfall des Internets als Ausrede vorschob, um uns etwas unbeholfen abzuservieren. Das lief ja nun doch alles anders als geplant. Eine kleine Planänderung musste her. Wo ist der nächste öffentliche Internetzugang? In unserem Ferienhaus gab es kein W-Lan und auch keinen Computer. Wat nu? „Wenn man Fragen hat, hilft immer die Bibliothek", hat mal ein weiser Mensch gesagt. Wir fanden nach kurzer Suche die Bibliothek von Grenaa und tatsächlich auch einen Internetzugang. Unsere Hoffnungen, diesen Trip organisiert zu bekommen, bekamen wieder Oberwasser.

Die Internetseite der Fährgesellschaft war schnell gefunden. Wir begannen die Buchungsformalien durch zu arbeiten. Alles natürlich auf Dänisch und das stellte uns irgendwann vor Probleme. Die Personalien und so weiter waren noch kein Problem, das konnte ich mir mit meinen aufgeschnappten Dänischkenntnissen zusammenreimen, aber als es um genauere Angaben des mitgeführten Fahrzeugs und die Abrechnung ging, mussten wir alle vier passen. Ich fragte eine Bibliotheksangestellte um Hilfe und wir hatten Glück. Erstens, sie sprach dänisch, zweitens sprach sie deutsch und drittens stellte sie sich selbstlos in den Dienst der guten Sache und ging mit uns, ihre unter erstens und zweitens genannten Fähigkeiten nutzend, simultan übersetzend die einzelnen Buchungsseiten der Webside des Fährbetreibers durch. Es lief und in Gedanken sah ich mich schon auf dem Deck des Schiffes stehen, die Nase im Wind, Richtung Süden. Es stellte sich bei dem Frage/Antwortspiel allerdings irgendwann heraus, dass deutsche Handynummern nicht von dem Buchungsformular angenommen wurden, somit die für die Fährfahrt erforderliche Buchungsbestätigung nicht auf unser Smartphone gesendet werden konnte. Auch unsere deutsche Email-Adresse wurde nicht akzeptiert. Damit war der Ausdruck, der per Email versandten Buchungsbestätigung, nicht möglich. Leider ist die Autoverladung mittlerweile sehr technisiert und bei der Auffahrt auf das Fährgelände sitzt kein Mitarbeiter mehr in seinem Kassenhäuschen, der einem weiterhelfen könnte. Es steht da nur noch ein kleiner Scanner, der den Strichcode auf der Buchungsbestätigung sehen will. Erst dann geht die Schranke zur Verladestation auf. Das bedeutete für uns, kein Ausdruck, kein Strichcode, keine Buchung und somit doppelter Preis für die Fähre und die Frage, ob dieser Ausflug überhaupt noch Sinn macht. Ich verließ in Gedanken das Deck des Schiffes und stand nun am Hafen und sah der Fähre auf ihrer Fahrt nach Seeland traurig hinterher. Aber dann schlug die Stunde der guten Fee der Bibliothek. Entweder taten wir ihr leid oder sie begann sich für diese Aktion zu begeistern. Sie strahlte uns mit ihren blauen Augen an und gab kurzerhand ihre eigene Handynummer auf dem Buchungsformular an, wir konnten dadurch den Fahrpreis buchen, Sie druckte uns die Buchungsbestätigung über ihre eigene Email-Adresse aus und wünschte uns einen tollen Aufenthalt in Kopenhagen. Jetzt war ich baff. So etwas hatte ich noch nie erlebt. Als Dankeschön wollten wir die Fünfzig Kronen, die wir in der Touristeninformation hätten zahlen sollen, ihr für die Kaffeekasse spenden, aber sie lehnte mit einem unglaublich charmanten Lächeln ab. Jette, wir danken Dir. Ohne Jette hätten wir wahrscheinlich genau an dieser Stelle unseren Ausflug als gescheitert ansehen müssen. Jetzt war ich doch wieder an Deck, die Nase im Wind, Richtung Süden.

Im Nachhinein muss ich mich ja wundern, dass für eine Onlinebuchung das Vorhandensein eines Smartphones, einer dänischen Telefonnummer und E-Mailadresse vorausgesetzt wird und damit eigentlich nur Dänen diese Art der Buchung vorbehalten bleibt. Alle anderen sind gezwungen an der Fähre den doppelten Preis zu zahlen. Ein lustiges Volk, die Dänen. Egal, die Fähre ist gebucht und jetzt heißt das Ziel in zwei Tagen, um 8 Uhr morgens, in Ebeltoft am Fähranleger zu sein.

Wir planten eine Stunde Autofahrt für die Strecke vom Haus bis zum Fährterminal ein. Also sind wir um 6 Uhr morgens aufgestanden, haben uns gewaschen, sind ins Auto gesprungen und haben im Auto gefrühstückt. Auch wenn man müde ist, es ist immer ein aufregendes Gefühl im Dämmerlicht in einen aufregenden Tag aufzubrechen und vor den meisten anderen unterwegs zu sein. Die Fähre sollte eine Schnellfähre sein und ich überlegte, wie schaukelig diese Fahrt wohl werden könnte. Alle seefest? Mein Sohn beschloss schon während der Autofahrt seine Übelkeit auszuleben und ließ sich das Frühstück noch einmal durch den Kopf gehen. Es war wohl nur die Aufregung, aber in dem Moment sah ich unser Unternehmen schon wieder scheitern.

Wir haben die Fähre trotzdem pünktlich erreicht und auch mit dem Einchecken gab es keine Probleme. Meinem Sohn ging es sichtlich besser und langsam machte sich auch bei ihm die Vorfreude auf Kopenhagen breit. Die Fahrt zur Seelandodde war ruhig und das Wetter bestens. Bei der Fahrt blieb allerdings ein wenig die Seefahrerromantik auf der Strecke. Diese modernen Schnellfähren bringen einen ja schnell ans Ziel, aber ein gemütlicher Rundgang auf einem Außendeck mit einem entspannten Blick auf das Meer ist nicht drin. Es gibt nicht einmal ein Außendeck. Es gibt nur noch einen Balkon auf dem Achterdeck und selbst da pfeift einem der Fahrtwind ganz schön um die Ohren. Wir bleiben während der Fahrt einfach in unseren Sesseln sitzen und versuchen noch ein wenig zu schlafen.

Auf der Insel Seeland angekommen, gestaltete sich der Weg nach Kopenhagen länger als erwartet. Die Autobahn, die quer von West nach Ost über die Insel Seeland verläuft, war doch weiter entfernt als vermutet. Wir kamen ja jetzt aus dem Norden der Insel und mussten etwa noch 50 km über Landstraßen bis zur Autobahn bewältigen und so manche Landmaschine vor uns auf der Straße gab uns viel Zeit die Umgebung zu genießen. Nach etwa zwei Stunden erreichten wir die Vororte von Kopenhagen und es war ein gutes Gefühl. Das Wetter zeigt sich von seiner besten Seite und ich war mir sicher, es konnte nichts mehr schief gehen.

Wir beschlossen den Tag mit einem Morgenbesuch bei der kleinen Meerjungfrau zu beginnen. Noch warteten die Touristenbusse vor den Hotels auf die Touristen, die die erste Stadtrundfahrt unternehmen wollten und die Souvenierverkäufer hatten noch nicht ihre Tapeziertische bei der kleinen Meerjungfrau aufgebaut. Die Promenade ist noch verlassen und wir haben die kleine Meerjungfrau für uns alleine. Dieses Mal ist die kleine Meerjungfrau nicht im Urlaub und sitzt wie erhofft auf ihrem kleinen Felsen im Hafenbecken. Leichter Dunst liegt noch auf dem Wasser und man kann tatsächlich diesem unromantischen Ort etwas märchenhaftes abgewinnen. Vor ein paar Jahren war es noch anders. Hier versuchten wir auch unseren Kindern die kleine Meerjungfrau vorzustellen, aber wir hatten Pech. Die Meerjungfrau saß nicht auf ihrem Stein im Hafenbecken. Stattdessen lächelte sie uns von einer Leinwand im Hafenbecken aus an. Eine Webcam ließ uns an ihrer Reise zur Weltausstellung in Shanghai teilhaben. Das kann auch nur mir passieren. Seit hundert Jahren sitzt die kleine Meerjungfrau auf ihrem Felsen und nie war sie wirklich im Urlaub. Okay, hier und da mal eine kleine Schönheits-OP. Aber keine ausgedehnten Reisen. Nein, ich nehme das jetzt nicht persönlich, aber geärgert hat mich das schon. Die Begeisterung bei den

Kindern hielt sich dann auch in Grenzen, als ich ihnen nur den nackten Felsen ohne Meerjungfrau zeigen konnte. Nein, ganz nackt war der Felsen nicht. Eine etwa 10 cm hohe Nachbildung der Meerjungfrau aus dem nächsten Souvenirshop thronte auf dem Felsen. Ich erklärte den Kindern schnell, dass die eigentlich hier wohnende Meerjungfrau im Urlaub ist und das Kleine da, nur die Urlaubsvertretung ist. Den Kindern war es ziemlich egal, denn in der Fantasie der Kinder hatten sie einen etwas märchenhafteren Auftritt der Dame erwartet. Der Standort im Hafenbecken mit dem angeschwemmten Müll, den Hafenanlagen im Hintergrund, den direkt daneben haltenden Reisebussen, den von der Seeseite kommenden Touristenbarkassen, den auf der Promenade stehenden Souvenierverkäufern und den drängelnden semiprofessionellen Fotografen in beige, mit Kompaktkamera und Gehhilfe, ist nicht eben förderlich, um die Illusion der Märchengestalt zu erhalten. Aber erstaunlicher Weise konnte diese Meerjungfrauenattrape den nach der Meerjungfrau suchenden und herumirrenden Touristen doch ein Ziel geben. Eine lustige Vorstellung, in wie vielen Fotoalben jetzt wohl das Bild von der kleinen kleinen Meerjungfrau auf dem großen großen Felsen klebt und wie viele glauben, dass die hier ausgestellte Statue der kleinen Meerjungfrau tatsächlich das Original ist und wirklich soooooo klein ist.

Die ersten Reisebusse fahren vor und entladen ihre greise Fracht. Es wird Zeit den Standort zu wechseln.

Wir verließen den Hafenbereich und gingen den kurzen Weg zum königlichen Palast. Kurzer Rundgang über den Schlossplatz von Amalienborg. Immer wieder schön. Schön, wenn die Schlosswachen Touristen von den Schlossstufen oder von den Exerzierrouten weg kommandieren. Der Ton ist scharf und unmissverständlich. Trotzdem verstehen nicht alle die Ansagen der Bärenfellmützenträger und es kommt teilweise zu grotesken Szenen, wenn Touristen und Soldaten versuchen eine gemeinsame Sprache zu finden. Und ich dachte immer, die Palastwachen dürfen nicht lächeln oder sprechen!? Selbstverständlich haben auch wir das übliche Foto für das Fotoalbum mit den Kindern vor einem der Wachhäuschen gemacht. Als Tourist ist man ja auch irgendwie verpflichtet so ein Foto zu machen.

Der Vormittag schritt voran und die Königin hatte leider keine Zeit für uns. Wir mussten uns also selber etwas zum Essen suchen.

Wieder am Hafen angekommen, beschlossen wir mit dem Auto näher an die Innenstadt von Kopenhagen heranzufahren. Kein leichtes Unterfangen in einer Fahrradstadt wie Kopenhagen. Wir versuchten einen Parkplatz in der Nähe des Bahnhofs zu bekommen, um von dort aus in die Innenstadt zu gelangen. Das gestaltete sich schwieriger als erwartet und wir mussten einige Runden auf den umliegenden Straßen drehen. Bloß jetzt keinen der vielen Fahrradfahrer übersehen und umfahren. Wir fanden doch unseren Parkplatz und kauften eine Parkkarte für 30 Kronen. Man will ja nicht dumm auffallen.

Wir durchstreiften den anderen Touristen folgend die Innenstadt und erreichten irgendwann den Nyhavn. Hier reiht sich ein Restaurant an das Nächste. Der Geruch von Essen liegt in der Luft und sofort gingen die Schnäbel der Kinder in der Hoffnung auf Futter auf. Ja, es gibt schlechtere Orte, als an diesem ausgesprochen schönen Fleckchen, Essen zu gehen.

Bestimmt 20 Restaurants drängeln sich an dem Kanal und trotzdem ist es schwierig einen Tisch zu bekommen. Einen freien Tisch finden wir nach längerem Suchen bei einem Italiener. Der Blick in die Speisekarte verrät, auch hier gibt es keine klassische Salamipizza. Allerdings gibt es eine Pizza Diavolo mit scharfer italienischer Salami. Ich muss vor Glück fast weinen.

Nyhavn ist toll. Der Kanal, die Museumsschiffe, die sich am Kanal aneinanderschmiegenden bunten Häuser, die Sonnenschirme der Restaurants und die unglaublich vielen Menschen ergeben ein stimmungsvolles Bild. Ein Bild voller Leben. Wir lassen dieses Bild auf uns wirken und genießen das Gefühl von Urlaub. Doch leider arbeitet die Zeit gegen uns und wir müssen langsam wieder Richtung Auto schlendern. Die Zeit hier ist viel zu schnell vergangen, aber die Fähre wartet schließlich nicht.

Das mit der Zeit ist wirklich schade, da ich mir gerne noch den Ortsteil Christiania angesehen hätte. Ein Bereich von Kopenhagen, der sich Freistadt nennt und mal mehr, mal weniger erfolgreich autonom zu leben versucht. Entstanden aus einer damals herrschenden Wohnraumnot, hatten einige den leerstehenden Kasernenkomplex in Christiania besetzt und eine unabhängige Kommune gegründet. Als Leitbild wurde 1971 herausgegeben: *„Das Ziel von Christiania ist das Erschaffen einer selbst-regierenden Gesellschaft wo alle und jede Person selbst für das Wohlergehen der gesamten Gemeinschaft verantwortlich ist. Unsere Gesellschaft soll ökonomisch selbsttragend sein und, als solche, ist es unser Bestreben unerschütterlich in unserer Weltanschauung zu sein, dass psychologische und physische Armut verhindert werden kann".* Wie es in der Gesellschaft so ist, fanden einige die Idee sehr gut und engagierten sich beim Aufbau und andere, die die Idee auch ganz gut fanden, aber eher um die Ideale der Anderen für ihre eigenen Zwecke auszunutzen und den rechtsfreien Raum nach ihren Vorstellungen zu gestalten. Immer wieder kam es in der Vergangenheit zu Zusammenstößen mit der Polizei, sei es aufgrund Drogenhandels, Gewalt, das Untertauchen Krimineller oder die

Einforderung der Stadt zur Rückgabe des Gebietes. Das Gebiet ist mittlerweile ein Immobiliensahnestück und würde so manchem als Spekulationsobjekt gut gefallen. Der sich selbst „Freistadt" nennende Stadtteil sollte zu Fuß erkundet werden, da bis auf Warenzulieferer keine Autos gestattet sind.

Ich habe diesen Stadtteil leider nur einmal bisher betreten und das war im Dunkeln und insofern wäre ein Besuch bei Licht bestimmt interessant gewesen. Es muss im Jahre 1997 gewesen sein, dass ich mit drei Freunden einen abendlichen Trip nach Christiania unternommen hatte. Wir wohnten zu der Zeit im Norden der Insel Seeland und hatten einige Tage vorher, bei einem Bummel durch die Innenstadt von Kopenhagen, Tourplakate der Band „The Levellers"* gesehen und spontan beschlossen Eintrittskarten zu kaufen. Am Tag des Konzertes wollten wir dann mit dem Auto wieder nach Kopenhagen fahren.

Nachdem das Los entschieden hatte, wer das Auto lenken durfte, erreichten wir den Rand von Christiania, stellten das Auto ab und gingen im Dämmerlicht zu Fuß weiter, zu dem uns noch unbekannten Veranstaltungsort. Auf dem Weg passierten wir ausgebrannte Busse und andere Barrikaden. Gut, das kannten wir aus Hamburg von der Hafenstraße ja schon, aber nicht in diesem Ausmaß und ein wenig mulmig war uns da schon. Wir kannten uns ja nicht aus und hatten nur eine grobe Wegbeschreibung, also folgten wir anderen Fußgängern, die uns wie potenzielle Konzertbesucher aussahen, in der Hoffnung auf dem richtigen Konzert zu landen. Wir erreichten schließlich eine alte, aus Backsteinen gebaute Fabrikhalle. Abseitig stand eine selbst gezimmerte Bretterbude, die sich „Kaktus-Café" nannte und die ihr wahres Aussehen in einer Canabiswolke zu verbergen versuchte. Ob wir hier richtig waren, wussten wir noch immer nicht. Erst eine vorsichtige Anfrage im Kaktus-Café brachte Klarheit. Ja, wir waren richtig und man merkte, dass allen Mitgereisten ein Stein vom Herzen fiel. Gut gelaunt beschlossen wir die Fabrik zu entern und ein Willkommensbier zu trinken. Beim Betreten der Halle fiel zuerst der lange Tresen auf Hüfthöhe auf, der sich über die gesamte Stirnseite zog. Hinter dem Tresen an der Wand prangte ein riesiges Plakat mit einem Hakenkreuz, welches von einer Faust durchschlagen wurde. Die politische Richtung war unmissverständlich. In eine der gegenüberliegenden Ecken drängte sich ein Stand mit T-Shirts und Flyern einer Anti-Faschistischen-Gruppierung. Die nahmen sich sofort unserer eins an und wollten uns von ihrer antifaschistischen Haltung überzeugen. Wir erklärten, dass wir aus Hamburg kommen und Anhänger des FC St. Paulis sind und nicht mehr geläutert werden müssten. Das haben die dann auch sofort eingesehen und uns viel Spaß bei dem anstehenden Konzert gewünscht.

Ansonsten verlief alles wie gewohnt, wie ich das auch schon von anderen Konzerten her kannte. Aber dann lernte ich ein vollkommen neues Konzerterlebnis kennen. Ich hatte eine gute Ausgangsposition für einen Konzertvergleich, da ich bereits bei der gleichen Tour auch in Hamburg auf dem Konzert der Levellers gewesen war. Das erste was auffiel war, dass hinter der Theke unter dem zerschmetterten Hakenkreuz nicht die üblichen Bierausschenkergestalten standen, sondern hier kleine freundliche, ältere Damen für den Ausschank der Getränke zuständig waren. Meine Mutter wäre hier hinter dem Tresen überhaupt nicht aufgefallen. Dazu konnte man ein Stück Kuchen oder ähnliches kaufen. Größer hätte der Kontrast zwischen Publikum, Lokalität und den Damen nicht sein können. Seniorenstift trifft linke Szene.

Das Nächste was mir auffiel war, dass trotz der großen Besucherzahl sich das Publikum im Raum verteilte und nicht in mir vertrauter Manier sich vor der Bühne drängte. Das änderte sich auch nicht, als das Konzert begann. Kein Pogotanzen wie in Hamburg, sondern Polonäse durch den gesamten Raum. Bis vor die Bühne. Ein ellenlanger Lindwurm, der sich durchs Publikum wand und immer länger wurde. Man fühlte sich an die damals im Fernsehen gezeigten James Last Partys erinnert und keiner der nicht mitlaufenden Gäste störte sich daran. Man vergaß, dass da eine Band auf der Bühne stand und feierte einfach nur eine große Party mit vielen unbekannten Menschen. Da man nicht ewig in der Polonäse bleiben konnte, sondern auch mal ein Bier trinken oder eins wieder ablassen musste, suchte ich den Ort der Ruhe auf. Und ein erneuter Prozess des Lernens setzte ein. Es gab nur Kabinen, die sich in einem langen Gang an einander reihten. Männlein und Weiblein bildeten eine brave Reihe **vor** dem Gang und erst wenn eine Tür auf ging, ging der Nächste durch den Gang zu der offenen Tür. Das Ganze in einem Stadtteil, wo Graffiti bemalte Bauruinen und ausgebrannte Busse den Weg zierten.

Es war damals ein echter Kulturclash, der da auf mich eingebrochen war und meinen Blick auf einige Dinge geändert hat, die für mich bis dahin selbstverständlich waren. Warum stehen in Hamburg bei Konzerten immer junge hippe Menschen hinter dem Tresen? Warum ist der Tresen immer mindestens 1,50 Meter hoch und warum geht meine Mutter nicht auf Rockkonzerte? Wirklich schade, dass wir diesen besonderen Teil von Kopenhagen nicht mehr schaffen. Die Familie will weiter und so stromern wir noch ein bisschen durch die Stadt, gehen durch kleine schöne Seitenstraßen, genießen die entspannte Atmosphäre und näheren uns langsam dem Ende unseres Ausfluges. Am Auto wieder angekommen, haben wir eine Überraschung hinter dem Scheibenwischer. Post von den Ordnungshütern! Konsterniert und sich keinem Fehlverhalten bewusst, gehen wir noch einmal zum Parkautomaten. Verdammt, ich hatte keine Tageskarte, sondern nur ein Ticket für eine Stunde parken gekauft. Jetzt weiß ich zumindest, dass „time" Stunde heißt und nichts mit einer Tageskarte zu tun hat. Wir hatten jetzt etwa 4 Stunden hier geparkt und wann wurde das Ticket ausgestellt? Vor 20 Minuten. Wie ärgerlich. Ich lerne, Falschparken lohnt sich in Dänemark nicht. Ich ärgere mich über meine mangelnden Dänischkenntnisse. Ich hätte diese 75 EUR lieber in einen dänischen Sprachkurs an der Volkshochschule investieren sollen. Den hatte ich mir auch schon lange vorgenommen, aber immer gute Ausreden gefunden diesen nicht zu buchen. Blöde Faulheit. Wenn ich falsch parke, dann will ich das wenigstens mit Absicht machen.

Vor mich hin grummelnd verließen wir Kopenhagen und strebten Richtung Fährhafen. Etwas früh erreichten wir den Anleger und stellen uns auf den angrenzenden Parkplatz, um auf die Fähre zu warten. Und wie wir da so standen, fiel mein Blick auf ein direkt vor mir stehendes Schild. Viel Text, alles auf Dänisch, aber unmissverständlich. Das Parken ohne Parkschein wird mit 650 Kronen Strafe geahndet. Verunsichert, ob das Fährticket auch als Parkschein herhalten kann oder doch noch einmal extra Geld fürs Parken investiert werden muss, verlassen wir den Parkplatz und versuchen schon einmal einzuchecken. Das wurde leider nichts, da noch eine weitere Fähre vor unserer Fähre an- und ablegen musste. Der Einlass wird uns also noch verwehrt und so wende ich und parke zwischen den Schaltern und dem kostenpflichtigen Parkplatz auf einer gestrichelten Freifläche. „Lieber im absoluten Halte-, Park-, und Fahrverbot stehen, als ein paar Kronen für den Parkscheinautomaten opfern". Der Tag war lang und im Nachhinein bin ich über meine Logik bezüglich der Parkplatzwahl doch etwas irritiert.

Die Fähre kommt planmäßig, der Puls steigt und ein letztes Mal stellt sich für diesen Tag die Frage, „geht die Schranke hoch, wenn ich meinen Barcode scannen lasse oder muss ich alle hinter mir in der Warteschlange bitten, mich rückwärts rauszulassen?" Der Rest der Heimfahrt verläuft ruhig und gegen 10 Uhr abends erreichen wir wieder unser Häuschen. Es ist mittlerweile dunkel geworden und wir stehen noch kurze Zeit auf der Terrasse, lassen den Tag noch einmal Revue passieren und betrachten die aufgehenden Sterne. Mein Sohn, 9 Jahre alt, entdeckt sein erstes Sternbild. Den großen Rasenmäher. Alles klar, der Tag war für alle anstrengend, aber auch wunderschön und vielleicht hat dieses Geschenk zum 10ten Hochzeitstag doch der Klobrille vom ersten Hochzeitstag den Rang ablaufen können.

The Levellers sind eine Band aus England In ihrer Musik verbindet sie Elemente aus Rock und Punk traditionellen Folk- bzw. keltischen Klängen. In ihren Texten setzt sich die Band häufig kritisch mit den gesellschaftlichen Zuständen in Großbritannien und allgemeingesellschaftlichen Entwicklungen auseinander.

Randers

Eine Fahrt nach Kopenhagen war in diesem Urlaub nicht geplant und auch Kristian scheute die mühsame Anfahrt. Er gab allerdings zu, einen gewissen Reiz zu verspüren. Ob Jette aus der Bücherhalle in Grenaa das Ganze noch einmal für uns tun würde? Ich möchte es nicht ausprobieren. Ich möchte ihren selbstlosen Einsatz so wie er war in Erinnerung behalten. Den einzigen Stadtbesuch hatte Kristian für Randers in Planung. Die Stadt liegt ja nicht weit weg von uns und ist in einer guten Stunde mit dem Auto erreichbar. Eventuell würden seine Frau und die Kinder mal wieder in den Regenwald gehen und er den Tag in der Stadt verbringen. Unter anderem wollte er gerne einen Plattenladen besuchen, der für dänische Verhältnisse günstig, und vor allem gut sortiert ist. Da Kinder und Ehefrauen nicht unbedingt die Begeisterung für Musikläden teilen, würde er die Familie bei den direkt an dem Fluss Gudenå sich erhebenden drei mächtigen Glaskuppeln absetzen und dann weiterfahren. In diesen drei Glaskuppeln hat der Randers Regnskov sein zuhause und beherbergt die Flora und Fauna von drei Kontinenten unter einem Dach. Alles ist sehr offen gestaltet und man wandert auf unebenen Wegen durch tropische Landschaften, an Wasserfällen vorbei oder über Hängebrücken, die einen Blick von oben auf die Alligatoren erlauben. Immer begleitet von den wachsamen Augen freilaufender Affen, Echsen und anderen Tieren. Es gibt immer was zu entdecken und ständig sieht man etwas laufen, kriechen, krabbeln. Unter dem Dach leben die Flughunde, die sich ebenfalls frei in der Halle bewegen können und gerne mal etwas auf die Besucher fallen lassen. Im Außenbereich wartet der Regnskov mit einem wahnsinns Wasserspielplatz und Kletterpark auf. Ein Spielparadies für Kinder. Es ist immer wieder erstaunlich, mit was für einem Aufwand die Spielplätze für Kinder (und auch für erwachsene Kinder) in Dänemark gestaltet werden und die Kinder immer im Mittelpunkt stehen.

Wir hatten bereits in diesem Urlaub unseren Randersausflug, allerdings hatten wir dieses Mal nicht den Regenwald besucht. Etwas anderes hatte dieses Jahr dem Regenwald die Show gestohlen. Und das schon vor der eigentlichen Einfahrt nach Randers, in einem Gewerbegebiet, an einer der Ausfallstraßen. Zwischen Baumärkten, Autohäusern und Bürokomplexen stand auf der grünen Wiese „Graceland". Habe ich mich verfahren? Bin ich falsch abgebogen und in Memphis, Tennessee gelandet? War Elvis eigentlich Däne? Schnell auf dem Århusvej eine Wendung eingeleitet und noch einmal zurückgefahren. Tatsächlich. Auf der grünen Wiese stand Graceland. Nicht als Miniatur, sondern in fast originalgetreuer Größe. Das berühmte Haus des King of Rock´N´Roll. Der King wohnt jetzt also in Dänemark. Es mutet etwas surreal an, im Gewerbegebiet, zwischen einem Autohaus und einem Baumarkt, solch einen Bau vorzufinden. Aber passenderweise ist ein Burger-King nicht weit. Was hat dieses Haus hier verloren? Wir werfen unsere weitere Planung über Bord und fahren zu dem Anwesen. Parkplätze waren genug da und der Weg zum Eingangstor nicht weit. Schon beim Betreten des Grundstücks wird man auf Elvis eingestimmt. Selbst das Eingangstor ist dem in Memphis nachempfunden. Als ob das nicht schon zur Einstimmung reichen würde, wird man aus im Rasen versteckten Lautsprechern mit der Musik von Elvis berieselt. Das ist an sich nicht weiter schlimm, aber es ist nicht irgendeine Elvismusik. Es sind ausnahmslos seine weichgespülten Gassenhauer, die vermaledeiten Lieder aus seinen noch schlechteren Filmen, die einem täglich und überall im Radio oder Supermarkt bis zur Erschöpfung präsentiert werden. Man gewinnt schon beim Betreten des Grundstücks den Eindruck, der King of Rock ´N´ Roll hätte mit leichten Schmuseliedern den Rock´n´Roll begründet. „Wenn das der Rock`N`Roll ist, was hat dann Chuck Berry gemacht?", frage ich mich lächelnd. Trashmetal? Im Haus wird es besser und die Musik zur Nebensächlichkeit. Es stellt sich heraus, dass es sich um ein Museum mit integriertem Diner und Veranstaltungsräumen handelt. Aus einem Flyer lernen wir, dass dieser Nachbau von Graceland nur die Fortführung einer konsequenten Sammelleidenschaft eines dänischen Geschäftsmannes ist. Er hat dem bereits seit Jahren existierenden Elvis-Museum in Randers ein passendes Zuhause gegeben. Dieses rühmte sich schon damals in den alten Räumlichkeiten, die größte Ansammlung an Memorabilien und Exponaten um und über Elvis Presley außerhalb der USA zu vereinen. Geboten wird einiges. Von Gitarren, Aufnahmeequipment aus den legendären Sun Studios in Memphis, Tennessee, über das Telefonverzeichnis seines Managers Colonel Parker bis zu den skurril anmutenden Bühnenoutfits des „Kings" als er richtig fett im Geschäft war. In allen Kleidergrößen, die er bis zu seinem Tode so getragen hat. Und noch vieles mehr, was hier den Rahmen sprengen würde. Elvis is back at home. Damit man sich dann auch selber wie der "King" fühlen kann, wurde ein Diner integriert, in dem unter anderem die Lieblingsspeisen von Elvis bestellt werden können. Beispielsweise sein geliebtes Peanutbuttersandwich mit Banane und Bacon. Kein Wunder, dass da irgendwann die Kleidergröße gewachsen ist und die Gesundheit gelitten hat. Wie ich finde, haben die Sammlung und das Diner tatsächlich einen passenden Rahmen gefunden. Das Museum im unteren Bereich des Hauses ist absolut sehenswert und mit Liebe zum Detail eingerichtet.

Kristian interessiert sich nicht für Elvis oder Peanutbuttersandwiches mit Banane und Bacon. Ihn interessiert an Randers eigentlich nur der Plattenladen. Und da gebe ich ihm auch ein bisschen Recht. Wir schwafeln noch ein wenig über die Vorzüge eines gut sortierten Plattenladen und ich über das Wunder von Musik auf Vinyl. Es ist nicht leicht einen guten Musikladen in Dänemark zu finden und schon gar nicht außerhalb von Großstädten. Dabei fiel uns auf, dass die Nordseeseite von Dänemark dies bezüglich eher Brachland ist. Große Städte und Plattenläden sind Mangelware. Die großen Städte liegen Richtung Osten des Festlandes beziehungsweise auf den großen Insel Fünen und Seeland. Wir folgern daraus, wer einen Plattenladen in der Nähe seines Urlaubsortes haben möchte, sollte sich in Richtung Ostsee orientieren.

Wir sind begeistert von unserer Entdeckung und stoßen an. Auf die Vorzüge des Ostens, die scheinbar noch keiner vor uns entdeckt hat.

Was mir wirklich Spaß macht, ist in Randers durch die Fußgängerzonen zu schlendern, einen Fransk-Hotdog auf dem Rathausmarkt zu essen und hier und da an den Auslagen der Bekleidungsgeschäfte stehen zu bleiben und festzustellen, dass die Dänen auf der modischen Ebene dem deutschen Modetrend immer ein Jahr voraus sind. Was jetzt in Dänemark IN ist, wird im nächsten Jahr auch in Deutschland im Trend sein. Noch bevor die Leggings in Deutschland ihren Siegeszug mal wieder antraten, waren diese in Dänemark schon wieder allgegenwärtig. Mit diesem modischen Wissen im Hinterkopf kann man doch nicht an so einem Verkaufstisch einfach achtlos vorbei gehen, vor allem wenn drei Hosen zum Preis von zweien angeboten werden. Rabatte wie sie in fast jedem Modegeschäft oder Supermarkt üblich sind. Wer statt einer Tiefkühlbrötchentüte für 26 Kronen gleich eine zweite Tüte mitnimmt, bekommt die zweite für lächerliche 3 Kronen mehr dazu. Das gilt natürlich auch bei Zahnpasta, Schnitzeln, Chipstüten und anderen Dingen. Und während meine Frau noch in einer Boutique stöbert, genieße ich das Gewusel der Menschen um mich herum und lese mir beim Zeitungsladen nebenan die Schlagzeilen der dänischen Tagespresse durch. Schlagzeilen, die versuchen ein Thema reißerisch zu präsentieren, welches von der inhaltlichen Brisanz her, in einer deutschen Tageszeitung erst auf Seite Drei erscheinen würde. Was will man als Journalist auch machen, wenn in Dänemark nicht so viel passiert und alles friedlich ist.

Tønder

Man kann natürlich nicht nur in Randers durch eine Fußgängerzone flanieren. Die meisten dänischen Städte haben eine Fußgängerzone oder Ladenstraße. Man glaubt es nicht. Manchmal wirkt es allerdings von Stadt zu Stadt schon sehr einheitlich und die Unterschiede zwischen einzelnen Fußgängerzonen sind eher geringfügig. Man möchte fast meinen, die Ideal-Standard-Fußgängerzone wurde in irgendeinem Büro entworfen und auf viele Städte übertragen. "Hier kommt der BR hin und hier MATAS. Hier drüben muss noch der INTERSPORT und dort der Haushaltswarenladen IMERCO rein. Fehlt noch BOG & IDÉ und den Rest füllen wir mit sonstigen Bekleidungsgeschäften auf!", möchte man den Architekten sein Konzept erklären hören. Wenn ich mir Fotoalben ansehe und Bilder aus Fußgängerzonen finde, ist es teilweise schwer die Bilder einzelnen Städten zuzuordnen. Es fehlt das Signifikante, das was eine Straße besonders macht. Selbst das Straßenpflaster ist fast immer gleich. Das hat allerdings auch den Vorteil, man fühlt sich überall gleich wohl.

Die Stadt Tønder auf der Nordseeseite könnte die Blaupause für die typische dänische Kleinstadt sein, wie es sie unzählige Male in Dänemark gibt. Zumindest in den Augen des typischen Touristen wie mich. Tønder ist eine typische dänische Kleinstadt, wie ich sie mir typisch für Dänemark vorstelle. Halt typisch dänisch. So typisch, dass man hinter die Fassaden der Häuser blicken möchte um zu prüfen, ob es sich nicht um Bühnenkulissen handelt. Nur für den typischen Touristen aufgestellt, um ihm das typische Dänemark zu präsentieren.

Tønder bietet die typische Fußgängerzone mit den typischen adretten Geschäften, gut gelaunten Dänen (die waren wirklich ausgesprochen freundlich und fröhlich und es wirkte überhaupt nicht aufgesetzt – ehrlich), und in der Mitte des Städtchens, die aus Backstein errichtete

Kirche. Die Kirche ist allerdings nicht weiß getüncht, was vielleicht als untypisch für die dänische Kirchenbaukunst eingestuft werden kann. Aber es ist die typische Kirchenart in den größeren Städten. Wer die weiß getünchten Kirchen sucht, wird sie eher in den ländlichen Gebieten finden.

Tønder gehört wirklich zu den ältesten Städten Dänemarks und wurde bereits 1000 nach Christi geschichtlich erwähnt. Die Lage im deutsch-dänischen Grenzgebiet war aufgrund der politischen Rangeleien um das Gebiet nicht immer einfach für die Stadt und nachdem auch noch durch Landgewinnung der Anschluss an die Nordsee weggefallen war, gab es das typische wirtschaftliche Auf und Ab in der Vergangenheit. Der Hafen von Tønder liegt mittlerweile einige Kilometer von der eigentlichen Stadt entfernt oder besser gesagt, die Stadt liegt mittlerweile einige Kilometer von der Küste entfernt im Landesinneren. Wie man das auch immer betrachten möchte. Aber Tønder hat sich über die Jahrhunderte nicht unterkriegen lassen und nutzt nun die Grenznähe auf seine ganz eigene Art. Tønder hat eine wirtschaftliche Marktlücke erschlossen, von der die Kommune gut leben kann. Eheschließungen. Tønder bietet den Bund der Ehe mit weniger Formalitäten an als die Nachbarstaaten, was den bürokratischen Aufwand für ausländische und gleichgeschlechtliche Paare erheblich verringert. Das Beste daran ist, dass diese Ehen in Europa anerkannt werden. Die Paare werden lediglich zur Zahlung einer kleinen Gebühr und zum Aufenthalt von mindestens 3 Tagen in der Kommune verpflichtet. Hochzeitsreise quasi inklusive. Da freut sich die Tourismusbranche. Bei bis zu 3000 jährlichen Eheschließungen kommt schon einiges zusammen in der Stadtkasse. Die malerische Hochzeitskulisse gibt es dafür aber gratis.

Der Bummel durch die Einkaufsstraße ist gemütlich und die Geschäfte laden zum Stöbern ein. Die alte Apotheke (Det gamle apotek) ist wirklich interessant. Es ist keine Apotheke mehr, sondern ein Nippesladen, der unter anderem 365 Tage im Jahr eine Weihnachtsklimbimabteilung beherbergt. Wer ohne Weihnachten nicht kann, ist hier bestens aufgehoben. Weniger der Schnickschnack, den es da zu kaufen gibt, sondern eher das Innenleben des Hauses ist bemerkenswert. Es gibt überall verwinkelte Gänge und Räume in denen man sich verlaufen kann, was mir dann auch prompt passiert ist. „Wo war meine Familie?" Zwischen Christbaumkugeln und Strohengeln verlor ich den Überblick. Ich hatte meine Familie verloren. Die Vogelhäuser im Weihnachtslook waren keine Hilfe und die aus dem anderen Regal herausschauenden Plüschengel konnten oder wollten mir auch nicht helfen. Hilflos zwischen Regalen, unfähig den Weg in die Freiheit zu finden, gab ich mich auf, verabschiedete mich von meinem Leben und wollte mich gerade zum Sterben in das Meer an Duftkerzen niederlegen, als in das mich umgebende Licht ein Schatten trat und eine sanfte Hand mich zurück ins Leben führte. Die Verkäuferin übergab mich in die Obhut meiner Frau, die mich noch nicht weiter vermisst hatte. Sie setzte mich an den Rand der Treppe beim Ausgang, wo ich still verharrte und auf weiteres wartete. Ansonsten wirkt dieses alte ehrwürdige Haus etwas zu sehr rausgeputzt, was dem Tourismus wohl geschuldet ist. Ein bisschen schade, da es schon wieder den Eindruck einer künstlichen Kulisse vermittelt und den eigentlichen Charme des Hauses verdeckt. Nur das Knarren der Treppe beim Gang in die oberen Etagen und das Schwingen des Fußbodens beim Betreten der Räume, verrät dann doch das tatsächliche Alter des Hauses.

Netter ist da das auf einem Hinterhof gelegene „Kong Christian X". Ebenfalls sehr verwinkelt, aber mit stilechtem Mobiliar ausgestattet. Hier wird alles was lecker ist verkauft. Von Tee über Kaffee bis zu Schokolade, Bonbons und nettem Kitsch, was den Genuss der Leckereien noch unterstützen soll.

Wenn man so durch die Straßen einer dänischen Stadt schlendert, hat man manchmal den Eindruck, dass die ansässigen Geschäfte mit System an ihren jeweiligen Standorten platziert wurden. Das mag jetzt sehr subjektiv klingen, aber ich hatte das Gefühl, dass in der einen Straße die Friseure alle auf einem Haufen saßen und in einer anderen Straße beispielsweise die Damenunterbekleidungsgeschäfte angesiedelt waren.

Alle nebeneinander. Hier die Cafés und dort noch die Sportbekleidungsläden. Wenn man weiß, was man will, dann ist das Einkaufen natürlich mit wenig Lauferei verbunden. Bei meinem letzten Besuch in Randers war mir auch so, als ob in einer Straße besonders viel Thaimassagesalons nebeneinander lagen. Im Rotlichtviertel befand ich mich aber nicht. Das nur mal so am Rande. Wie gesagt, ich kann mich ja aber auch irren.

Nachdem wir unsere obligatorischen Einkäufe erledigt und die bunten Papierservietten, das Geschenkpapier und ein neues kleines dänisches Fähnchen im Auto verstaut hatten, nahmen wir Kurs auf die Insel Rømø. Ich war noch nie auf Rømø gewesen. Ich kannte nur die Geschichten, dass sie zu den beliebtesten Urlaubsinseln der Deutschen in Dänemark gehört und gerne auch als Sprungbrett zur Insel Sylt, also zurück nach Deutschland, genutzt wird. Die Fährüberfahrt inklusive Auto ist wohl günstiger, als die Fahrt mit der Deutschen Bahn über den Hindenburgdamm nach Westerland. Ich habe das Thema nicht weiterverfolgt, ich wollte ja nur nach Rømø.

Rømø hat Anschluss ans Festland mit seinem eigenen „Hindenburgdamm". Dieser ist allerdings im Gegensatz zur deutschen Ausgabe kostenlos mit dem Auto, Fahrrad oder zu Fuß überquerbar. Das hat Vor- und Nachteile. Die Insel Sylt wird sich hüten den Bahndamm zu einer Straße auszubauen. Die Insel könnte dann den vorprogrammierten automobilen Ansturm gar nicht mehr Herr werden. Die Autoverladung auf die Bahn hat also System und soll die Leute animieren, ihr Auto auf dem Festland stehen zu lassen. Zudem will der örtliche Nahverkehrsverband von Sylt auch sein Auskommen haben. Wer sich die Auswirkungen von zu vielen Autos auf einer Insel nicht vorstellen kann, der fährt am besten einmal nach Rømø. Die Hauptzufahrt über den Damm mündet direkt am Strand zur Seeseite. Besser gesagt auf dem Strand. Hier geht man nicht an den Strand, sondern man fährt. Es gibt keine Schilder, Regeln oder sonst irgendetwas. Jeder stellt sich wo er gerade mag an den Strand, holt sein

Handtuch, Sonnenstühle und was man sonst so braucht aus dem Auto und setzt/legt sich neben dieses. Wir waren so frei und hatten unser Auto etwas weiter vom Ufer geparkt und sind tatsächlich zu Fuß (!!) bis zum Wasser gegangen. Meine Frau und ich lagen auf unserer Decke und die Kinder spielten mit ihren Schaufeln am Strand. Beim Rundumblick fiel mir auf, dass unsere Kinder die einzigen Kinder mit Schaufeln waren. Auch in anderen Urlauben in Dänemark ist es mir mittlerweile aufgefallen, dass wir immer die Einzigen waren, die mit Schaufeln bewaffnet an den Strand gingen. Buddeln ist scheinbar out. Eigentlich sind die Deutschen doch berühmt für ihre Strandburgen. Vor allem um den Strandkorb herum. Wir waren doch so schlimm, dass die Insel Sylt ein Strandburgenverbot ausgesprochen hat. Die Zeiten, in denen Strandburgen „In" waren, sind wohl vorbei. Ich kann aber auch verstehen, wenn die Dänen die Schnauze voll vom Buddeln haben, da ja bis 1945 die gesamte Westküste von Dänemark von den Deutschen für den Nordatlantikwall umgebuddelt wurde. Rømø bildet da ebenfalls keine Ausnahme.

Wir lagen also am Strand und beobachteten den stetig steigenden Wasserpegel. Mit dem ansteigenden Tidenhub zogen wir uns allmählich mit unserer Decke Richtung Auto zurück. Immer mit einem Auge auf den herrschenden Autoverkehr. Wie soll man einem Arzt erklären, dass man am Strand von einem Auto angefahren wurde? Irgendwann lagen wir zwischen den Autos. Wie gemütlich. Eigentlich ideal für Deutsche, die ja bekanntlich ihre Autos lieben und ungern alleine lassen. Das Auto will ja auch was sehen. Einige Gäste waren so mit ihrem Auto im Einklang, dass sie zum Eisessen nicht einmal ausstiegen. Zur Ehrenrettung der Deutschen - das waren in diesem Falle Dänen. Ich kann mir richtig vorstellen, wie das Ehepaar abends beim Abendessen sitzt und er zu ihr sagt „Schatz, das war ein richtig schöner Tag am Strand". Mich erinnerte diese ganze Szenerie an eine Reportage über Camper, die ich im Fernsehen gesehen hatte. Es ging vor allem um Wohnmobile und wer wo seinen Lieblingsurlaubsplatz hat. Ich war immer davon ausgegangen, wer ein

Wohnmobil hat, der liebt das Abenteuer und die Freiheit überall hinfahren zu können. Aber mit der Vorstellung wäre ich vermutlich auf dem Campingplatz in Cuxhaven alleine gewesen. Dieser „Campingplatz" ist eigentlich ein asphaltierter Parkplatz mit Blick auf die Elbmündung und die offene Nordsee. Die Wohnmobile stehen dicht an dicht und man könnte von Küchenfenster zu Küchenfenster die Butter weiterreichen. Warum dieser Platz denn so schön sei, erklärte uns dann ein frischgebackenes Rentnerehepaar. „Wir kommen mindestens dreimal im Jahr hierher und genießen den asphaltierten Untergrund. Man trägt nämlich keinen Schmutz mit ins Haus. Und dann sitzen wir auf dem Fahrer- und Beifahrersitz und schauen auf die Elbmündung". Die ein- und ausfahrenden Schiffe konnten sie natürlich namentlich benennen. Hammer. Das ist Romantik. Im weiteren Verlauf der Reportage sah man dann noch Urlauber, die im Liegestuhl vor oder hinter der Doppelleitplanke saßen, die den Parkplatz vom Meer trennte. Home sweet home.

Irgendwann reichte es. An Entspannung war nicht zu denken. Der Verkehr nahm mit steigender Flut merklich zu und wir sahen ebenfalls zu, den Strand zu verlassen. Rushhour am Strand. Ungewohnt.

Bisher hatten wir von der Insel noch nicht so viel gesehen. Das wollten wir noch schnell nachholen. Einmal mit dem Auto nach Havneby und wieder zurück. Rømø für Fußkranke. Wir machten einen Zwischenhalt am Klohäuschen an der Zu- und Abfahrt vom Strand. Eine touristische Einkaufsmeile mit angeschlossenem Campingplatz öffnete sich uns hinter dem Klohäuschen. Alle Gebäude nicht höher, als ein normales Einfamilienhaus. Nicht schön, aber zweckmäßig. Über die Architektur kann man wie immer streiten.

Beim Blick auf die Landkarte stellten wir fest, dass es auf der Insel, immerhin die größte dänische Nordseeinsel, keine größere Stadt gab. Das Klohäuschen und die Geschäfte drum herum bildeten tatsächlich das Zentrum der Insel. Selbst die Insel Fanø, etwas weiter im Norden gelegen, hat eine Inselhauptstadt mit einem Stadtkern. Der Rest der Insel besteht aus Naturschutzgebieten und kleineren Ferienhaussiedlungen. Wir entschieden noch gen Süden zu fahren und uns den Fähranleger nach Sylt anzusehen. Havneby, übersetzt „Hafenstadt", besteht eigentlich nur aus dem Fähranleger und von der Architektur her gewöhnungsbedürftigen Sommerhäusern. Die stehen alle auf Betonstelzen und sind ansonsten quadratisch, praktisch, gut. Um über den Deich blicken zu können, muss man Opfer bringen, auch wenn andere mit dem Anblick der Häuser die Opfer bringen müssen. Der Ort ist also so interessant wie sein Name.

Allerdings muss ich doch mal eine Lanze für die Insel Rømø brechen. Allen Vorurteilen zum Trotz, hat sich diese Insel eine beeindruckende Natürlichkeit bewahrt. Man möchte es kaum glauben, wenn man über den Damm angefahren kommt und wie bereits erwähnt eigentlich gleich von einer zweispurigen Straße auf den Strand geführt wird. Und das mit Hunderten von anderen Touristen. Der Strandabschnitt ist beängstigend. Der befahrbare Strand wird ausgiebig von Autofahrern genutzt. Von dem einfachen Familienvater, der aus Angst sein Auto im Sand zu verlieren, dezent am Rand bleibt, über den Womo-Fahrer, der den Tag im Liegestuhl vor seinem Campingmobil verbringt, bis zum Möchtegern-Walter-Röhrl, der einmal wilde Sau auf dem schlüpfrigen Untergrund spielen will. Wenn die wilde Sau sich festgefahren hat, kommt der Landwirt mit seinem Traktor und zieht den Wagen raus. 50 EURO kostet der Spaß. Auch für Opel Zafira Fahrer, die ihr Auto für einen Offroader halten. Auf dem Strand tummeln sich in guten Zeiten mehr Autos, als bei IKEA auf dem Parkplatz. Man muss sich daran gewöhnen, die Aufmerksamkeit nicht ungeteilt dem Meer und dem Strand zu widmen. Die Gefahr überfahren zu werden ist allgegenwärtig. Hat man diesen ersten Kulturschock überwunden und den Strand wieder verlassen, zeigt sich eine erstaunlich wenig bebaute Insel. Zumindest im Vergleich zu der in Sichtweite liegenden Nachbarinsel Sylt, die ja bekanntermaßen, dem Bauwahn verfallen und hoffnungslos überbevölkert ist. Auf Rømø sucht man vergeblich Häuser die über die dritte Etage hinausgehen. Das heißt nicht, dass alles Gebaute auf Rømø schön ist, aber man kann sicher sein, dass nach der nächsten Wegbiegung die Scheußlichkeit hinter der nächsten Düne aus dem Blickfeld verschwunden ist. Mein Versuch auf Sylt die Hochhäuser in Westerland nach der nächsten Wegbiegung nicht mehr zu sehen, scheiterte kläglich. So hohe Dünen gibt es nicht einmal auf Sylt. Glücklicherweise sieht man die drei Hässlichkeiten von Westerland von Rømø aus nicht mehr.

Die Insel spricht Deutsch. Es sind definitiv mehr Deutsche als Dänen auf der Insel. Ganzjährig. Und trotzdem hat die Insel immer noch ihren dänischen Charme.

Es gibt weitläufige Wald- und Heidegebiete in denen man unendlich spazieren kann. Die zur Vermietung stehenden Häuser haben großzügige Naturgrundstücke und fügen sich unauffällig in die Landschaft. Das Gefühl einer Laubenpiepergemeinschaft kommt hier nicht auf. Einzig der Campingplatz für Wohnmobile im südlichen Teil der Insel ist etwas gewöhnungsbedürftig. Um einen künstlichen See, eigentlich eher eine größere Pfütze, sind die Stellplätze strahlenförmig angelegt. Jeder Stellplatz hat einen Kiesplatz mit Stromanschluss und angrenzendem englischen Rasen. Ich empfand es als etwas zu steril. Aber scheinbar genau richtig für die Camper mit den Stellplätzen direkt vor dem Waschhaus. Zumindest gefällt mir dieser Platz deutlich besser, als der Campingwagenstellplatz in Cuxhaven.

Wem diese Anordnung gefällt und den direkten Kontakt mit seinem Nachbarn nicht scheut, aber leider nicht über ein Wohnmobil verfügt, der kann das Ganze auch als feste Bleibe mieten. In der Mitte der Insel bietet ein Vermieter einen Halbkreisförmigen Bungalow auf einer grünen, ebenfalls sehr kurzgehaltenen Wiese, mit etwa 25 Appartements an. Wer aus dem Bungalow tritt, steht im inneren Kreis und kann allen seinen Mitmietern zuwinken. Gemeinschaft ist so wichtig und wird hier großgeschrieben.

Fanø

Ich schätze die Nordseeseite eigentlich nur im Herbst. Wenn es stürmt und einen eine warme Sauna im Haus erwartet. Da kommt Rømø natürlich dann wieder in die engere Wahl, da man ja bekanntlich im Herbst nicht unbedingt am Strand liegt und vom Auto somit nicht unbedingt überfahren werden kann. Aber noch mehr musste ich feststellen, dass sich die Insel Fanø, ebenfalls unweit der deutschen Grenze, knapp oberhalb von Rømø, noch besser für einen ruhigen Herbsturlaub anbietet. Die Insel Fanø ist, im Gegensatz zu Rømø, nur mit der Fähre von Esbjerg aus zu erreichen. Hat also keine direkte Zuwegung vom Festland. Dank dessen hält sich auf der Insel der Autoverkehr in Grenzen. Fanø hat wie Rømø einen Strand, der so breit ist, dass er mit St. Peter-Ording in Schleswig-Holstein konkurrieren kann. Das was Sylt an Sand fehlt, liegt auf Fanø reichlich rum. Was eventuell damit zu tun hat, dass es der Sand von Sylt ist. Das was Westerland jährlich in die Aufschüttung der eigenen Strände investiert, landet dank der Strömung irgendwann vor Rømø und Fanø. Der Strand ist mit dem Auto auch hier befahrbar und selbst der Inselbus hat hier seine eigene Route und eigene Haltestellen. Eigentlich bin ich nicht so Fan von Autos am Strand. Autos gehören schließlich auf die Straße und die Menschen an den Strand. Ich lege mich ja auch nicht auf einem Supermarktparkplatz auf den Boden, um mich in dem ausgeschwitzten Öl der Autos zu suhlen. Allerdings muss ich zugeben, dass ich irgendwann doch auf den Strand gefahren bin. Es hat gegen jede Vernunft doch wahnsinnig viel Spaß gemacht, Gas zu geben und ganz nah am Wasser entlang zu fahren.

Genug vom Strand. Meine Familie und ich waren im Herbst für eine Woche auf der Insel und hatten ein kleines, feines Haus mitten in den Dünen. Ein reetgedecktes Spitzdachhaus mit zwei Etagen. Es gab eine kleine Terrasse von etwa 10 Quadratmetern und einen kleinen

Naturgarten. Das Haus bot 70er Jahre Ambiente, kombiniert mit deckenhohen, viel zu bunten Bildern an den Wänden. Befremdlich war, dass die obere Etage mit einer Bodenluke verschlossen war und somit von uns nicht genutzt werden konnte. Vermutlich war es der private Bereich der Vermieter, in dem sie bei Abwesenheit die persönlichen Dinge verwahren.

Gleich in der ersten Nacht tobte ein Sturm über die Insel und zerrte an dem Haus. Spät am Abend setzte dann noch ein unregelmäßiges Klopfen im oder am Haus ein. Wo kam das Klopfen her? War doch noch jemand mit im Haus? In der oberen Etage vielleicht? Es kann einem schon die Fantasie durchgehen, wenn man in einem fremden Haus wohnt und die nicht zu lokalisierenden Geräusche nicht einer eindeutigen Quelle zugeordnet werden können. Verunsichert inspizierten wir das Haus. Doch das Klopfen konnte nicht lokalisiert werden. Kam es doch von draußen? Schlich da jemand ums Haus? Ein lautes Krachen und Poltern hinterm Haus ließ uns zusammenzucken und für einen Moment huschte ein Schatten vor der Terrassentür vorbei. Es fiel uns schwer die Ruhe zu bewahren. Als wir uns wieder gesammelt hatten, fasste ich allen Mut zusammen und ging nach draußen. Mit einer kleinen Taschenlampe und der Schaufel des Kaminbestecks bewaffnet, betrat ich die kleine Terrasse. Der Wind heulte und es war stockfinster. Nicht einmal das Licht aus unseren Fenstern reichte aus, um auch nur drei Meter weiter vom Haus entfernt etwas erkennen zu können. Nur mit Mühe konnte ich erahnen, dass etwas an der angrenzenden Düne lag. Etwas was nicht dorthin gehörte. Das unregelmäßige Schlagen war jetzt auch deutlicher vor dem Haus zu hören, die Herkunft konnte aber von mir noch immer nicht geortet werden. Alle Sinne waren in Alarmbereitschaft und meine Hand verkrampfte sich um den Griff der kleinen Schaufel. Aus dem Augenwinkel sah ich eine Bewegung. Etwas hatte sich auf dem Dach hinter unserem Schornstein bewegt. Mein Herz begann zu rasen und im Geiste reflektierte ich die mir erzählten und von mir so belächelten Gruselgeschichten meiner Frau, ihres Zeichens Fachfrau für

Kriminalromane mit Axtmördern in einsamen Landhäusern al la Charlotte Link*. Waren die Geschichten doch war? Schlich ein Axtmörder über unser Dach und versteckt sich jetzt hinter dem Schornstein, um zuzuschlagen, wenn ich mich umdrehe? Nein, es war nur die kleine Fernsehantenne aus Plastik, die der Wind aus der Halterung gerissen hatte. Jetzt baumelte sie nur noch vom Kabel gehalten kopfüber an dem Schornstein runter und wurde von dem Wind immer wieder gegen diesen gedrückt. Das an der Düne liegende Ungetüm entpuppte sich bei genauerer Betrachtung als unser Terrassentisch, den der Wind weggepustet und an der Düne fachgerecht zusammengelegt hatte.

Der nächste Tag konnte entspannt angegangen werden. Alle offenen Fragen die in der letzten Nacht aufgeworfen wurden, waren geklärt. Nur das Geheimnis der oberen Etage blieb.

Zeit der Insel auf den Pelz zu rücken und zu erforschen. Das Wetter war herbstlich schön und der Wind hatte nachgelassen. Einer Expedition stand also nichts im Wege. Wenn man Fanø anfängt zu erforschen, wird man feststellen, dass die deutschen Besatzer auch hier ganze Arbeit geleistet haben. Die Nord- und die Südspitze der Insel sind komplett mit Bunkeranlagen unterkellert. Teilweise stehen diese Anlagen den Interessierten offen und können frei betreten werden. Auf Beleuchtung wurde verzichtet und eine Taschenlampe hatten wir natürlich nicht mit auf den Spaziergang genommen. Schade. Aber so konnte ich mir vermutlich einige Beulen am Kopf ersparen. Die deutschen Soldaten müssen sehr klein und wendig gewesen sein, wenn man nach den Türmaßen und Gangbreiten geht.

Die Insel hatte aber zum Glück noch mehr zu bieten. Wir fuhren nach Sønderho, einem malerischen kleinen Fischerdorf an der Südspitze der Insel gelegen. In dieser kleinen Stadt kann man sich in etwa vorstellen, wie das Leben der Fischer vor 100 Jahren ausgesehen haben muss. Die meisten der 300 Häuser liegen in Sonnenrichtung. Ein Großteil des Dorfes steht unter Denkmalschutz. Die Häuser sind sehr liebevoll hergerichtet und versprühen dörfliche Idylle. Und alle Häuser haben eins gemeinsam. Alle Haustüren sind in demselben dunklen Grün gestrichen.

Auf dem Rückweg entdeckten wir am Straßenrand ein kleines Holzschild, welches in den Wald zeigte. Neugierig wie wir sind, folgten wir dem Schild und landeten auf einem Wald-, bzw. Naturspielplatz. Damit hatten wir nun gar nicht gerechnet. Der Spielplatz war im Gegensatz zu dem kleinen unauffälligen Straßenschild alles andere als klein. Weitläufig angelegt und immer wieder mit verschiedenen Klettergerüsten und Schaukeln bestückt. Dazwischen stand eine große überdachte Grillstation, die Platz für mehrere Schulklassen bot. Und immer wieder fanden sich liebevolle Holzschnitzereien zwischen den einzelnen Spielelementen. Ein Glücksgriff, der im weiteren Urlaub immer wieder Anlaufpunkt war.

Aber was Fanø hauptsächlich ausmacht, ist tatsächlich dieser unglaublich breite Strand. Hier führte uns der tägliche Gang mit den Kindern hin. Immer die Kinderschaufeln im Gepäck. Wenn man die Ferienhaussiedlung verlässt und der Weg durch die Dünen uns langsam zum Strand führt, dann ist es immer ein erhabener Moment, wenn sich die letzte Düne vor dem Strand öffnet und den Blick aufs Meer freigibt. Aber an einem unserer Urlaubstage war alles anders. Noch bevor wir den Strand sehen konnten, ahnten wir, dass etwas anders war. Über den Dünen standen riesige, bunte, im Wind stehende Ungetüme. Es waren gigantische Flugdrachen, die in allen Farben und Formen am Himmel standen. Wir blieben auf der Düne stehen und schauten dem bunten Treiben auf dem Strand zu und bewunderten die absolut beeindruckenden Drachenkonstruktionen, bei den man sich teilweise wundern musste, dass diese Konstrukte überhaupt in der Lage waren sich in der Luft zuhalten. Spätere Nachforschungen klärten das Treiben auf. Immer im Juni findet das größte internationale Drachenfest, das Kiteflyer-Meeting, statt. Wir waren jetzt zwar im Herbst und es war nicht das Meeting, aber es war ein kleiner Vorgeschmack, auf das was einen da erwartet. In unserem Fall war der Wind wohl an diesem Tag günstig und diverse Drachentüftler testeten die Ausgeburten ihrer Fantasie auf Flugtauglichkeit.

__Charlotte Link__ ist eine deutsche Schriftstellerin und gehört zu den erfolgreichsten deutschen Autorinnen der Gegenwart. Sie wurde sowohl mit Gesellschaftsromanen als auch mit psychologischen Spannungsromanen in englischer Erzähltradition bekannt.

Rückzug

Es ist eine sternenklare Nacht. Hier und da zuckt eine Sternschnuppe vorbei und zieht einen hellen Streif über das Firmament. Zeit für Wünsche. Was soll man sich wünschen, wenn man eigentlich ein zufriedenes Leben führt. Materielle Dinge? Immer gerne genommen, aber macht es einen glücklich? Bestimmt. Naja, vielleicht ein bisschen. Auf Dauer? Vermutlich nicht. Ich wünsche mir lieber Gesundheit und Frieden. Vielleicht ein wenig abgedroschen, da es der Wunsch jeder Schönheitskönigin bei ihrer Amtsantrittsrede ist, nachdem man ihr die Schärpe, wie einem Gaul der das Derby gewonnen hat, übergeworfen hat. Aber leider ist der Wunsch nach Gesundheit und Frieden immer aktuell und notwendig. Wenigstens lasse ich den Dank an meinen Friseur weg. Kristian und ich stoßen an und gratulieren uns zu unseren geheimen Wünschen. Man sagt ja, Wünsche die man nach der Sichtung einer Sternschnuppe laut äußert, gehen nicht in Erfüllung. Wir halten uns daran und hoffen aufs Beste. Wenn man an einem so lauschigen Abend auf einer Bank in den Dünen sitzt, dann möchte man einfach diesen Frieden, der einen umgibt, mit nach Hause nehmen und hoffen, dass dieser ewig anhält.

Es ist jetzt wirklich spät geworden. Die Flasche haben wir geschafft und beides merken wir. Jetzt heißt es, auf dem Fahrrad den Trampelpfad nach Hause finden, die Balance halten und gleichzeitig auf beidem draufbleiben. Es ist erstaunlich wie dunkel es sein kann, wenn keine Straßenlaternen oder andere Lichtquellen einem den Weg beleuchten. Als Stadtmensch sieht man die unendliche Vielzahl an Sternen am Himmel nicht. Nur jetzt mit dem Fahrrad ist die Dunkelheit doch etwas hinderlich. Wir sind schon manches Mal in die angrenzenden Büsche gefallen. Natürlich nur aufgrund der Dunkelheit oder wenn sich der Weg bewegt hat. Hoffentlich treffen wir keinen Frühaufsteher auf seiner Hunderunde.

Die Siedlung ist klein und man könnte sich eventuell in den nächsten Tagen noch einmal über den Weg laufen. Es macht sich nicht so gut, liegend aus einem Busch zu grüßen.

Heil wieder auf den befestigten Straßen unserer Siedlung angekommen, verabschieden wir uns von aneinander. Jeder sucht jetzt seinen eigenen Weg zu seinem Heim. Es war mal wieder ein schöner Abend und hätte endlos so weiter gehen können, aber morgen ist wieder Familienzeit.

Ich erreiche ohne größere Vorkommnisse mein Haus. Das Fahrrad schnell hinters Haus geschoben und das Schlüsselloch auch ohne Licht nach wenigen Versuchen getroffen. Schnell noch ein Glas Wasser trinken und ab ins Bett. Hoffen wir mal, dass die Kopfschmerzen am nächsten Tag nicht zu arg sind.

Ich liege zwar im Bett, schlafen kann ich aber noch nicht. Viele Gedanken sind uns an diesem Abend durch den Kopf gegangen und ich musste an etwas denken, was Kristian einmal als "emotionale Verzinsung" bezeichnet hatte. Die Erinnerung an schöne Urlaube und Erlebnisse, die einem immer wieder durch den Kopf gehen und mir immer wieder ein Lächeln ins Gesicht zaubern, auch wenn diese Momente bereits lange zurückliegen. Gut investiertes Geld, wie ich finde. Eine Reise kann mir auf lange Sicht sehr viel mehr geben, als beispielsweise ein teureres Auto. Ich liebe es meine alten Fotoalben rauszukramen und die erlebten Reisen noch einmal Revue passieren zu lassen. Da kann ich wirklich in die Erinnerung abtauchen. An einem gemütlichen Abend kann das bei mir ein Gefühl von Urlaub auslösen und die Wirkung eines Kurztrips entwickeln. Ich bin im Übrigen noch immer ein Fan des klassischen Fotoalbums. Der feste Einband, der zum Aufschlagen einlädt und das Knistern der Zwischenblätter aus hauchdünnem Papier geben einer guten Reise den nötigen Rahmen. Ich kann mich nur schwer mit dem umgreifenden "ich habe meinen Urlaub auf dem Handy gespeichert" anfreunden. Es fehlt mir hier einfach die Greifbarkeit und das Wechselspiel verschiedener Fotos auf einer Seite, die sich gegenseitig ergänzen. Ein Foto auf dem Handy ist für mich so glanzlos, wie ein ausgedrucktes Foto mit der Reißzwecke an die Wand gehängt. Es fehlt der Rahmen, um dem Bild den nötigen Halt zu geben und die Wichtigkeit des abgebildeten Moments hervorzuheben.

Hier im Bett, mit dieser unglaublichen Ruhe um mich herum, wird mir wieder bewusst, wie die Prioritäten eigentlich gesetzt werden müssen. Arbeit ist wichtig, auch für den inneren Ausgleich, aber was wirklich zählt und ganz oben auf der Wichtigkeitsskala stehen sollte, sind die Familie und Freunde. In Deutschland wird viel über den Beruf definiert. In Dänemark erhält man Anerkennung als guter Familienmensch. Die wichtigen Dinge müssen auch nicht immer greifbar sein, um Glück zu finden. Die wichtigen Dinge können auch einfach schöne Momente sein und das habe ich gelernt mehr zu schätzen. Die Suche nach einer Wasseruhr im Gebüsch beispielsweise, birgt sehr viel Potenzial für einen schönen, unvergesslichen Moment.

Ich höre förmlich das Knarzen der Kröte bei dem Gedanken und schlafe mit diesem Geräusch im Ohr endgültig darüber ein.

Die Dänen sind die glücklichsten Menschen in Europa, wenn man denn den Umfragen glauben kann. Die Deutschen könnten die zweit glücklichsten Menschen Europas sein, wollen es nach diesen Statistiken aber scheinbar nicht. Wir sollten daran arbeiten.

Nachschlag

Ich habe es tatsächlich endlich geschafft mich an der Volkshochschule für einen Anfängerkurs für die dänische Sprache anzumelden. Na ja, eigentlich wurde ich angemeldet. Nachdem ich jahrelang immer irgendwelche Vorwände hatte mich nicht anzumelden, hat eine gute Freundin die Initiative ergriffen und uns beide angemeldet.

Nach zwanzig Jahren drücke ich wieder die Schulbank. Komisches Gefühl. Im Vorwege besorge ich mir die nötigen Unterlagen und Lernhilfen für den anstehenden Kurs. Zwei Bücher bilden die Basis für meine weitere Fortbildung. Ein Arbeitsbuch und ein Kursbuch, zwei CDs. Beim ersten Durchblättern ergreift mich die erste Panik. Ich bin in dem Grammatikteil gelandet, der sich mit den verschiedenen Zeiten beschäftigt. Etwas, mit dem ich schon in der Schulzeit nichts anfangen konnte. Es mag erbärmlich klingen, aber schon das Wort „Prädikat" bringt mich in die Bredouille. Bin ich hier richtig aufgehoben? Ich schlage das Buch zu und versuche, die erste Übung mit der beiliegenden Hör-CD zu lösen. Die CD fängt schneller an als erwartet und ich muss noch einmal zurück zappen. Bringt nicht viel, die Erzählerin spricht sehr schnell und ich kann das geschriebene und das gesprochene Wort nicht in Einklang bringen. Eigentlich bin ich mir nicht einmal sicher, ob die gehörten Beispiele zu der Übung im Arbeitsbuch gehören.

Ich rufe erst einmal meinen Freund Kristian an und hole mir Rat. Glücklicherweise weiß ich, dass er auch nicht das große Sprachgenie ist, dem alles in den Schoss fällt. Aber er hat in seinem Leben bereits diverse Weiterführungskurse für die dänische Sprache an der Volkshochschule belegt und kommt mit seinem Dänisch in Dänemark ziemlich gut zurecht. Nachdem ich ihm mein Leid geklagt hatte, gestand er mir, dass er schon in der dritten Unterrichtsstunde alles hinschmeißen wollte. Wie beruhigend, ich habe noch nicht einmal die erste Stunde angefangen und möchte schon aufgeben. Aber wenn Kristian das kann, dann kann ich das auch. Motivation ist alles. Danach rufe ich meine Freundin an und frage scheinheilig, ob sie sich denn schon mit dem Lernstoff auseinandergesetzt hat. Ja, hat sie. Eine leichte Verunsicherung kann sie nicht verhehlen, strahlt aber trotzdem Optimismus aus. Solche Leute brauche ich. Super.

Die Kursleiterin Marianne begrüßte uns freundlich, aber bestimmt und lässt keinen Zweifel aufkommen, dass sie uns die dänische Sprache schon vermitteln wird. Dessen bin ich mir nicht mehr so sicher, als wir den ersten Satz lernen. Das zweite Wort sprengt auch gleich jegliche Vorstellung von möglichen mit dem Mund machbaren Klängen. „Jeg hedder Sven". Ich heiße Sven. Hedder, gesprochen in etwa „jihler", kann man aussprechen, wenn man drei Bier getrunken und einen Schokoschaumkuss im Mund hat. Leider habe ich nur den Schaumkuss von Marianne bekommen und komme mir wahnsinnig blöde vor. Marianne freute sich über die gut investierten zwei Euro für die Schaumküsse. Man lernt sich auf interessante Art und Weise kennen in diesem Kurs. Glücklicherweise bin ich nicht der Einzige in diesem Kurs, der seine liebe Mühe hat. Es gibt aber auch Leute mit deutlichen Vorkenntnissen, was sie auch schön raushängen lassen.

Die nächste Stunde lässt auch keinen Zweifel an dem Streben nach Erfolg bei Marianne offen. Sie ist auf einer Mission. Alle werden unvermittelt angesprochen und man ist gezwungen die volle Unterrichtsstunde hochkonzentriert zu sein. Nach einem langen Arbeitstag nicht ganz einfach, aber effektiv. Marianne gestaltet den Unterricht sehr abwechslungsreich und garniert den Lehrstoff mit Wissenswertem über die dänische Lebensweise. Aber sie schaffte es auch, dass jeder einmal rote Ohren bekommt. Ein Seitenblick zu meiner Freundin gibt mir die Gewissheit. Keine Schadenfreude im Gesicht, sondern nur die Furcht gleich selber dran zu kommen. Ich bin also nicht allein. Marianne liebt es ihre Schüler auflaufen zu lassen. Natürlich nur, um daraus neue Lehren zu vermitteln. Damit kann nicht jeder umgehen, ich finde es großartig. Auch bei mir war die dritte Stunde eine Stunde der Verzweiflung. Ich muss ernsthaft wieder Lernen lernen. Ich tue mich mit meiner Freundin zusammen und wir treffen uns zum Jammern. Nach dem Jammern lernen wir und diese zwei Stunden lassen einen kleinen Knoten platzen. Die vierte Unterrichtsstunde wird deutlich besser und ich fühle mich sicherer. Sollte ich tatsächlich doch noch diese Sprache lernen? Ich kann es vorwegnehmen. Nein. Nein, ich bin an meiner eigenen Sprachunbegabung gescheitert. Nach zwei Kursen habe ich es aufgegeben. Aber ich kann diese Art von Kursen nur empfehlen. Ich habe vielleicht nicht die Sprache, aber dafür viel über das Land und die Kultur gelernt.

Zum Beispiel die Bedeutung des bereits erwähnten Smørrebrøds in der dänischen Esskultur. Einfach übersetzt nicht mehr als ein „Butterbrot", aber in der Anwendung ein Bekennen zur dänischen Gesellschaft und vor allem Pflege deren Gemeinschaft. Ein Statement der Dazugehörigkeit, da ein traditionelles Smørrebrødessen nach festen Regeln abläuft und Außenstehende ganz schnell von einem Remouladentöpfchen ins nächste stapfen können.

Es fängt schon mal damit an, dass es nicht „Smørrebrødessen" heißt, sondern „Frokost". Eine kalte, am Vormittag oder Mittag eingenommene Mahlzeit. Bestehend aus viel Roggenbrot, zum Käse auch Weißbrot, zahlreichen mit viel Liebe angerichteten Fisch-, Käse-, Wurst-, Gemüse-, Obstschälchen, -tellern, -brettchen. Alles in einer festen Reihenfolge, die in einzelnen Gängen serviert werden und der Reihe nach um die große Essenstafel gereicht werden. Jeder belegt sich sein Brot selbst und die Kunst besteht im geschickten Stapeln der einzelnen Köstlichkeiten auf dem Brot. Trotz einiger auferlegter Tabus bei der Kombination der einzelnen Zutaten, können diese Brote sehr raffiniert gestaltet werden.

Gegessen wird mit Messer und Gabel. Dazu gibt es Bier oder Wasser und zwischen den Gängen immer einen Schnaps. Wein ist ausgeschlossen. Brötchen, lerne ich, sind ebenfalls vollkommen ausgeschlossen. Allenfalls sind Brötchen zum Frühstücken da. Tagsüber wird man kaum einen Dänen mit einem Brötchen treffen, was wiederum erklärt, warum es in Dänemark keine Fischbrötchen gibt.

Die Reihenfolge der Gänge bei einem traditionellen Smørrebrødessen ist vorgeschrieben und so wird zuerst der Fisch, dann die Wurst, nach dem nächsten Schnaps das Fleisch, zum Verdauen noch ein Schnaps und Käse und dann Obst, Quark, Pudding oder Grütze mit Sahne gereicht. Dieses zieht sich über mehrere Stunden hin. Man könnte auch von einer gepflegten Ess- und Trinkkultur sprechen, die die Bodenhaftung nicht verloren hat. Gelebt werden solche Essen zu Weihnachten und besonderen Anlässen, wo Familie und Freunde an eine Tafel gebeten werden, um die Gemeinschaft zu betonen und zu festigen. Das ganze entspannt und „hygge". Wie alles in Dänemark.

Ach ja, und noch eins habe ich in dem Sprachkurs gelernt. Salami heißt auf Dänisch „Spegepølse". In meinem nächsten Urlaub in Dänemark werde ich mich also auf eine neuerliche Suche nach einer Salamipizza machen.

Ich möchte allen Danke sagen, die mit mir Dänemark bereist, genossen und manchmal auch ertragen haben. Insbesondere, Dana, Michel & Greta und natürlich Kristian, Birgit, Lasse & Tom.

Jeg elsker dig

Fotos: Sven Lepthin

Herstellung und Verlag:
BoD – Books on Demand, Norderstedt
ISBN: 978-3-7460-4322-7